... ET TROUVE
TA VÉRITÉ !

SHADOWRUN
AU FLEUVE NOIR

La trilogie des Secrets du Pouvoir

1. Méfie-toi des dragons...
2. ... Choisis bien tes ennemis...
3. ... Et trouve ta vérité !
par Robert N. Charrette

4. Grille-neurones
par Nigel Findley
5. Métamorphose
par Chris Kubasik
6. Attention aux elfes !
par Robert N. Charrette
7. Jeu d'ombres
par Nigel Findley

SHADOWRUN®

... ET TROUVE TA VÉRITÉ !

par

ROBERT N. CHARRETTE

FLEUVE NOIR

Titre original :
Find your Own Truth

Traduit de l'américain
par Gérard Guéro

Collection dirigée par Patrice Duvic
et
Jacques Goimard

ISBN : 2-265-05145-4

PREMIÈRE PARTIE

LE DANGER EST PARTOUT

1

Le sang de Mudder McAlister souillait la surface rugueuse de la roche d'Ayer.

Des éclaboussures pourpres marquaient l'endroit où il s'était écrasé et une flaque de sang se formait déjà sous sa tête. Dans la chute, ses membres avaient gagné quelques articulations supplémentaires ; toutes n'étaient pas disposées harmonieusement.

Samuel Verner détourna le regard et dédia une prière à l'âme du défunt. Il se sentait las, plus à cause des difficultés en vue que de la mort du guide. Il connaissait McAlister depuis une semaine et ne l'appréciait guère, ni lui, ni sa manière vulgaire de harceler Loutre Grise. Mais c'était le seul runner de Perth qui savait où trouver ce que cherchait Sam. Cog, qui était bien renseigné, lui en avait dit le plus grand bien.

McAlister avait d'ailleurs prouvé sa valeur pendant leur voyage, guidant les deux véhicules tout terrain Mules à travers le désert australien. Cinquante ans plus tôt, le voyage se serait déroulé sans difficulté. Depuis l'Eveil, c'était une autre affaire.

Le pays n'était plus le même qu'au temps des rêves. Le temps des cauchemars était venu, et les hommes s'étaient enfuis devant la fureur de la magie. Seuls quelques centres d'exploitation demeuraient en place, propriété de puissantes mégacorpos. Mais leur existence était plutôt précaire.

Sans McAlister, ils n'auraient pas survécu jusque-là. Le guide les avait empêchés de s'aventurer dans les terrains mouvants, avait repéré les paranimaux dangereux. Il leur avait appris comment repérer une tempête de mana, comment se protéger des manifestations de sa magie incontrôlée. A présent, il était mort. Harrier Hawkins était le dernier Australien du groupe. Il n'était pas aussi expérimenté que Mudder, mais avec son aide, peut-être auraient-ils une chance raisonnable de rentrer entiers à Perth.

Sam se pencha pour examiner ce qui restait de la corde de rappel du guide. Elle était tranchée net. Ni Jason, ni Loutre Grise n'avaient de raisons de le tuer. Ils savaient autant que Sam que l'Australien était le seul à connaître le chemin. Harrier avait un passif à régler avec McAlister, mais il ne s'était jamais approché de la corde. La roche était escarpée, les arêtes particulièrement vives. Chacune pouvait trancher la corde à elle seule. Mais jamais un alpiniste aussi expérimenté que le guide n'aurait fait l'erreur de poser sa corde sur une arête sans protection.

Jason contemplait le corps brisé. Les verres miroirs des implants optiques de l'Indien scintillaient sous le soleil. Il se tourna vers Sam :

— Il est complètement démoli.

Au côté de Jason, la jeune femme en tenue de cuir grise approuva silencieusement. Le cuir était authentique, contrairement à ses traits amérindiens et à sa couleur de peau, résultat de la chirurgie esthétique et d'un ajustement chromatique. Une nuit, elle avait montré à Sam ses cicatrices, prétendant qu'elles résultaient d'une Danse du Soleil. Il n'avait pas été dupe. Pourtant, même cette nuit-là, elle ne lui avait pas révélé son vrai nom. Loutre Grise... Elle n'était pas née dans les rues, Sam en était sûr, mais elle avait appris à les connaître et à y vivre. La jeune femme affichait toutes les caractéristiques de son homonyme et ne parlait jamais gratuitement.

— Mauvais Karma.

— Nom de Dieu ! explosa Harrier. Vous n'allez pas abandonner maintenant ! Le vieux Mudder n'aurait pas voulu. Il disait que vous étiez des durs. Nous sommes tout près du but. La barrière n'est pas loin...

— Personne n'a parlé d'abandonner, dit Sam.

— Ça me semble pourtant une bonne idée, répliqua Jason. Nous ne pouvons pas aller plus loin sans guide.

— Mais Mudder a dit que nous étions arrivés !

— Pour être arrivé, il est arrivé. Tu veux peut-être le rejoindre ?

Jason fit un pas vers Harrier et le petit homme courut se réfugier derrière Sam.

— Nous descendons, dit Sam.

— Passe le premier. Je ne suis pas venu ici pour jouer à saute-mouton.

— Tu es venu parce que je te paie. Et parce que je te paie, tu vas la fermer et nous suivre.

Deux lames de quatorze centimètres jaillirent des poignets de Jason. Leurs pointes frémissaient, révélant la tension du samouraï. Jason était arrogant et connaissait sa force, mais Sam était le seul magicien du groupe et il espérait que l'Indien s'en souviendrait. Pour rejoindre la côte, un peu de magie ne serait sans doute pas inutile, et Jason ne jetait jamais ce qui pouvait lui servir plus tard...

Les lames glissèrent dans leurs étuis d'ectomyéline.

— Harrier... Amarre une nouvelle corde.

A l'aide de son sac à dos, Sam la protégea de l'arête, puis il bloqua solidement le nœud avec des pierres. Un dernier regard derrière lui… et il s'élança dans le vide. Progressant par petits bonds de deux mètres, il atteignit la corniche.

Jason était déjà près de Sam quand Loutre Grise s'engagea à son tour sur la pente. Elle était plus prudente que son compagnon…, ce qui n'empêcha pas la malchance de frapper. A mi-course, elle rata sa réception et se cogna l'épaule contre la paroi. Elle parcourut une douzaine de mètres avant de réussir à freiner sa chute. Son cuir était déchiqueté, mais la doublure pare-balles restait intacte. Se frottant le bras droit, la jeune femme ne fit aucun commentaire. Elle se contenta d'échanger avec Jason un regard qui ne laissait aucun doute sur leur rivalité professionnelle.

Sam observa les alentours. La corniche sur laquelle ils se trouvaient était encore plus étroite que celle qu'ils venaient de quitter. Et le corps de McAlister y occupait une place non négligeable.

Derrière eux, se découpant sur la falaise, apparaissait l'ouverture de la caverne. Exactement là où avait dit l'Australien. Le guide ne s'était pas trompé : du sol ou des corniches, la faille demeurait invisible. En partant de la plaine et en grimpant directement, ils auraient été plus vite qu'en faisant le périple circulaire qui les avait menés au-dessus de l'entrée…, mais une telle escalade aurait nécessité un matériel important. Pour le rocher, selon McAlister, chaque piton enfoncé était une blessure. A l'époque, Sam avait cru le guide inutilement superstitieux. Mais depuis qu'il voyait son cadavre désarticulé à ses pieds, il n'en était plus si sûr…

Un chêne du désert était accroché à proximité de l'entrée, transformé en bonsaï naturel par les éléments en folie. Quand il était employé de Renraku, Sam connaissait des jardiniers qui auraient sacrifié leur retraite pour atteindre une telle perfection.

Un mouvement à l'ombre de l'arbre attira son

attention. Il ne remarqua d'abord que la roche illuminée par le soleil. Puis ses yeux distinguèrent un lézard tacheté ; il tentait de suivre l'ombre à mesure qu'elle se déplaçait.

Une explosion, et le lézard se répandit brusquement sur la paroi.

Sam se retourna :

— Tu es fou ? Tu as failli me toucher !

— Pas de problèmes, Twist, répondit Jason avec un sourire sardonique. Mon matos est au top. Je pourrais même raser ta petite barbe de Blanc sans te toucher.

Sam connaissait l'existence du module d'interface de Jason. En tuant le lézard, l'Indien indiquait qu'il n'avait qu'un geste à faire pour se débarrasser définitivement de son employeur. Oui, Jason était dangereux..., mais c'était pour cela que Sam l'avait engagé. Il s'agissait cependant d'un deuxième choix. L'autre samouraï pressenti avait refusé de quitter Seattle.

— Tu n'avais aucune raison de le tuer, dit Sam.

— Il était peut-être venimeux, répliqua Jason, le visage angélique. Il aurait pu te mordre. On n'est jamais trop prudent.

Harrier aboya :

— Pauvre malade ! T'as rien appris dans les rues ? Les lézards ne bouffent que des insectes. Il n'allait mordre personne !

— Tais-toi, petit homme, dit calmement Jason.

Continuant de regarder Sam, l'Indien pointa son Ares Predator sur Harrier. L'interface lui permettait de viser sans regarder la cible. Tranquillement, Loutre Grise s'adossa au rocher, s'éloignant de la ligne de tir. Harrier commença à reculer le long de la corniche.

— Ne le laisse pas me tirer dessus, Twist. Tu es un chaman. Transforme-le en crapaud, ou quelque chose comme ça...

— Il ne te tuera pas, Harrier, dit calmement Sam. Dans ce trou pourri, sans guide, nous sommes tous coincés. Il n'y a que toi qui pourras nous reconduire à Perth.

Sam entendit l'Indien rengainer son arme. L'incident était clos, et, jusqu'à leur retour, les dangers du voyage garderaient Jason suffisamment en alerte. Mais une fois à Perth, Sam devrait se tenir sur ses gardes. Jason ne lui pardonnerait pas de l'avoir ridiculisé devant Loutre Grise.

L'heure n'était pas aux règlements de comptes. Devant eux s'ouvrait la caverne. Si McAlister avait dit la vérité, les ennuis ne faisaient que commencer. La puissante magie qui baignait ce lieu était distinctement perceptible. Sam s'assit, se concentra un instant et passa en mode astral. La roche d'Ayer vibrait littéralement de mana. Le chaman rouvrit les yeux. Il n'avait aucune envie d'aller affronter les ténèbres sous sa forme astrale.

Revenu dans le plan physique, il remarqua une faible lueur sur un des côtés de l'entrée. S'approchant, il aperçut un pictogramme de lézard à l'endroit même où l'animal de chair et de sang s'était fait tuer sur la roche…

La peinture rouge et ocre était brillante et humide, mais quand Sam la toucha, rien ne salit ses doigts. Un mètre plus haut se trouvait un autre dessin, presque effacé. Sam parcourut rapidement la roche du regard. La bouche béante était entourée de pictogrammes. Tous représentaient des lézards, la tête dirigée vers la caverne.

Sam se releva et s'apprêta à avancer. Hargneusement, Jason le dépassa. Sam lui céda le pas avec soulagement : l'Indien était mieux équipé pour parer à une menace physique, et si on lui refusait cet honneur, sa rage n'en serait que plus grande… Lentement, Verner lui emboîta le pas.

L'impression, fulgurante, de pénétrer dans un frigidaire. La différence de température, l'absence soudaine du soleil de plomb… Tentant de percer les ténèbres devant lui, Sam fit quelques pas en avant. Harrier et Loutre Grise le suivaient. Seul Jason, doté d'implants optiques, marchait d'un pas assuré.

Il leur fallut plusieurs minutes pour s'habituer à l'obscurité. Ils se trouvaient dans une première salle, et Jason était parti en éclaireur. La pièce était couverte de pictogrammes, qui, protégés du soleil, étaient quasi intacts. Harrier les identifia un par un, prononçant leur nom comme s'il s'agissait de totems : Kangourou, Koala, Serpent… et, au-dessus de tous les autres, Crocodile.

Un bruit de bottes sur les rochers les fit sursauter. Jason se tenait à l'entrée d'un tunnel sombre. Sans un regard en arrière, l'Indien disparut à nouveau dans les ténèbres. Sam alluma une torche et fit signe aux autres de le suivre.

Le tunnel, irrégulier, s'enfonçait inexorablement dans les entrailles de la terre. En se baissant, Sam avait l'impression de sentir le poids de la roche sur ses épaules. Des embranchements trop étroits pour être accessibles apparaissaient parfois, sur les murs ou au plafond. Certains étaient obstrués, d'autres semblaient des gouffres insondables.

Ils avaient l'impression de progresser dans les artères d'un être de roc.

Jason n'était plus qu'à un mètre d'eux. L'Indien avançait prudemment, l'arme au poing. Le faisceau de la lampe de Sam était avalé par l'obscurité, comme s'il se perdait dans l'infini.

Soudain Jason s'immobilisa et se mit à hurler. Son corps se convulsa, des étincelles coururent le long de ses implants, illuminant les câbles de ses muscles artificiels. Son doigt se crispa sur la détente de l'Ares Predator et le tonnerre éclata dans les tunnels, couvrant les cris de Sam et de Loutre Grise. L'Indien se débattit un instant, puis s'écroula aux pieds de Sam, comme une marionnette à qui on aurait coupé les fils. Une odeur de viande brûlée envahit les couloirs.

— En plein dessus, dit Harrier derrière eux. C'est la barrière, pour sûr.

2

— Ne t'en fais pas pour l'Injun, Twist. La barrière n'aime pas l'électronique. Dans quelques secondes, il ira mieux.

Jason grogna et jura avec force.

— Tu vois, dit Harrier. Mudder a dit que c'était toi qui devais nous faire traverser…

Sam tendit la torche à Loutre Grise. Elle l'attrapa de la main droite, la gauche serrée sur son Browning. Il avança prudemment vers l'endroit où s'était tenu Jason. Sa tête se mit à vibrer. La magie était puissante. Il s'arrêta, cherchant à percer les ténèbres…

Devant lui, tout semblait translucide, comme si l'air était devenu solide. Une lueur fuyante jetait des éclats dans les ténèbres. L'opale dont parlait Mc Alister… Pas besoin d'être magicien pour se douter qu'une opale si bien protégée devait avoir un potentiel magique extraordinaire.

Sam sentait l'énergie de la barrière peser sur lui de manière physique. Seule la magie pouvait l'affronter. Il s'assit sur le sol pierreux et passa en perception astrale.

Il s'attendait à voir la barrière briller, mais, étrangement, celle-ci resta aussi obscure que l'entrée. Seulement cette fois, l'obstacle l'aspirait, dévorant son énergie.

Et si j'appelais l'esprit dominant le lieu pour le questionner sur la barrière ?

Sam se souvint soudain du chaos qui régnait dehors.

L'esprit se manifesterait-il ? Et s'il le faisait, serait-il aussi dangereux que le pays qui l'accueillait ?

Mieux valait attaquer. Sam entonna un chant de puissance, se concentrant et rassemblant ses forces. Il n'entendait plus ses compagnons, mais sentait les irrégularités du sol, le mouvement de l'air autour de lui, les différences subtiles de température, d'un mètre à l'autre.

Il changea de chant et tendit devant lui une main astrale. Des filaments de lumière dansèrent au bout de ses doigts, se mêlant aux fibres fragiles qui composaient la tapisserie éthérée de la barrière. Une brise se leva, puis se transforma en un vent hurlant comme un chien abandonné par son maître. Sam l'ignora ; il se concentrait sur la Matrice.

Il attendit d'être sûr de comprendre la structure de la barrière puis tira lentement sur une des fibres. La toile répondit, se déforma légèrement. Sam empoigna une autre fibre et tira plus fort, en déchirant un morceau.

Les minutes passèrent... Une main se posa sur son épaule. Il leva les yeux et rencontra le regard inquiet de Loutre Grise. Il sourit pour la rassurer.

— La porte est ouverte.

Il vit à ses yeux qu'elle ne le croyait pas. Rien n'avait bougé dans le passage. L'obscurité était omniprésente, mais Sam savait qu'il avait réussi.

Il se remit difficilement sur ses pieds, épuisé. La barrière avait drainé ses forces. Il fit un pas en avant.

Devant lui, la caverne s'élargissait, s'ouvrant sur un immense lac souterrain. La chambre baignait dans la lueur qui émanait des eaux laiteuses. Un pont naturel enjambait la masse liquide calme. De l'autre côté, trois veines serties d'opales striaient le mur. Les pierres scintillaient, éblouissantes.

Sam sentit un sourire naître sur son visage. Mc Alister ne s'était pas trompé. Il avait atteint son but. Dans les opales dormait la puissance qu'il recherchait.

Jason le suivit le premier à travers la barrière. L'Indien, prêt à tout, resta stupéfait devant la beauté de l'endroit. Loutre Grise et Harrier durent le bousculer pour entrer. L'Australien posa le regard sur les opales et laissa échapper un long sifflement.

Sam avança vers le lac et parvint à la berge. Jason le dépassa et s'engagea sur le pont. Parvenu au sommet de l'arche, il se retourna et leva les bras en souriant :

— Et tu dis que c'est moi qui parle toujours d'argent ? Toi qui as l'air de trouver ça malsain, tu nous traînes ici sans un mot... Tu as peur de la concurrence ou quoi ? Tu n'as pas envie que les autres comprennent que tu es comme eux, c'est ça ? Aussi cupide ? Oh, Fantôme va bien rire...

Une créature de cauchemar émergea silencieusement des profondeurs de l'étang. Une tête de crocodile surmontant un cou de trois mètres de long, des yeux dorés, des pattes couvertes de fourrure, terminées par de gigantesques griffes...

Jason vit la forme se refléter dans les yeux de Sam... ou peut-être *sentit-il* simplement l'aura de pure terreur qui émanait de la chose. Il se retourna, Predator au poing. Ses réflexes ne furent pas assez rapides. Les griffes de la créature déchirèrent le blouson, glissèrent le long des plaques de carbone de l'armure dermique implantée sous sa peau... L'armure l'avait sauvé de l'éviscération, mais le choc le projeta par-dessus bord.

Surpris par l'attaque, Sam n'avait pas réagi. Mais tel n'était pas le cas de ses compagnons. Loutre Grise ouvrit le feu, suivie par Harrier, qui vida le chargeur de son SCK 100 sur la créature en hurlant des insultes. Le feu concentré déchiqueta la bête à la jointure du cou et glissa vers son épaule droite. Les muscles arrachés lâchèrent, la patte retomba mollement au côté du monstre. Il hurla de douleur et plongea.

Sam vit la silhouette sombre passer sous le pont. L'ombre changeait de forme. Le cou et les pattes avant se raccourcirent, le corps s'élargit.

La transformation n'était pas achevée quand l'inertie projeta la chose sur la berge. Une carapace osseuse couvrait son corps, et sa tête ressemblait à celle d'un gigantesque félin. La patte de la bête, transformée en nageoire, ne montrait aucun signe de blessure. Loutre Grise n'eut pas le temps d'esquiver la première attaque. La nageoire la frappa sur le côté, l'envoyant rouler au sol où elle atterrit inconsciente. Harrier avait changé de chargeur et reprenait le tir quand le monstre se retourna vers lui. Il eut un hoquet de terreur, laissa tomber son arme et se mit à courir.

Sam ne pouvait compter que sur la sorcellerie. Il connaissait peu de chants orientés vers le combat, et la créature ne serait pas facile à atteindre. Avec l'énergie du désespoir, il rassembla sa puissance, préparant un éclair de force. S'il pouvait ralentir le monstre, peut-être aurait-il le temps de préparer un sort plus efficace. S'il en connaissait un...

Il prononça les mots, tendant un bras en avant pour canaliser l'énergie. La bête hurla, secouant la tête...

Jason apparut comme un revenant détrempé.

L'Indien bondit sur le dos de la bête, lui serrant le cou dans l'étau de ses genoux. Ses muscles artificiels se tendirent, ses griffes de combat plongèrent profondément dans la carapace et déchirèrent les chairs. Jason frappa encore ; il cherchait les artères vitales alimentant le cerveau. La bête se débattit mais Jason tenait bon. Il hurlait comme un damné pendant que les nageoires lui déchiraient les cuisses.

La créature se transforma à nouveau. Son corps devint long et sinueux. Une nageoire toucha Jason et Sam entendit nettement la colonne vertébrale de l'Indien se rompre. La bête s'arc-bouta, se débarrassant du corps dans une gerbe de sang et d'entrailles.

Sam libéra d'un coup son énergie magique. Le mana se coagula en un éclair, déchirant l'essence et le corps du monstre, projetant des fragments de chair dans la caverne comme des grains de sable emportés par la tempête.

A l'agonie, la bête chercha le réconfort de l'eau. Elle se débattit quelques secondes, sa forme fluctuant désespérément, puis elle s'enfonça dans les profondeurs de l'étang.

Sam avait les yeux fixés sur l'eau, la bouche béante.

— Qu'est-ce que c'était que ça ? demanda-t-il, sans vraiment attendre de réponse.

— Un bunyip, répondit doucement Harrier, tremblant.

— Un quoi ?

— Un bunyip, répéta l'Australien. Une bestiole des environs. Je n'en avais jamais vu.

— Comment sais-tu que c'en est une, alors ?

— Le bunyip est un métamorphe. Il vit dans l'eau, c'est une vraie saloperie : la description correspond. Félicitations. Tu l'as eu.

Sam ignora le compliment. Il n'avait pas empêché le monstre de tuer Jason. Il aperçut Loutre Grise pardessus l'épaule de l'Australien. Elle pleurait sur la berge de l'étang.

— Viens, dit-il à Harrier. Allons chercher notre récompense.

Harrier approuva avec enthousiasme et le suivit sur le pont. La berge opposée était plus large, mais sa surface présentait des flaques et des aspérités. Certaines d'entre elles étaient couvertes d'opales. Au fond de la caverne, sur une table de pierre, flamboyait une lueur dorée…

Sam approcha de la paroi. C'était une opale de feu, une des plus précieuses. La pierre atteignait huit centimètres de diamètre ; on aurait dit qu'une flamme majestueuse brûlait en son centre. Sam retint sa respiration, fasciné. *Une telle beauté.* Rien ne pouvait ternir sa gloire.

Harrier s'approcha.

— Non ! cria Sam. Ne la touche pas. Je dois la prendre moi-même pour qu'elle garde sa puissance.

Harrier se recula, effrayé par la dureté du ton qu'il avait pris.

— Sûr, Twist. Elle est à toi. Il y en aura pour tout le monde.

Sam ignora l'Australien et toucha le joyau. Il ne fut pas surpris de sentir sa chaleur. Une véritable pierre de puissance. Il tenta de la saisir, mais ses doigts, sans prise, glissèrent sur la surface.

Il s'accroupit, plaça ses mains en coupe autour de la gemme et se concentra. Le monde s'effaça. Il ne resta plus que lui et la pierre qui pulsait doucement. Il joignit les mains ; ses doigts effleurèrent l'opale. Il se concentra plus encore. Le vent se leva dans la caverne, sifflant à travers les anfractuosités de la roche.

La gemme remua légèrement, et il la tourna doucement entre ses mains, s'assurant qu'elle n'était pas enchâssée, avant de la soulever de son logement...

Il sentit la vibration sous ses pieds avant d'entendre le grondement qui montait des entrailles de la terre. La table de pierre se brisa. Une fissure, une autre... En tout, huit fentes zébrèrent la table, partant de la niche où, quelques instants auparavant, reposait l'opale... Du sable et de la poussière tombèrent du plafond. La caverne laissa échapper un long soupir.

Mais le sol ne se déroba pas et nul énorme rocher ne se précipita pour écraser les runners. Le soupir s'évanouit et le grondement s'adoucit. Les veines serties de gemmes perdirent de leur intensité. Le silence et le calme revinrent dans la grotte.

L'opale dans les mains, Sam se leva en tremblant. Tournant le dos à la paroi, il se dirigea vers le pont.

— Où vas-tu, Twist ? demanda Harrier. Il y en a encore des tonnes.

— C'est tout ce que je désire, répondit Sam, regardant la gemme. Je ne suis même pas sûr de pouvoir maîtriser la puissance que je sens dans la pierre.

— Mais tu ne peux pas rentrer sans moi.

— Mudder et toi n'êtes pas les seuls à avoir appris à vous orienter, dit Sam en souriant.

De l'autre côté de l'étang, les yeux de Loutre Grise s'élargirent de surprise, puis son regard se concentra sur Sam, pesant le pour et le contre.

— Mais il y a là une véritable fortune..., gémit Harrier.

— Je ne suis pas venu pour l'argent.

— Moi si. Il y a suffisamment d'opales ici pour finir notre vie mieux que les patrons des plus grosses corpos. Tu ne peux pas laisser passer ça.

— Non seulement je peux, mais c'est ce que je vais faire. J'ai d'autres choses en vue que de ramasser de l'argent.

Harrier se redressa et pointa un index accusateur.

— C'est pour ça que tu pars avec une fortune dans les mains.

— Je pars avec la dernière chance de quelqu'un, dit Sam en traversant le pont. Tu connais le chemin, maintenant. Tu n'as qu'à revenir.

— Tu parles ! Pour tout le bien que ça me fait !

Sam se retourna. Loutre Grise était derrière lui. Il lui fit un signe de tête et, à sa surprise, elle répondit en souriant.

— Tu es mon débiteur, Twist, hurla Harrier. J'aurais pu y laisser ma peau. Tu me dois quelque chose !

— Ton salaire est bloqué à Perth. Il t'attend.

— Perth ! (Il lança son chapeau sur le sol de la caverne d'un geste furieux.) Je ne serai même pas capable de revenir une fois que cette foutue porte magique se sera refermée.

— Tu peux rester ici autant de temps que tu veux. La barrière ne se refermera qu'après ton départ. Tu n'as qu'à creuser. Nous te laisserons l'un des véhicules et de la nourriture. Ça te donne assez de temps pour réunir toutes les opales dont tu rêves. Bien sûr, il y a toujours une chance que le bunyip revienne.

Harrier jeta un œil sur l'étang. Les eaux étaient calmes... mais elles le semblaient tout autant avant l'attaque du monstre.

Avec un frisson, le petit homme ramassa son chapeau et courut pour rattraper ses compagnons.

3

Avant d'émerger des roches, Urdli avait senti que quelque chose n'allait pas. Le mana entourant le réceptacle avait été modifié. La barrière s'ouvrit sur son passage, mais sa structure avait changé. Il ne comprit la gravité de la situation qu'à son retour dans le monde physique.

La lueur opaline projeta son ombre tremblante sur la table de pierre.

Elle était vide.

— Purukupali ! Grand Créateur ! Comment as-tu pu permettre cette profanation ?

La peau d'Urdli brûla de colère. D'autres pierres gardiennes avaient été arrachées de leur logement. C'était un pillage, une destruction des anciens équilibres. Celui qui avait fait cela ne se rendait pas compte des conséquences...

La table de pierre fissurée était un mauvais signe. Pourtant, il y avait peut-être encore une chance... Une chance que l'ouverture du portail soit passée inaperçue. L'esprit n'avait peut-être pas encore réclamé cette parcelle de pouvoir... Urdli pourrait peut-être bloquer le portail le temps de réunir assez de puissance pour le sceller à nouveau.

S'il sondait le puits, et que l'esprit soit éveillé et conscient, il tenterait de l'attirer. Il n'était pas assez fort pour résister seul. Et s'il attendait les autres, il n'en aurait peut-être plus l'occasion…

Il hésita. Il n'avait aucun désir de devenir un pion au service de l'ennemi. Il était vieux, mais pas assez pour abandonner sans regret sa vie ou sa liberté.

Son devoir, ses obligations, la honte, même, finirent par le décider. Il était le gardien. S'il ne faisait rien, sa disgrâce serait infinie.

Urdli invoqua le grand esprit du Roc et s'enveloppa dans sa protection. Dans ce lieu de pouvoir, l'esprit était puissant. Il se sentait fort, indestructible, comme le Roc lui-même. Mais serait-il *assez* fort ? Il n'avait qu'un moyen de le savoir.

Il se planta sur ses pieds, enfonça ses orteils dans la pierre et lança son esprit dans le puits de la table de pierre. Les filaments éthérés flottèrent sur son passage. L'endroit était vide. Ce qui était prisonnier jadis avait disparu.

Le soulagement et la frustration se mêlèrent chez Urdli. La puissance interdite s'étant échappée, le vieil ennemi serait maintenant plus fort. Mais Urdli avait davantage de temps pour se préparer à la confrontation. Avec de la chance, la chose se concentrerait sur d'anciennes rancunes avant de tourner vers lui ses yeux envieux et malicieux.

Ses forces auraient été insuffisantes pour s'occuper du grand ancien, mais Urdli ne craignait pas les occupants de la prison. Il se tourna vers les autres puits d'internement et découvrit que deux d'entre eux étaient vides, les détenus volatilisés. Les esprits s'éveillaient doucement dans leurs puits, mais ils étaient encore à peine conscients. Cela s'inscrivait à l'avantage d'Urdli. Il invoqua le pouvoir qui était sien et renvoya les autres au plus profond des songes. Pour sceller les puits, il piocha dans la veine d'opales, et créa de ses mains de nouvelles pierres gardiennes. Il les déposa à leur place, dans les niches où avaient reposé les pierres volées. Au moins, certains de ses problèmes demeureraient cloîtrés en ce lieu.

L'effort l'avait épuisé. Il libéra l'esprit du Roc et s'allongea pour sombrer dans un sommeil sans rêves. Quand il se réveilla, il était affamé. Il n'y avait pas de nourriture alentour, mais il but longuement l'eau étincelante de l'étang.

Après s'être rassasié, il appela le bunyip. Pas de réponse. Rien d'étonnant : les voleurs étaient passés par là...

Il traversa le pont, grimpa vers le tunnel et s'arrêta devant la barrière. Ajustant ses sens, il étudia la structure, à la recherche de l'anomalie qu'il avait repérée.

Un magicien avait ouvert la barrière. Quatre personnes étaient entrées. Trois étaient sorties. Urdli posa la main sur la tapisserie, lui rendant sa structure originelle. Plus tard, quand il se sentirait plus fort, il renforcerait l'obstacle.

Il tourna sa vision intérieure vers la caverne. Aucun signe de vie, dans les prisons ou dans les profondeurs de l'étang. Le bunyip était mort, ainsi qu'un des intrus. La bête avait accompli son devoir, du moins en partie.

Il en faudrait une nouvelle.

Urdli traversa la barrière et se dirigea vers la sortie. Il sentit l'odeur du sang sur les rochers. Sa vision intérieure vit la tache et la blessure dans le roc, là où s'était enfoncé le piton. Un autre intrus était mort à cet endroit.

Il fit un pas dans le vide et, porté par sa volonté, flotta jusqu'à la plaine. La tombe du grimpeur était nettement visible. Il n'y toucha pas.

Des traces de véhicules marquaient le sol à proximité. Des pneus larges et profonds s'étaient dirigés vers une faille, puis s'en étaient éloignés. Des centaines d'empreintes maculaient la crevasse. Il n'était pas expert mais compta cinq hommes, le grimpeur et les quatre intrus. Les traces ne resteraient pas longtemps visibles. Une tempête se levait, qui effacerait la piste des fuyards.

Une rage froide emplissait le cœur d'Urdli. Même privée de sa fonction première, la pierre était un objet puissant. Il devait la récupérer, punir les voleurs. Il ne parviendrait pas à les suivre dans le plan physique, mais il y avait d'autres moyens. Il chercha les ingrédients idoines.

La branche de mulga séchée l'attendait dans une crevasse. Les fourmis lui apportèrent les dents d'une taupe marsupiale. Il fit ses excuses au rat qu'il piégea avant de le tuer pour utiliser son appendice caudal. Il attacha la queue à la branche, cracha dessus et, d'un mot, scella leur union. Puis il s'assit près d'une zone riche en glaise rouge et se mit à chanter.

Deux nuits passèrent avant que la petite branche de mulga commence à se tordre et que de nouveaux bourgeons apparaissent.

Les nouvelles pousses s'étendirent pour former quatre pattes, et les anciennes brindilles se transformèrent en cage thoracique. L'extrémité bulbeuse de la branche se changea en crâne, s'étira en museau. Il lança les dents en l'air et elles retombèrent en place dans la mâchoire. La gorge sèche et la voix faible, il se leva, changea de chant et marcha jusqu'à la glaise, la bête en bois gambadant autour de lui. Il enfonça ses mains jusqu'aux couches humides de terre et en appliqua autour du squelette en bois. L'être prit lentement la forme d'un chien efflanqué.

Tenant la tête canine dans une main, il contempla la forme brute, sans traits, n'était la mâchoire garnie de dents.

— Kulpunya, je te donne des yeux pour voir ceux que tu poursuis, dit-il, en enfonçant deux doigts dans le crâne.

« Kulpunya, je te donne des narines pour que tu

sentes ta proie, où qu'elle se cache, continua-t-il, en creusant deux trous plus petits sur le museau.

« Kulpunya, je te donne des oreilles pour que tu puisses entendre les hurlements désespérés de ceux que tu chasses sans relâche, dit-il, modelant de longues pointes sur les côtés du crâne. Avec tes oreilles, écoute mes ordres, kulpunya. Trouve les profanateurs. Chasse-les pour moi. »

Le kulpunya hurla, bondit de ses bras et disparut en courant.

Ses pattes, absurdement minces, le propulsaient à une vitesse incroyable à travers la plaine. Il courait en silence, implacable et malveillant.

Urdli sourit.

4

Hohiro Sato n'était pas de bonne humeur.

Son rendez-vous avec Atreus Applications Inc. ne s'était pas bien passé. Ces idiots d'AAI faisaient encore des difficultés. Même sa présence dans l'Enclave de Libre Entreprise de Hong Kong n'avait pu convaincre les directeurs. Quand il leur avait dit que l'intérêt de Renraku pour leur société était sérieux, ils avaient pensé qu'il bluffait. Mais ils apprendraient. Sato avait besoin des actifs d'Atreus pour le Directoire des Opérations Spéciales. Et il les aurait. Quand les dirigeants d'AAI avaient refusé son offre d'OPA programmée, ils avaient signé leur arrêt de mort. Sato leur sucerait les os jusqu'à la mœlle aussitôt qu'il en aurait l'occasion.

Ce serait pour plus tard. Il avait quitté la réunion agacé, et à cet agacement se mêla un soupçon de ressentiment quand il apprit que Mère-Grand voulait le voir. Et maintenant, elle avait le front de le faire attendre. Il n'était plus un junior pour être obligé de courir à la moindre convocation. Ni un laquais, que l'on fait patienter...

Flanqué par des gardes au visage de glace, il fixait la porte plaquée de bois précieux. Derrière elle, le jardin intérieur resplendissait des fleurs les plus rares, véritable explosion de couleurs et de parfums. Les insectes voletaient de plante en plante, à peine dérangés par d'occasionnels visiteurs passant des chambres extérieures au moyeu central de l'escalier qui plongeait dans les ténèbres, au coeur du sanctuaire.

Sato avait longtemps désiré savoir ce qui s'y passait quand Mère-Grand était absente, mais il n'avait collecté que des rumeurs. Avec le meilleur matériel de surveillance, ses agents n'avaient pas réussi à pénétrer les murs des chambres extérieures. Même Masamba, son mage, n'était pas parvenu à percer les barrières magiques. Mère-Grand aimait les secrets.

Et les secrets étaient sa raison de vivre.

De sa tanière, Mère-Grand commandait un réseau international de négoce d'informations. Elle trempait aussi dans bien d'autres trafics, légaux ou illégaux. Malgré ses excentricités, elle comptait parmi les pièces les plus puissantes du grand échiquier des ombres...

Sato n'était qu'un débutant quand il l'avait rencontrée pour la première fois. Elle l'avait aidé. A plusieurs reprises, il avait eu accès à des informations confidentielles qui lui avaient permis d'évincer ses rivaux. Sa promotion sociale en avait été grandement accélérée... Mais dès que Sato utilisait ses services, Mère-Grand plantait ses crochets plus profond dans ses chairs. Il lui avait livré des secrets en échange de ses faveurs, sachant qu'elle en profitait pour resserrer sa prise. A l'époque, il ne pouvait pas se permettre de laisser passer les occasions qu'elle lui offrait... et elle demandait si peu de choses en contrepartie. Il était plus jeune à ce moment-là. Plus stupide aussi.

Il la connaissait mieux maintenant, et il comprenait la véritable nature de leurs liens. Un jour, elle lui demanderait quelque chose qu'il ne voudrait pas lui livrer, et, pour l'avoir, elle menacerait de ruiner sa vie et sa carrière. Ce jour-là, il devrait être assez fort pour lui rire au nez. Assez fort pour qu'elle ne puisse pas le toucher.

Jusqu'à présent, il n'avait pas réussi à réunir assez de renseignements pour la compromettre. Ses plans étaient encore vagues, trop vagues...

Comme lors de ses visites précédentes, on lui demanda de laisser ses gardes du corps dans l'antichambre. Un serviteur l'accompagna le long du sentier de graviers, puis le laissa descendre l'escalier seul. Il s'enfonça, suivant son ombre autour du pilier central. Marche après marche, le bourdonnement des insectes s'effaça, pour être remplacé par un cliquetis régulier.

Clic, clac.

Bon Dieu..., elle était encore sur ce métier à tisser. Il le détestait. Le bruit le dérangeait, et il n'aimait pas être distrait quand il traitait avec Mère-Grand.

Il demeura quelques secondes dans le puits de lumière, en bas des marches. Autour de lui, tout n'était qu'obscurité. Cela aussi faisait partie de la protection de Mère-Grand, mais il connaissait la parade. Ses yeux Zeiss passèrent en amplification de lumière et il aperçut la vieille forme tordue assise devant le métier à tisser. Elle n'avait pas vieilli depuis leur première rencontre, vingt ans plus tôt.

Il ne doutait pas un instant qu'elle était consciente de sa présence, mais elle ne faisait aucun signe. S'éclaircissant la gorge, il attira son attention. Les doigts de la vieille femme ne s'arrêtaient jamais. La navette allait et venait. Sa main déformée repoussait le peigne fermement, tenant la dernière ligne du modèle en place.

Sans lever les yeux de son ouvrage, elle l'accueillit

de sa voix tremblotante :

— Ah, Sato-*san*. Votre visite me charme.

Il entra dans son jeu, feignant d'ignorer qu'elle l'avait convoqué :

— J'étais à Hong Kong. Comment pouvais-je ne pas passer voir ma Mère-Grand ?

— Quel amour. Je me demandais… Etes-vous aussi gentil avec votre vraie grand-mère ?

Sa famille ne regardait que lui, mais il était sûr qu'elle connaissait déjà la réponse. Pourquoi ne parvenait-il pas en savoir autant sur elle ?

Clic, clac.

— Alors, Sato-*san*. Comment avance votre projet à Seattle ?

Elle ne lui laisserait pas éluder cette question.

— Pas très bien, j'en ai peur.

Un moment, le métier s'interrompit. Puis, le clic, clac reprit.

— J'en suis désolée. J'espérais recevoir d'excellentes nouvelles. Vous m'aviez donné bon espoir l'année dernière.

Il en était persuadé. Il s'était senti proche du but quand le Directoire des Opérations Spéciales était parvenu à créer une véritable intelligence artificielle à l'intérieur de la Matrice de Renraku.

— J'en suis navré, mais cette interruption m'a causé plus de désagréments qu'à vous.

— C'est la vérité. Aneki ne l'a pas mal pris, n'est-ce pas ?

— Il l'a même pris assez bien.

— Assez bien en effet. Vous n'avez pas perdu votre place de dauphin du directeur et vous êtes toujours en poste à l'Arcologie de Seattle. Cela démontre une certaine habileté. Avec laquelle je devrai compter quand je penserai à vous. Avez-vous dit autre chose à Aneki-*sama* que vous m'auriez caché ?

— Je ne lui ai rien dit de plus. Depuis qu'une erreur

de gestion du Directoire des Opérations Spéciales a entraîné la perte de l'un de ses principaux ingénieurs, le projet s'est retrouvé dans l'impasse. Un grand nombre de données ont été perdues, et ce qui a pu être sauvé doit être vérifié. Hutten, l'ingénieur, est passé à l'ennemi... comme le prouve le vol des clés d'encryption et des composants dédiés. Evidemment, comme il avait conçu l'architecture du système et qu'il n'a pas laissé de notes, le Directoire n'a pas encore pu le dupliquer. Nous n'avons pas progressé depuis qu'Aneki m'a confié le projet.

Clic, clac.

— Les capacités de votre jouet auraient été plus qu'utiles. Vous avez bien sûr puni les responsables de cette déconvenue. Quels progrès avez-vous faits pour retrouver Hutten ?

— Aucun.

Clic, clac. Le son était sec. Sato sut qu'il fallait qu'il s'explique rapidement.

— L'agent de la sécurité responsable de cette débâcle a blessé Hutten avant de mourir. Peut-être même fatalement. Qui sait, Hutten est peut-être mort à présent. Quant à la sanction... On ne sait toujours pas qui manipulait Verner.

Clic...

— Verner ? Ce nom m'est familier. Rafraîchissez la mémoire d'une vieille femme, Sato-*san*.

Sa mémoire n'avait nul besoin d'être rafraîchie. Elle le testait, comme toujours. Quelques années auparavant, Mère-Grand l'avait chargé de retrouver une poignée d'individus.

Renraku était le leader du traitement des données, et il semblait logique de lui confier cette tâche. Il aurait mieux compris les raisons de cette mission si les gens qu'elle recherchait avaient été importants..., mais tel n'était pas le cas. Et elle avait insisté, au fil des mois et des années, voulant tout apprendre. Ces individus l'obsédaient, et jamais il n'avait réussi à en comprendre la raison.

A part quelques expériences traumatiques en 2039, spécialement durant la Nuit de la Fureur et les émeutes qui avaient suivi, ces personnes n'avaient rien en commun. Sato avait alors commencé à croire que cette affaire touchait quelque chose que Mère-Grand... « craignait » ? Ou le mot était-il trop fort ?

Ses soupçons s'étaient confirmés quand, deux ans auparavant, Mère-Grand avait ordonné l'interrogatoire de Janice Verner. Les questions qu'elle lui avait ordonné de poser à la jeune fille fleuraient la paranoïa. « Que voulaient-*ils* ? », « Quels rapports avaient-*ils* avec la famille Verner ? » Des questions bizarres, sans lien évident. Sato ne savait pas qui *ils* étaient, mais il avait fini par croire qu'*ils* existaient. Mère-Grand était certes paranoïaque, mais même les paranoïaques ont des ennemis. Tout ce qui lui causait du souci lui donnait de l'espoir. S'il était prudent, « ils » pourraient lui procurer le levier dont il avait besoin pour se débarrasser de son influence.

— Les Verner sont sous votre surveillance.

Clic, clac.

— Ah... oui. La jeune fille s'est révélée tellement décevante. Qu'est-il arrivé à son frère ?

— Peu d'informations ont transpiré depuis qu'il s'est fondu dans les ombres. Je sais qu'il a survécu au raid sur l'Arcologie. Nous avons détecté quelqu'un correspondant à sa description dans de petites opérations, autour de la zone de Seattle. Son fichier a disparu des banques de Renraku quelques mois après l'incident Hutten et toutes les tentatives pour en créer un nouveau ont été vaines. Les fichiers disparaissent à mesure qu'ils sont créés. C'est le travail d'un génie de l'informatique. Il a transmis un virus incroyablement sophistiqué à la Matrice de Renraku. Un virus que nous n'avons pas encore détecté mais qui, d'une manière ou d'une autre, détruit l'ensemble des données liées à Samuel Verner.

Clic, clac.

— Et pas les données liées à sa sœur ?

— Non. Ce ne serait pas nécessaire. Sa mort a été enregistrée sur l'île de Yomi il y a un an.

— Tout ceci m'intrigue. Verner était en rapport avec Hutten. Votre ingénieur est peut-être encore vivant. La jeune IA a peut-être servi à effacer de la Matrice toutes traces de Verner. Il s'est fondu dans les ombres...

— Il n'y a aucune preuve que l'IA ait survécu au sabotage de Hutten. Huang et Cliber sont incapables de reproduire leurs précédents succès. Rien de comparable n'a été observé ailleurs.

Clic, clac.

— Et ces histoires de fantômes dans la Matrice ?

— Des histoires, précisément. Juste des rumeurs et des falcifications. Il n'y a rien de vérifiable, rien qui puisse suggérer que Hutten ou l'IA soient encore en « exercice ».

— Je suis déçue. Enfin. Il faut toujours avoir assez d'intérêts en jeu pour que les déceptions ne soient pas accablantes. J'ai également entendu dire qu'Atreus avait eu un certain succès avec ses biopuces Haas.

— Je sais, lâcha-t-il, au bord de l'explosion.

— Je suis navrée. Bien sûr que vous le savez. Vous avez fait preuve d'un grand intérêt pour leurs opérations. Malheureusement, ils n'ont pas apprécié vos propositions à leur juste valeur.

— Comme d'habitude, vous êtes bien informée.

Clic, clac.

— J'ai de nouveaux centres d'intérêts. Je veux certaines informations. Une puce vous attend là-haut, avec tous les détails.

— Je verrai ce que je peux faire.

— Oh, j'en suis sûre, Sato-*san*. Vous êtes toujours gentil avec Mère-Grand et Mère-Grand est gentille avec vous. La puce contient aussi quelques petites choses qui affaibliraient dangereusement Atreus si elles tombaient entre de mauvaises mains.

Sato sourit. Mère-Grand était transparente et les mauvaises mains, cette fois-ci, seraient celles de Sato.

Il consoliderait sa position et mettrait en oeuvre les plans de Mère-Grand.

Il ne laisserait pas passer cette occasion.

5

Plus l'examen se poursuivait, plus l'anxiété gagnait Sam. La pierre n'était peut-être pas la bonne. Il s'était peut-être trompé sur les exigences du rituel. Des gens étaient morts par sa faute...

Quand il avait vu l'opale pour la première fois dans la caverne, ses pulsations révélaient sa puissance, mais par la suite son éclat avait faibli. Perdait-elle de son pouvoir ? Il ne savait pas. Il avait envie de courir, d'éliminer sa nervosité et son incertitude en brûlant de l'énergie...

Seule la présence de Katherine Hart le retenait. Katherine méprisait l'amateurisme. Tout chez elle n'était que calme et prestance. Sam tentait d'imiter son attitude, la seule chose chez elle qu'il pouvait essayer d'égaler. Jamais son apparence, tout juste moyenne, ne pourrait se comparer à la beauté éthérée de la jeune femme.

Il rongea son frein en silence. Pourquoi les autres n'étaient-ils pas aussi inquiets que lui ? Assis dans son coin habituel, Dodger méditait, les yeux clos. Loutre Grise se tenait dans le coin opposé, observant le samouraï Sylvestrin. En dépit de sa foi, frère Paulus était un soldat, armé et prudent. Seule sa boucle de ceinture en émail noir témoignait de son serment. Un datajack et des plaques d'induction ornaient son front et ses paumes. Le moine se déplaçait avec des gestes brusques, caractéristiques des réflexes câblés.

Comme ses compagnons, frère Mark ne portait aucun signe de reconnaissance. Ses traits austères et ses vêtements noirs suggéraient une vocation religieuse, mais camouflaient la puissance de sa magie. Les yeux de frère Mark étaient fermés, comme ceux de Dodger. Au contraire de l'elfe, il était en plein travail, surveillant l'appartement, pendant que le troisième membre de sa confrérie étudiait l'opale.

Le père Pietro Rinaldi était un *adepte*, capable de lire l'aura des personnes et des objets. Toute autre forme de magie lui était étrangère, mais il était un des meilleurs de sa spécialité, surpassant Sam, Hart ou frère Mark. Cela faisait maintenant une heure qu'il examinait la pierre, accroupi sur son fauteuil, n'émettant que quelques courts murmures. Sam discernait parfois des mots, comme « curieux » ou « fascinant ». Il aurait bien aimé que le prêtre se souvienne qu'il n'était pas seul dans la pièce...

Le temps s'étirait, interminable. Rinaldi se redressa enfin. Sam sauta sur ses pieds.

— Alors ?

— Elle est puissante, mon ami, répondit le prêtre avec un sourire. Aucun doute là-dessus. Mais elle est également bien étrange. Je ne distingue aucune trace d'outils..., pourtant, son aura indique qu'elle a été fabriquée. Il y a des résidus de sorts très puissants. Je crois que cette pierre a été modelée par magie.

— Je me moque du pourquoi et du comment. Est-elle utilisable ?

— Utilisable ? Oui, je crois.

— Bien. Le voyage n'aura pas été inutile.

— Le voyage t'a coûté du temps et de l'argent. Seul le temps a une réelle valeur. Mais peut-être te connais-je assez pour comprendre tes inquiétudes. Ne culpabilise pas. Dans ce monde, seuls ceux qui ne font rien ne risquent rien. Tes alliés sont morts, mais ce n'est pas ta faute. Et leurs vies n'ont pas été risquées pour un bibelot sans valeur. Je t'ai suggéré d'acquérir cette gemme pour concentrer et amplifier tes pouvoirs... et tu es revenu avec un talisman plus puissant que tout ce que nous possédons dans l'armurerie du monastère de Saint Luc.

— Alors ça va marcher ? demanda Sam avec impatience.

— Je n'ai pas dit cela, répondit Rinaldi, évitant le regard de Sam. Je te le répète depuis le début : la réussite de l'opération est hypothétique. La pierre peut canaliser une énorme quantité d'énergie, mais les objets, dans ce cas, sont insuffisants. Il faut que le rituel soit exact, que la volonté de celui qui le pratique soit pure. Je ne veux pas te donner de faux espoirs.

— Le succès est loin d'être acquis, reprit frère Mark, hochant la tête. La transformation que tu cherches dépasse de loin les limites de la magie telle que nous la connaissons.

— Mais qui a dit que l'homme connaissait tout de la magie ? demanda Hart en souriant.

Elle se passa la main dans les cheveux, dévoilant une élégante oreille pointue.

— Sous-entendriez-vous l'existence de secrets elfiques, madame Hart ? Un argument spécieux. La race elfe n'existe pas en tant que telle. Elle n'est qu'une sous-division de l'humanité, un détail du patrimoine génétique qui s'est révélé au grand jour il y a quelques années. Votre prédisposition naturelle à la magie ne vous en donne pas une meilleure compréhension.

— En êtes-vous bien sûr, bon frère ? demanda Dodger. Les elfes régnaient sur l'Irlande, sur votre Irlande, il y a des siècles de cela... Et ils y règnent de nouveau aujourd'hui. Revenus des terres de l'ouest afin de réclamer leur bien.

— Tout cela n'est que folie. A l'exception de quelques cas isolés, il n'y avait pas d'elfes avant l'Eveil de 2011. Les génotypes elfes et nains sont plutôt voyants. Comment voulez-vous qu'ils aient réussi à passer inaperçus durant des siècles ?

— Eh oui, comment, bon frère ?

— Ecrase, Dodger. Frère Mark est là pour nous aider. Pas pour écouter tes salades.

— Mes excuses, messire Twist, à vous et à frère Mark. Je ne cherchais qu'à égayer l'atmosphère.

— Si tu ne peux rien faire, Dodger, efforce-toi au moins de ne pas insulter nos invités. Et s'il te plaît, pas de disputes.

— Soyez charitables, suggéra Rinaldi. Dodger n'y peut rien. Son impuissance le travaille...

Sam soupira.

— Notre problème ce n'est pas son impuissance, mais la mienne. Chaque jour rapproche Janice de la damnation.

— Nous le savons, Sam, dit Hart, lui posant une main sur l'épaule. Nous avons la pierre. L'attente est finie.

— Sans toi, nous aurions perdu sa trace.

— Etes-vous sûrs qu'elle n'a pas succombé à la nature du wendigo ? demanda Mark. Ses péchés sont déjà importants, mais si elle a cédé au désespoir..., si elle a librement embrassé la voie du wendigo, nous ne pourrons plus rien pour elle. Comment savez-vous qu'elle n'a pas abandonné son humanité ? Lui avez-vous parlé ?

— Elle ne m'a pas adressé la parole à Vancouver. Et elle a refusé tous les messages que j'avais laissés pour elle. Elle n'a pas d'équipement de communication, et je ne peux pas envoyer de courrier électronique..., la Matrice ne couvre pas la zone où elle se trouve.

— Aucun wendigo n'a été repéré dans la région, dit Hart.

— C'est bon signe, reprit Rinaldi. En restant cachée, elle évite les tentations. Tout indique qu'elle conserve une certaine part d'humanité. Le refus de sa nature est un facteur positif pour inverser la malédiction.

— Si on peut le faire, dit Mark.

— Je prie pour que cela soit possible, dit Rinaldi. Pour elle, pour toutes les âmes que nous pourrons soulager si nous réussissons.

— Craignez-vous pour son âme, mon père ? demanda Dodger. Ou regrettez-vous de l'avoir laissée s'échapper en Angleterre ?

— Je pleure toute âme qui s'éloigne du chemin de la vertu. Janice a dévoré de la chair humaine, mais elle n'a pas tué pour se nourrir. Si elle franchissait ce cap..., je crains qu'elle se fasse engloutir par la personnalité du wendigo et qu'elle soit définitivement perdue.

— Et ceux qui sont morts pour nourrir le wendigo ? Et ceux qui mourront ? Sentez-vous le poids de leurs crimes sur votre âme ?

— Ça suffit, Dodger, coupa Sam.

Le prêtre reprit :

— Du calme, Sam. Dodger aussi était en Angleterre. Nous avons tous laissé partir Janice. Ce qu'elle fait ou ne fait pas est notre responsabilité commune. Mais nous devons nous tourner vers le futur. Nous avons les moyens d'œuvrer pour son salut, et c'est ce que nous allons faire. Avez-vous réfléchi au site du rituel ?

— Le Mont Rainier me paraît toujours le meilleur choix. C'est un des volcans activés par les Danseurs de Coyote Hurlant, un des premiers endroits où la magie s'est manifestée dans le Sixième Monde.

— La magie y est puissante. Mais je continue à penser qu'un lieu plus proche du refuge de Janice serait plus sûr. Elle doit être physiquement présente pour que le rituel fonctionne.

— Vous craignez que sa nature prenne le dessus devant des humains ? demanda Hart.

Rinaldi approuva.

— C'est un risque que je désire courir, répondit Sam. Janice est forte. Elle s'en sortira.

— Si vous vous trompez..., son âme sera perdue.

— Là ou ailleurs, il faut qu'elle soit d'accord, coupa Hart.

Elle tendit sa veste à Verner. Attachées aux longues franges, les amulettes dansaient.

Sam joua un instant avec les talismans

— Je ne pars pas. Du moins, pas physiquement.

— C'est ta tenue de chaman ?

— Oui. Inquiète ?

— Contacter Janice dans le plan physique en passant en astral... C'est la première fois que tu tentes une telle projection. Tu auras besoin de tous tes petits amis sur ta veste.

Il l'embrassa affectueusement, et enfila le vêtement.

— Je suis aussi utile ici qu'un miroir à une méduse, dit Dodger en s'éclaircissant la gorge. Si cela ne vous dérange pas, je vais vaquer à mes affaires...

— Pas de problème, répondit Sam. Mais évite de te fourrer dans des situations impossibles...

— Jenny a mis la main sur un nouveau brise-GLACE coréen, Dodger. Elle va le tester ce soir. Tu pourrais peut-être l'accompagner.

— Jenny est une grande fille, répondit l'elfe en ouvrant la porte. Elle n'a pas besoin de ma présence. Transmettez-lui mes meilleurs vœux..., mais je préfère la Matrice.

Hart attendit que la porte se referme, puis se tourna vers Sam :

— Quelque chose le préoccupe. Est-ce Teresa ?

— Qui sait ? Ça fait des mois qu'il n'en a pas parlé.

— Ça fait des mois qu'il n'a pas dit grand-chose.

Du moins, quelque chose d'important. Mais il est tracassé, c'est clair.

— Il a peut-être du mal à travailler avec vous... et avec l'autre groupe dont vous m'avez parlé, suggéra Rinaldi. Celui de Sally Tsung.

— Non. Ce n'est pas le problème, reprit Sam. En ce moment, Sally a autant besoin de Dodger que de moi.

Hart s'abstint de tout commentaire. Elle n'appréciait guère la manière dont Sally traitait Sam, mais elle évitait d'en parler en public.

— Est-ce que je peux vous être utile ? demanda Loutre Grise.

— L'heure est à la magie, répondit Sam. Pas de muscles pour l'instant.

— O.K. ! Je suis hors du coup !

— Frère Paulus et moi-même allons également prendre congé, père Pietro. Comme vous le savez, ces *chamaneries* me mettent mal à l'aise. Nous rejoindrez-vous à Saint Sébastien ?

— Aussitôt notre tâche accomplie.

— Très bien, conclut Mark, se tournant vers Sam. Je vous souhaite bonne chance.

Les frères quittèrent la pièce. Sam verrouilla la porte derrière eux et s'allongea sur le sol, la tête sur les genoux de Hart. Le père Rinaldi prit le tambour et commença à jouer. Le rythme était fort et régulier. Sam sentit Hart se tendre vers lui et utiliser ses pouvoirs pour le relaxer.

Il libéra son corps astral et le projeta à travers le tunnel vers l'autre monde, loin au nord.

6

Urdli contemplait la victime du kulpunya.

Le corps du petit homme baignait dans une flaque de sang, déchiqueté. Urdli ne connaissait pas son identité. Mais c'était sans importance. Il avait payé pour son crime.

Urdli rechercha les pierres dans l'appartement dévasté. Une trace de puissance dans une boîte, incrustée dans le mur. D'un simple sort, il fracassa la porte du coffre.

La pierre n'était pas là.

La récupérer n'allait pas être simple. D'un mot, il lâcha à nouveau le kulpunya.

Il y avait encore deux voleurs à châtier.

*
* *

Neko Noguchi était un peu à l'étroit dans le conduit d'air conditionné, mais peu importait. Ce qu'il faisait nul autre n'aurait pu le réussir, ni un nain, trop trapu pour pénétrer dans le tuyau, ni un elfe, trop grand pour en négocier les tours et les détours. Quant aux orks ou aux trolls, pas la peine d'en parler… La petite taille de Neko, sa finesse et son incroyable souplesse lui avaient ouvert ce labyrinthe interdit.

Qui disait que les Normaux étaient démodés dans le Sixième Monde ?

Le corporatiste s'en allait, laissant la vieille femme à son métier à tisser. Pas un instant ils ne s'étaient doutés que Neko était là. Le jeune Asiatique se félicita de ne pas avoir emporté de matériel. Il avait entendu les frémissements d'un détecteur électromagnétique quand l'homme était entré et sorti ; il restait persuadé que d'autres détecteurs surveillaient les conduits. Pourtant, il avait évité toutes les défenses sans aucun gadget. Il avait parié sur ses seules compétences, et il avait gagné.

C'était le troisième rendez-vous auquel Neko assistait

du haut de sa cachette. Aucun n'avait été aussi intéressant que celui-ci. Non... A part l'engagement de Greerson par Mitsuhama, les deux entretiens précédents n'avaient guère été instructifs.

Mais cet employé. Quel était son nom déjà ? Saito ? Non, Sato. Il faudrait se souvenir de ce nom. Sato jouait dans la cour des grands. Toutes ces histoires sur l'IA... Neko avait des contacts deckers qui sauraient à quel prix les négocier. S'il manœuvrait bien, il pourrait transformer insinuations et spéculations en *nuyens* sonnants et trébuchants.

Avec un coup pareil, il se ferait un nom dans les ombres. Neko Noguchi allait devenir quelqu'un avec qui compter.

Il ne pouvait laisser passer une telle occasion. Il n'avait pas encore été détecté. En restant un peu plus longtemps, qui sait ce qu'il apprendrait ?

Le rythme tranquille du métier à tisser avait quelque chose d'hypnotique. Neko se prit à rêver à ce qu'il allait gagner. Son esprit dériva...

Il sursauta.

Mère-Grand continuait de tisser. Personne n'était venu la déranger. Mais il y avait quelque chose. Un bruit. Un bruit dans les conduits.

Un drone de maintenance ? Un robot de nettoyage interfacé ? Dans les deux cas, un problème. Le cerveau primitif du drone ne le reconnaîtrait pas, mais la mécanique essaierait de l'éjecter, ce qui serait à coup sûr douloureux. Si c'était un robot, l'interfacé identifierait Noguchi comme un intrus et sonnerait l'alarme. Cela compliquerait son départ... et ensuite, il lui serait impossible de revenir. Ce qu'il ne pouvait accepter. Ces conduits représentaient sa route vers la fortune...

Les grattements se firent plus proches, accompagnés cette fois d'un léger bruissement. Cela n'avait rien de mécanique... mais ça se rapprochait. Neko décida de quitter les lieux.

Il était resté accroupi plus longtemps que prévu et ses articulations le lui firent sentir. Il rampa d'abord précautionneusement, puis, une fois éloigné du sanctuaire de Mère-Grand, accéléra le mouvement. Derrière lui, les frottements s'amplifiaient. Etait-il suivi ?

Il n'était plus très loin de la sortie, mais il accéléra encore. Pas question de se faire prendre dans le conduit. Dans un espace confiné, sa souplesse ne lui servirait à rien.

Neko se contorsionna pour passer le dernier virage et vit la lumière traverser la grille par laquelle il était passé. S'assurant que le débarras restait inoccupé, il arracha la pâte à modeler qui maintenait la plaque d'aération en place. Gardant la plaque à la main, il passa d'abord le torse. Se tenant de sa main restée libre, il dégagea ses genoux, ses pieds... Sans un bruit, il se laissa tomber sur la caisse placée sous le passage.

Il était sorti. Et ce qui rôdait dans les conduits d'aération de chez Mère-Grand ne l'avait pas attrapé.

Il commençait à rajuster la grille quand quelque chose de noir et d'étincelant, couvert de poils drus, essaya de l'atteindre à travers les lames. Neko repoussa la grille et se jeta en arrière. Une seconde patte apparut, fouettant l'air au jugé, à la recherche d'une cible. Neko atterrit sur ses pieds, prêt à fuir, mais refusant pour l'instant de tourner le dos à la chose inconnue.

Un silence de plomb s'abattit sur le débarras.

Neko contracta les muscles de son poignet gauche. Quatre lames de carbone s'éjectèrent de leurs logements. Au corps à corps, leur tranchant monomoléculaire transformait chair et muscle en sushi, mais il n'avait aucune envie de s'approcher de la créature. Il dégagea une des six fléchettes de l'étui fixé sur sa cuisse. A moins de cinq mètres, il était plus dangereux avec ces dards d'acier qu'avec une arme à feu.

Les griffes de la chose agrippèrent les bords du conduit et Neko commença à regretter de ne pas avoir pris la fuite.

Inhumainement maigres, bizarrement articulés et terminés par des griffes, les bras de la créature se détachaient à peine de son ventre bouffi et gonflé. Ses jambes, exactes répliques de ses bras, se déployèrent quand elle tomba sur le sol. Elle se reposa un instant avant de se dresser en une parodie d'insectoïde. Des lambeaux de vêtements s'accrochaient encore à sa poitrine, déchirés par ses poils raides. Elle était aussi grande qu'un troll..., trois fois la taille de Neko. Ses yeux d'onyx se braquaient sur lui et son visage n'avait rien d'humain.

Neko n'avait pas le choix. D'un mouvement vif, il lança la fléchette. L'acier se ficha dans l'œil droit de la bête, creusant son globe oculaire dans une gerbe de fluide noir. La chose ne fit aucun bruit et arracha le dard d'un coup de griffe...

Puis elle bondit.

Neko n'évita pas complètement le premier coup. Les griffes lacérèrent ses vêtements, se plantèrent dans sa chair, l'attirant vers la bête pour le coup fatal. Neko se retourna et frappa avec ses lames. Deux des tranchants glissèrent contre la chitine des membres, sans effet. Les deux autres coupèrent net ses vêtements et le libérèrent. Il tomba durement sur le sol.

L'insecte attaquait des deux pattes, sans répit. Neko plongea en avant, lançant une seconde fléchette vers sa nuque. Mais la créature se retournait et le dard rebondit sur les plaques osseuses. Neko répondit aux coups de griffes avec ses lames, harcelant le côté aveuglé du monstre. La fatigue le tenaillait déjà alors que rien ne semblait arrêter son adversaire.

Une griffe lui déchira le bras, une autre le prit sous les côtes, traversant ses protections et l'envoyant valser de l'autre côté de la pièce. Sonné, les yeux trempés de larmes, Neko faillit gaspiller ce répit. Il eut juste le temps de saisir une nouvelle fléchette avant que le monstre le force à bondir une fois encore pour éviter ses griffes. Mû par l'énergie du désespoir, il esquiva, mais ses mouvements se faisaient plus lents et il savait que la bête aurait le dessus tôt ou tard.

Il se baissa, évitant un nouveau coup de patte, et tenta sa chance. Comme un ressort, sa main lança la fléchette. Le dard d'acier fracassa l'œil intact.

Aveuglé, le monstre se débattit. Neko se glissa sous sa garde et enfonça ses lames dans la chair entre le crâne et les épaules. Les quatre rasoirs de carbone tranchèrent les artères, les veines et la trachée avant de glisser contre quelque chose de dur. La bête s'effondra dans un gargouillis.

Elle mit longtemps à mourir.

Aucune chance que ce carnage passe inaperçu. La ligne d'accès aux secrets de Mère-Grand était coupée... Neko devrait monnayer au mieux ce qu'il avait appris aujourd'hui. Le débarras était dévasté et il avait laissé des empreintes partout. Des empreintes et du sang. Il ne pouvait pas mieux offrir à ceux qui allaient se lancer à sa poursuite. Il mit hors service les sprinklers et utilisa le matériel de nettoyage pour allumer un feu. Il n'abandonnerait que des cendres derrière lui.

*
* *

Urdli regardait le kulpunya tourner en rond sur le tarmac, hurlant de frustration.

Il avait perdu sa proie. Malgré ses sens surnaturels, le kulpunya ne pouvait pas suivre une piste dans les airs. Et les voleurs s'étaient échappés par avion.

Urdli leva les yeux vers l'appareil qui décollait sur le ciel de Perth. Il se dirigeait vers l'ouest, négociant les courants qui suivaient la côte. Il allait quitter le continent.

Oh, non. Cela n'allait pas être simple.

7

Le *Magic Matrix* était le point chaud du quartier des loisirs de l'Enclave de Libre Entreprise de Hong Kong.

Pour les habitants fatigués par un morne quotidien, le club était un paradis. A l'intérieur, les clients abandonnaient leur enveloppe de chair pour se plonger dans d'autres réalités, programmées et sélectionnées par l'utilisateur. Des créations sur mesure, où toutes les formes étaient possibles..., où tous les désirs étaient permis. Pour une meilleure résolution ou une meilleure réponse du système, il suffisait d'enfiler les trodes ou de se brancher via un datajack..., puis de se laisser porter par les gnomes de la Matrice Magique dans un univers de poche du cyberspace.

A condition, bien sûr, d'en avoir les moyens.

Le matériel coûtait une fortune..., sans compter les programmes. Pour protéger son investissement, le *Magic Matrix* employait un large éventail de contre-mesures. Simples barrières logicielles, CI capables de vous griller le cortex, célèbres - trop célèbres - GLACES noires... Et au cas où tout ceci n'aurait pas suffi, des deckers spécialisés se connectaient régulièrement au *Matrix*, à la recherche d'éventuels utilisateurs non autorisés. La technologie était tellement sophistiquée que même ses fabricants ne lui faisaient pas entièrement confiance.

Avec raison. Car il y avait une faiblesse dans leurs défenses.

Ç'avait été un jeu d'enfant pour Dodger de pénétrer dans le système. Connaissant sa réputation, le decker de veille l'avait laissé passer.

Mais Dodger n'était pas venu pour voler les secrets du *Magic Matrix*. Il était venu pour un rendez-vous. Aux côtés des univers fantastiques, des planètes reculées, des dragons mystérieux, des combats entre anges et technodémons existait un autre lieu, non répertorié dans les services officiels. C'était un lieu de réunion utilisé par les deckers, uniquement accessible à l'élite de la profession. Il offrait les mêmes services que le club virtuel *Syberspace*, mais, en plus des habituelles boîtes aux lettres et autres bases de données, les clients en chair et en os pouvaient y rencontrer l'élite des deckers en toute sécurité.

Aujourd'hui, le client était un decker. Dodger était venu répondre à un message électronique. Celui qui l'avait posté était, au choix, un informateur essentiel ou un escroc... Dodger n'attendait pas grand-chose de cette rencontre. Mais depuis qu'il avait plongé dans les ombres, l'elfe avait souvent joué avec la chance. Cette fois-là était loin d'être la plus dangereuse.

Depuis ses mésaventures en Angleterre, Dodger recherchait toutes les informations concernant la mystérieuse entité qu'il avait rencontrée dans la Matrice. C'était l'IA créée par Renraku... Il en était certain. Elle était brièvement réapparue au moment de l'affaire des druides renégats du Cercle.

A moins, bien sûr, que cette rencontre soit un fantasme né de ses propres terreurs. Pourtant, il n'avait pas abandonné les recherches. Il ne savait pas pourquoi. Peut-être Sam lui avait-il transmis un peu de son obstination...

Dodger s'introduisit dans les systèmes internes du *MM* et inspecta le salon virtuel avant d'y pénétrer. Les infos en provenance du caisson 737 étaient limpides. L'icône qui l'attendait était la réplique quasi exacte de la personne se trouvant dans le caisson, limitation technologique mise à part. Un jeune Japonais, nettement plus petit que la moyenne. Il portait une tenue simple, aux vêtements renforcés. L'œil exercé de Dodger repéra également que son compagnon avait dissimulé plusieurs armes aux gardes avant de pénétrer dans le caisson. Impressionnant..., mais rien d'anormal pour un shadowrunner. C'était un professionnel.

Dodger sourit. Les informations seraient plus chères, mais de meilleure qualité.

Dodger se connecta au salon virtuel.

— Et à qui ai-je l'honneur ?

Le Japonais se retourna. Ses yeux brillaient. L'homme était aussi prudent que son homonyme :

— Chat.

— Un sobriquet approprié pour quelqu'un de votre finesse, sire Félin.

— Vous êtes un elfe.

— Quelle sagacité.

Le jeune Japonais baissa dans l'estime de Dodger. Le lieu avait ses règles internes. Au lieu de leur icône habituelle, les deckers utilisaient une image virtuelle pour communiquer. Un client pouvait remonter la trace d'un decker s'il connaissait son icône... Mais une image virtuelle ne laisserait de trace que dans sa mémoire. L'incognito était donc assuré. A moins, bien sûr, qu'un petit imbécile ne fasse « tout haut » des réflexions de ce genre...

— Cette découverte te crée-t-elle un problème ?

— Non... à moins que vous ne payiez en or, elfe.

— Mon crédit est bon, sire Félin. Sûrement meilleur que le tien. Mais avant que j'envisage le moindre transfert, il me faut la preuve que tes informations sont vraies.

— Il semble que Mère-Grand en ait été satisfaite.

— Mère-Grand ? (Dodger lutta pour dissimuler sa surprise. Si Chat était son intermédiaire, les informations devaient être bonnes. Et hors de prix.) Ce serait folie que de mettre en doute la qualité des actes de Mère-Grand. Et folie plus énorme encore de croire que la simple mention de son nom cautionne cette transaction...

— Vous voulez les infos, oui ou non ?

— Je crains que mon intérêt ne décline, dit Dodger, conscient du malaise de son interlocuteur. Tu n'as pas utilisé les protocoles habituels de cette respectable dame. Peut-être n'es-tu qu'un aventurier tentant de se faire passer pour quelqu'un qu'il n'est pas...

Le visage de Chat se ferma. L'augmentation soudaine de son rythme respiratoire confirma les soupçons de Dodger. L'homme ne faisait pas partie de l'organisation de Mère-Grand.

— Je n'ai jamais affirmé que je travaillais pour elle, reprit-il finalement. J'ai dit qu'elle croyait les informations.

— Je n'ai aucun désir de payer ses tarifs pour vérifier la réalité de tes contes. Qui me prouve que ce que tu détiens m'intéresse ?

— Vous devez me faire confiance.

— Pas question. Parle-moi de ton trésor. S'il m'est de quelque utilité, je paierai ce que tu demandes.

— Payez d'avance, insista Chat.

Dodger hésita. Chat avait touché son point faible : la curiosité. Si l'homme disparaissait maintenant avec les informations, Dodger n'aurait d'autre alternative que d'aller voir Mère-Grand. Ce qui prendrait du temps, de l'argent...

— Faut se décider, l'elfe. 20 000 et les infos sont à vous.

— 5 000 en dépôt et 10 000 en coupons.

— 10 000 et 5 000.

— 7 000 et 7 000.

— Paierez-vous même si les infos vous déplaisent ?

— Assurément.

— O.K. Ça marche.

Respectant les secrets de Chat, Dodger ne lui demanda pas par quel moyen les renseignements avaient été obtenus. Les informations n'étaient pas toutes vérifiables... Mais il y avait cette connexion entre Renraku et l'IA, qui donnait du crédit à l'histoire. Quant aux fichiers disparus... Dodger se rendit compte qu'il voulait y croire. Cela correspondait à ses propres expériences, à ses rencontres dans le système des druides.

— Je crois que ce Sato a tout faux, conclut Chat. Pour moi, le renégat a piqué l'IA et l'utilise contre eux. C'est ce que vous vouliez, n'est-ce pas ? Savoir qui était en possession de l'IA ?

Dodger passa la main sur les trois rangs de datajacks qui ornaient sa tempe gauche.

— Et… ce rebelle ? Qui est-ce ?

Chat hésita.

— Allons, sire Félin. La pêche est finie et tes filets sont pleins.

— Je ne me rappelle plus, répondit doucement Chat.

Dodger se sentit envahi par une vague de soulagement et de panique à la fois. Chat avait dit la vérité. Ou plutôt *sa* vérité. L'homme en savait trop peu, mais c'était déjà énorme…

— As-tu vendu ces informations à d'autres ? demanda Dodger.

— Non, répondit l'informateur.

Son ton indiquait que l'idée ne lui était même pas venue à l'esprit.

— Si les ombres ne gardent pas trace de cette histoire, je veillerai à ce que ton compte engraisse.

— J'ai vendu ce que j'avais à vendre, répondit Chat en s'indignant. Pour qui me prenez-vous ?

— Un voleur honnête ?

Chat sourit. Dodger soupira. Il était jeune, très jeune…

— Très bien. Alors disons que je récompenserai de futurs éclaircissements. Un marché acceptable pour un voleur honnête, sire Félin ?

— Je crois que nous pouvons faire affaire, l'elfe.

Chat lui fit un clin d'œil et disparut du salon virtuel. Dodger resta en place, réfléchissant à ce qu'il avait appris.

Il quitta le *Magic Matrix* quelques secondes plus

tard, sans se faire remarquer. Il n'avait aucune envie de discuter avec le portier.

8

L'endroit était désert et mort.

Sous sa forme astrale, Sam ne voyait que la lueur pâle des lichens et des mousses tapissant le sol glacé. Aucune forme de vie plus complexe, aucune trace humaine. L'été n'amenait pas de chaleur dans cette région glaciale et inhabitée.

Il avança, flottant lentement au-dessus d'une zone aride. Au loin, soudain, une faible étincelle de vie. Une étincelle familière. Il vola vers elle.

L'aura particulière du wendigo..., les nuances de son enveloppe...

— Janice.

La forme accroupie ne fit aucun mouvement, mais son aura n'était pas faible. Sam se sentit soulagé. Il n'était pas trop tard. Janice était vivante et la malédiction n'avait pas encore fait son œuvre.

En projection astrale, ses mots n'atteignaient pas le plan physique. Il modifia ses perceptions comme Hart le lui avait appris, créant une image fantomatique discernable par des yeux ordinaires.

— Janice.

La montagne de fourrure remua. Les muscles massifs se contractèrent et Sam aperçut une patte sombre, terminée par des griffes brillantes.

— Janice.

Un mouvement encore. Une tache noire : son visage. Elle ouvrit un œil, rouge comme de la braise.

— J'ai entendu.

La voix caverneuse le surprit. Mais les intonations, l'énervement, lui étaient familiers. Janice n'avait jamais apprécié les réveils en sursaut.

— Qui est l'inconscient qui me dérange ?

— C'est moi, Janice. Sam, ton frère.

— Va-t'en ! grogna-t-elle, se retournant brusquement. Je n'ai pas de frère !

— Je ne partirai pas. Janice..., tu es ma sœur. Ne me rejette pas.

— Je n'ai pas de famille. Tu t'en es chargé... Souviens-toi !

Les deux yeux rouges le fixaient à présent, mais Sam ne réagit pas. Ce n'était pas sa faute s'ils étaient orphelins. Il n'était pas responsable des émeutes...

— Je suis tout ce qui te reste, Janice.

— Il n'y a plus de Janice. Janice n'est plus rien, n'appartient plus à rien. Le peu qui en restait avait trouvé quelqu'un qui s'occupait d'elle. Quelqu'un qui ne s'était pas caché, quelqu'un qui ne l'avait pas rejetée en apprenant ce qu'elle était devenue. Mais ce quelqu'un est mort à présent. Tu ne te souviens pas ?

— Hyde-White t'a...

— Dan Shiroi ! hurla-t-elle.

Elle se redressa, le dominant de sa stature imposante. Sam soupira. Elle se raccrochait à l'image de ce wendigo comme à celle d'un protecteur. Elle était encore sous son influence.

— Dan ne montrait pas son vrai visage. C'était un menteur et un tueur. Il s'était laissé consumer par sa nature de wendigo. Janice... Je dis la vérité. Au fond de toi, tu le sais.

— Tu l'as tué, répondit-elle froidement.

— J'ai juré un jour de ne jamais prendre la vie d'un innocent et je n'ai pas renié ma parole. Dan n'était pas un innocent, c'était un assassin. Il t'aurait modelée à son image. Je n'avais pas le choix. C'était le seul moyen de te sauver.

— Je ne voulais pas que tu me sauves ! Dan m'aimait !

Sam ferma les yeux, laissant les souvenirs affluer. Dan Shiroi mourant, s'interposant entre Janice et lui…

— Peut-être… Mais il n'est devenu digne de ton amour qu'à sa mort. Dan connaissait le danger que ton âme courait. Il était trop tard pour lui, mais il t'a donné une chance de changer… Tu dis qu'il t'aimait. Je t'aime aussi. Je veux te libérer de cette malédiction. Je suis venu te dire qu'il y a de l'espoir. Nous allons accomplir un rituel pour te sauver. Tu dois venir au Mont Rainier.

— Me sauver ? (Elle souleva ses babines, découvrant ses crocs dans ce qui pouvait, au choix, être interprété comme un rictus ou un sourire.) C'est trop tard. Où étais-tu quand ils m'ont transférée à Yomi ?

— Je l'ai appris trop tard. Ils ne voulaient pas que je te voie. J'ai tout tenté pour te retrouver…

— Mais tu n'as pas réussi. Et tu m'as arraché ce qui comptait le plus…

— J'ai fait ce qui devait être fait.

Elle se détourna.

— Je reste ici.

— Tu restes ici ? demanda Sam, effaré. Mais pourquoi ? Rien ne te retient ! Je t'offre une chance de retrouver ta vie !

Il essaya de la prendre par les épaules, de la secouer, mais ses mains fantomatiques la traversèrent. Elle se retourna et le regarda dans les yeux.

— Tu ne comprends pas. Ta précieuse petite sœur est morte. Elle a été remplacée par ASN1778, qui a été transférée sur Yomi et a tenté de se construire une nouvelle vie. Puis je suis morte à nouveau… Abandonnée, comme Janice Verner. Pourquoi désirerais-je retrouver une de ces deux existences ? J'étais heureuse, et tu m'as tout pris.

— Tu n'étais pas heureuse. Tu étais ensorcelée par

les fausses promesses du wendigo.

— De quel droit juges-tu ! De quel droit prétends-tu savoir mieux que moi ce que je ressens !

— Je connais la sœur avec qui j'ai grandi. Je connais les parents qui l'ont élevée. Comment crois-tu qu'ils jugeraient un être succombant aux passions sanglantes du wendigo ? Je sais combien tu souffres. N'abandonne pas, Janice. Pas maintenant. Pas si près du but.

— Je ne veux pas d'espoir. Je veux juste la paix.

— Le wendigo ne t'apportera pas le repos.

Elle soupira bruyamment. Ses yeux se perdirent sur l'horizon.

— Ici, tout n'est que paix.

Sam regarda autour de lui. Les émotions tourbillonnaient autour de lui, visibles, palpables. L'air était empli de désespoir, de tristesse, de mépris et de haine.

— Tu te trompes, Janice. Tu ne trouveras rien ici.

— Non. C'est toi qui te trompes, Sam ! Je suis en sécurité. Dan se réfugiait ici quand sa magie n'était pas assez puissante pour lui permettre de marcher parmi les humains. Ici, je ne suis pas torturée par la faim. Ici je peux dormir d'un sommeil sans rêves. Aussi longtemps que j'y reste, toi et les tiens n'avez rien à craindre de moi.

— Tu as peur, comprit Sam brusquement.

Elle grogna en retour.

— Quel est ton totem, Janice ? Souris ?

— Je n'ai pas de totem.

— C'est faux. Ta transformation en wendigo t'a éveillée. Le pouvoir des wendigos se développe de façon chamanique. Dan Shiroi était un chaman, et il t'a enseigné les voies… J'ai vu ta magie à l'œuvre ! Tu ne peux pas faire cela sans totem.

— Laisse Dan en dehors de tout cela, grogna-t-elle.

— Quel est ton totem ?

— Loup, répondit-elle enfin.

— Loup ? Loup n'est pas un totem de lâche. Es-tu sûre que tu ne focalises pas à travers Autruche ? Cela te conviendrait mieux. Tu n'es pas digne de Loup.

— Loup me comprend.

— Loup doit être dégoûté par ta faiblesse.

— Si tu ne veux pas sentir ma force, va-t'en. Maintenant.

— Je ne partirai pas sans toi.

Elle le regarda en grognant. Ses yeux irradiaient. Sam était glacé, comme une souris dans les serres d'un faucon. Etait-il allé trop loin ?

Elle se tendit brusquement et, par réflexe, il fit un pas en arrière, oubliant que son corps astral était invulnérable aux dommages physiques. Janice arrêta de grogner et se mit à rire, d'un rire cassant, sans trace d'humour.

— Vas-tu assumer ce que je fais, ce que je suis, à ma place ?

Il n'avait droit qu'à une réponse. Pouvait-il la faire ? Ne s'était-il pas depuis longtemps décidé ?

— Oui.

— Je te reconnais bien, mon frère, inconscient, absurde... Chacun est responsable de ses actes. Ne l'as-tu pas appris ?

— Dans une famille, chacun est responsable des actes et du bien-être des autres.

— Très japonais. Je pensais que tu abandonnerais ta fascination pour cette culture...

— Je n'ai pas abandonné ma sœur. Viendras-tu ou non ?

— Qu'est-ce que j'ai à perdre ? dit-elle finalement, haussant les épaules. Et puis tu m'en as trop dit. Je ne pourrais plus reposer en paix.

— Il n'y a pas de paix ici.

— Tu sais tellement peu de choses, dit-elle doucement.

— Tu retrouveras la paix quand le rituel t'aura

transformée.

— Je n'aurai sûrement pas de paix avant que tu danses...

Il y avait quelque chose d'indéfinissable dans le ton de Janice. Sam haussa les épaules, repoussant le mauvais pressentiment qui l'assaillait.

— Hart nous a préparé un avion. L'ordinateur pilotera..., tout a été prévu. Tu n'as qu'à monter à bord, t'asseoir et profiter du voyage.

— Pas de pilote ? demanda-t-elle, avec un sourire qui le mit mal à l'aise. Peur que je le dévore ?

— Moins il y aura de personnes au courant de ton entrée dans le Conseil Salish-Shide, mieux ça vaudra. Les wendigos sont mis à prix.

— Ainsi que ceux qui les aident et les protègent, ajouta-t-elle.

Comme s'il ne le savait pas...

9

La musculature de Fantôme le faisait paraître plus petit qu'il n'était réellement.

C'était un samouraï des rues ; contrairement à tous ceux qui revendiquaient ce titre, il montrait peu de signes de cybertechnologie. Seules les plaques d'induction de son module d'interface le trahissaient. Ce n'étaient pourtant pas ses seules améliorations. Fantôme préférait ne pas afficher ses atouts. Etre sous-estimé lui donnait souvent l'avantage...

Dissimulé dans un kiosque à bibelots, Sam l'observait. L'Indien marchait tranquillement dans la foule. Son treillis, ses bottes de saut et sa veste de combat lui ouvraient le passage. Avec sa nonchalance habituelle, il esquivait les passants, qui ne le remarquaient même pas, sans jamais casser son rythme. Il ne fut interrompu qu'une seule fois quand un gros Allemand le percuta. Après une petite bousculade, c'est un Fantôme souriant qui reprit son chemin, semant derrière lui des deutsche marks, des cartes de crédit et des badges corporatifs. L'Indien paraissait flâner, et un observateur aurait pu penser qu'il se dirigeait vers Sam par hasard… Ce dernier sortit du kiosque pour l'accueillir, mais le Peau-Rouge fut plus rapide :

— Ugh, Visage Pâle. Comment va ?

— Ugh, Fantôme. Les affaires, comme d'habitude. Et toi ?

— Beaucoup de travail… pour ne pas perdre de terrain. *Wakarimasu-ka* ? Les affaires, comme d'habitude.

— Pas trop occupé pour un petit extra, j'espère ?

— Si on est trop occupé pour ses amis, on l'est pour vivre, répondit l'Indien en souriant.

Sam sourit à son tour. Fantôme trouvait à son goût les relations actuelles entre Sam et Sally Tsung. Et Sam préférait un Fantôme amical à un Fantôme jaloux.

— J'ai besoin de ton aide pour trouver une planque pour ma sœur. A l'extérieur de Seattle.

— Pourquoi moi ? Je croyais que tu t'entendais bien avec Hart. Elle a des contacts dans les terres du Conseil. Je suis un gars des villes…

Sam n'avait jamais parlé des contacts de Hart. Quant à Fantôme, il s'inquiétait rarement de ce qui se passait à l'extérieur du métroplexe. S'il en savait autant, c'est que quelqu'un avait mis son nez dans les affaires de Hart. Probablement Sally. Sam soupira, espérant que cela n'allait pas poser de problème…

— Touché, Fantôme. Malheureusement, dans ce cas précis, les contacts de Hart ne sont pas assez sûrs.

— *So ka*. Ta sœur a des problèmes ?

— Elle… elle s'est gobelinisée. Les contacts de Hart

ne s'en mêleront pas.

L'aveu était risqué. Fantôme allait-il être tenté par la récompense ? Sam ne savait pas grand-chose de l'Indien ; mais, curieusement, il se sentait prêt à lui faire confiance. Fantôme suivait un code que Sam ne comprenait pas toujours, cependant il était sûr que le samouraï ne vendrait pas son honneur pour quelques crédits. D'ailleurs il n'y avait qu'une seule façon de le savoir...

— *So ka*, approuva sagement Fantôme. Elle est hors la loi ?

— Comment as-tu...

— Facile, Visage Pâle. Si sa race n'était pas problématique, tu serais passé par Cog ou Castillano. Ils sont très forts pour transporter de la marchandise, même vivante. Mais c'est à moi que tu t'adresses. Tu charges un Indien des villes de te trouver une planque en *dehors* de la ville... De quelle race est-elle ?

— Wendigo. Mais elle n'a jamais tué.

— Et ?

— Si un wendigo n'a pas tué, la malédiction n'est pas complète. Ses péchés peuvent lui être pardonnés et son âme peut être sauvée.

— Ses péchés ? Son âme ? Tu divagues, Visage Pâle. Je ne crois pas en Jésus. J'ai compris très tôt que l'Evangile ne voulait rien dire dans la rue. La dernière fois que j'ai tendu l'autre joue, je me la suis faite remplacer. (Fantôme secoua la tête.) Les wendigos mangent les gens. C'est tout.

— Nous allons la soigner, ajouta Sam.

— Tu es complètement fou. C'est impossible. Si on pouvait transformer ne serait-ce qu'un ork, les médecins et les labos seraient sous le feu des médias en quelques millisecondes. Le monde entier le saurait. Il n'y a pas de pilule, pas de chirurgie, pas de drogue capable de faire ça !

— Nous avons trouvé un moyen. Nous allons la

traiter par magie.

Fantôme cracha par terre.

— Je sais que tu n'aimes pas la magie. Je ne te demande pas de participer au rituel. Nous avons besoin de la cacher jusqu'à ce que nous puissions agir... C'est ma sœur, Fantôme. Il faut que j'essaye. Je croyais que tu comprendrais. Nous ne pouvons pas la ramener dans le plexe. C'est trop dangereux. Mais il faut qu'elle soit présente pour le rituel !

— Quand la cote est trop haute, le sage ne parie pas, dit Fantôme en s'éloignant.

— J'avais vraiment cru que tu m'aiderais, murmura Sam. Son totem est Loup.

Fantôme se retourna.

— Tu es complètement fou, Visage Pâle, mais tu as des *cojones*. Et je dois être un peu fou moi aussi. Grand-Père Loup n'aime pas les lâches, et il déteste les gens qui quittent la meute.

— Tu ne la quittais pas. Je ne fais pas partie de ta tribu. Janice non plus. Et je sais que tu es tout sauf un lâche.

— Je ne m'inquiète pas pour toi, Visage Pâle, murmura Fantôme. Tu ne te fous pas de moi ? Elle est vraiment Loup ? Tu le jures sur ton totem ?

Sam confirma.

— Tu ne rends pas les choses faciles, dit Fantôme. Grand-Père Loup n'aime ni les meurtriers, ni les cannibales. Il y a de l'espoir... Peut-être qu'en effet tu peux faire quelque chose pour elle. Combien de *nuyens*, as-tu dit ?

— Nous n'en avons pas encore parlé. Je n'ai pas grand-chose... 50000. Plus mon aide, à chaque fois que tu en auras besoin.

— Ne t'inquiète pas, Visage Pâle, dit l'Indien. Si ça nous pète à la gueule, l'argent sera le dernier de tes soucis.

10

Sous sa forme astrale, Janice inspecta les environs de l'avion, détectant trois personnes. Elle reconnut immédiatement Sam. A ses côtés se trouvait une elfe dont la forme éveilla un vague souvenir. Mais sa vision astrale n'était pas assez précise pour qu'elle l'identifie clairement. Le troisième membre du comité d'accueil était un samouraï, à l'aura obscurcie par les implants cybernétiques.

Sam aurait-il pu monter un piège ? Non... Son frère était trop honnête pour la trahir. Du moins le frère avec lequel elle avait grandi... Mais le Sam d'aujourd'hui était chaman et shadowrunner. Il avait changé.

Janice réintégra son corps et se leva. Les fauteuils n'étaient pas conçus pour quelqu'un de sa taille. Ses douleurs et ses courbatures lui rappelaient quotidiennement qu'elle n'appartenait plus au monde des humains. Un instant, elle eut envie d'arracher la porte, exprimant ainsi sa frustration et sa colère. Mais elle se retint. Le stress du voyage suffisait...

Elle se sentit mieux à la première bouffée d'air frais. Les fragrances de la forêt flottaient dans la brise, au grand plaisir de son odorat développé.

Sam et la jeune femme avancèrent pour l'accueillir, le samouraï demeurant délibérément en arrière. Janice reconnut l'elfe et sut soudain pourquoi son aura lui était familière. C'était la fille qui avait aidé son frère à tuer Dan Shiroi.

Sam ouvrit la bouche pour la saluer, Janice ne lui en laissa pas le temps :

— On traîne toujours avec les mêmes, à ce que je vois. Vous deux, c'est sérieux, ou c'est juste pour m'agacer ?

Sam s'arrêta, bouche bée. L'elfe répondit à sa place :

— Je m'appelle Hart, Janice. Et personne ici n'a la

moindre intention de vous offenser.

— Je sais qui tu es. Et appelle-moi Shiroi, elfe.

— C'était le nom du wendigo, répondit Hart.

Janice montra les dents.

— Et je suis quoi, d'après toi ?

L'elfe se tut, offensée, peut-être même un peu nerveuse. Bien. Ce n'était qu'un début.

— Alors, monsieur le chaman... Où se trouve l'équipe de ce fameux rituel ? Egarée ? A moins que tu ne te sois trompé d'endroit. Je croyais que tu voulais un volcan...

Sam était déconcerté et gêné par son attitude, sentit-elle avec satisfaction. Parfait... Aucune raison que ce soit facile pour lui !

— Nous n'accomplirons pas le rituel ce soir, répondit-il doucement.

— Quoi ?

Janice sentit le désespoir l'envahir. Ne comprenait-il pas ce qu'il avait fait en l'entraînant ici ? La faim commençait déjà à la tenailler. Combien de temps allait-elle tenir ? Un jour, deux peut-être... Elle se tourna vers son frère :

— Pour quelle raison ?

— Je voulais minimiser les risques. Je n'étais pas sûr que le transfert se passe bien. Si les pisteurs du Conseil nous étaient tombés dessus, on pouvait dire adieu au rituel... La lune sera pleine dans deux jours, et la magie plus puissante. Cela te laisse le temps d'apprendre ton rôle.

— Il n'a jamais été prévu que je participe.

— La magie de transformation gagne en puissance si le sujet est consentant.

Elle s'entendit grogner :

— Il faut que j'y croie pour que ça marche ?

— Disons que ça aiderait...

Janice s'assit sur la terre grasse. Les choses ne marchaient pas comme elle voulait. Rien de bien neuf...

Depuis la mort de ses parents, elle n'avait été heureuse qu'une fois. Dans les bras de Dan, quand il s'occupait d'elle. Le reste n'était que vide... Vide comme sa vie...

Du coin de l'œil, elle voyait Sam s'impatienter. Hart lui donna un coup discret dans les côtes. Ils échangèrent un regard, puis Sam prit la parole :

— Janice... Ça n'a pas été facile pour toi de venir ici, je le sais. Le voyage a dû être très inconfortable, mais c'est le meilleur avion que nous ayons pu dénicher. Tu es fatiguée. (Il posa une sacoche à côté d'elle.) Repose-toi un peu, puis prend le lecteur et jette un œil sur ces puces. Tu y trouveras les points importants du rituel. Ton rôle est surligné. Il n'est pas long, mais il est essentiel. Je préférerais voir tout cela avec toi, mais j'ai quelques détails à régler dans le plexe. Il faut que j'y aille.

Le plexe ? Elle ne voulait plus jamais en voir un. Les métroplexes étaient sales, sentaient mauvais, et, surtout, ils étaient remplis de gens. Tous ces gens puants et bruyants. Toute cette viande... Non !

Janice tenta de repousser la pensée dans les ténèbres de son esprit.

— Pas de ville ! Tu avais dit pas de ville !

Sam se mit à parler à toute vitesse, d'une voix rassurante :

— Je parlais de Hart et de moi, Janice. Toi, tu vas rester avec Fantôme. Il va t'emmener au rendez-vous que nous avons fixé, sur les pentes du Mont Rainier. Nous nous reverrons dans deux jours, après le coucher du soleil. D'accord ?

— Ai-je le choix ?

— Je vais prendre ça pour une réponse positive...

Lentement, Sam tendit la main pour la toucher puis s'arrêta, hésitant. Devait-il la caresser comme un animal familier ? Lui tapoter la tête comme la petite sœur qu'elle était encore ? Lui poser une main rassurante sur l'épaule ? Janice ne bougea pas d'un pouce. Il voulait lui montrer son affection, mais il s'y prenait mal. Pire encore, elle sentait le tremblement de sa main, la peur dans ses yeux. Au moins montrait-il un peu de courage. La femelle n'osait pas s'approcher.

Elle les regarda s'installer sans précipitation dans le cockpit. Sam s'assit dans le fauteuil du pilote et fit quelques gestes. Les moteurs de l'engin se mirent à vibrer. Plus vite, encore plus vite, jusqu'à ce que les propulseurs soulèvent la carlingue... L'avion s'éleva au-dessus des arbres. Les nacelles se positionnèrent pour le vol horizontal et il disparut dans la nuit.

Quand Sam avait-il appris à piloter ?

Lentement, elle se retourna vers son compagnon, le samouraï nommé Fantôme. Elle l'observa du coin de l'œil dans l'obscurité. Un Indien. Depuis des générations les Indiens se racontaient des histoires sur les wendigos.

Elle était sûre qu'ils les croyaient toutes...

Et le type était resté pour s'occuper d'elle. Comme si elle avait besoin d'un humain comme baby-sitter. Elle se déplaçait plus vite que lui dans la forêt. Elle était plus forte, probablement plus rapide, et avait certains avantages supranormaux que même les meilleurs implants ne pouvaient reproduire. Sam croyait-il vraiment qu'un seul samouraï pouvait l'arrêter ?

Quittant l'arbre auquel il était adossé, Fantôme traversa la clairière. Il se déplaçait si silencieusement que le raton laveur qui inspectait la sacoche de Sam ne se dérangea même pas. Accroupi à une demi-douzaine de mètres d'elle, il l'observait calmement. Savait-il qu'elle pouvait le voir comme en plein jour ?

— Je ne suis pas contagieuse, tu sais.

Le raton laveur s'enfuit et le samouraï se leva pour s'approcher. Deux mètres. Il avait bien jugé son allonge. Elle ne pourrait pas l'atteindre sans se relever.

— Tu n'as rien à dire ?

Il demeurait silencieux. Elle répéta sa question en japonais et en espagnol, sans obtenir de meilleurs résultats. Cet individu commençait à lui porter sur les nerfs. Après le voyage en avion, c'était la goutte d'eau qui ferait déborder le vase...

— Tu peux parler, au moins ?

Il la fixait en silence. Elle décida qu'elle en avait assez vu et tourna la tête. Quelques minutes passèrent. Le raton laveur fit une nouvelle tentative, mais fut figé dans son élan par les premières paroles de l'Indien :

— Tu es un chaman ?

— Oui, répondit-elle, surprise de sa propre sincérité.

Quelques minutes passèrent.

— Est-il vrai que tu es Loup ?

— Tu veux dire... est-ce que Loup est mon totem ?

Il approuva silencieusement. Très bien. Ils pouvaient être deux à jouer aux réponses laconiques :

— Oui.

Fantôme grogna et se leva.

— La route est longue jusqu'au Mont Rainier. Sam a dit que nous devions voyager de nuit. Il faut partir.

— Quoi ? Pas de véhicule ?

— On se ferait repérer.

— Ah oui ? Et cet avion, il était discret, peut-être ?

— Facile de disparaître d'un écran radar. Il suffit de connaître le contrôleur aérien à corrompre.

— Et le bruit ?

— Quand les gens entendent un avion la nuit, ils n'y font pas attention. Il est dans le ciel, loin de leurs problèmes. Une voiture ou une moto sont plus proches d'eux. Ils les remarquent. Et je ne me risquerais pas à conduire dans la forêt, même en plein jour.

— Alors, nous marchons.

— Nous courons, si tu peux.

Elle lui sourit, prenant soin de ne pas montrer ses crocs.

— Essaye et fais de ton mieux. Tu es supposé savoir

où nous allons.

Elle partit, fonçant à un rythme qui aurait fatigué n'importe quel humain. Mais le samouraï se maintenait à son niveau. Il se déplaçait avec précision, ses muscles puissants jouant comme une machine bien huilée sous sa peau bronzée. A la manière dont il évitait les branches et les buissons, Janice comprit qu'il voyait aussi bien qu'elle dans l'obscurité. Au bout d'un moment, elle ralentit. La faim l'avait affaiblie. Elle préférait conserver ses forces.

Après une heure, ils croisèrent un daim. C'était un jeune, les bois encore couverts de velours. Il s'enfuit, mais Janice se lança à sa poursuite, ne lui laissant aucune chance. Avec un hurlement, elle se jeta sur lui et le fit tomber sous son poids. D'une claque, elle lui brisa une patte avant. Le daim brama de terreur. Gardant sa prise, elle le plaqua au sol. D'un coup sec elle déchira chair et os, arrachant la jambe.

Le fumet du sang chaud remplit ses narines, suivi de l'odeur de la viande fraîche. Elle plongea les dents dans la chair sanguinolente. Il y avait plus épicé, mais c'était de la viande. Elle arracha encore un morceau, mordit, dévora.

Le daim se débattait, essayant de se remettre debout, alors qu'il se vidait de son sang. N'avait-il pas compris que tout était fini pour lui ?

Elle leva les yeux de son repas. Fantôme l'avait rattrapée et l'observait en silence.

— Ne t'inquiète pas. C'est juste un daim.

Il ne répondit rien.

C'était encore pire. Prise d'une soudaine impulsion, elle jeta la cuisse, se redressa et s'éloigna. Elle s'immobilisa près d'un arbre, en proie à un étrange sentiment. La faim la tenaillait, réveillée par ce bref festin. Son estomac se contractait douloureusement. Elle ne pensait qu'aux muscles de Fantôme qui dansaient quand il courait. Comme le daim.

Exactement comme le daim…

11

— M. Urdli est attendu au carrousel numéro trois. Je répète… M. Walter Urdli est attendu…

Urdli leva les yeux vers le haut-parleur. Il haïssait les micros, les transports aériens et les monstrueux avions des liaisons transpacifiques…

A l'exception des deux elfes - un jeune homme brun et une jeune fille blonde -, la salle d'attente était déserte. Ils avancèrent sans hésitation vers lui. Ils ne l'avaient jamais vu auparavant, mais avec sa peau sombre et son corps fragile, Urdli était unique.

Il se présenta en sperethiel. Leurs réponses étaient correctes, mais l'utilisation des formules de politesse manquait de pratique.

— Vous faites partie du Conseil ?

— Je m'appelle Estios, monsieur. Voici O'Connor. Nous sommes les assistants du professeur Sean Laverty.

Urdli les examina attentivement. La femme, O'Connor, était agréable à regarder, mais le vieil elfe ne s'était jamais senti attiré par les génotypes de l'hémisphère Nord. Comme son compagnon, elle portait une tenue luxueuse sous laquelle elle dissimulait ses armes à ceux qui ne savaient pas sentir le métal. Cheveux courts et oreilles découvertes, Estios suivait la mode. Il était grand pour un elfe caucasien, et ses épaules témoignaient de la pratique régulière d'une activité physique. Les deux elfes avaient sans doute d'autres talents cachés… Urdli leur adressa un signe de tête assez sec.

— Je n'ai pas pour habitude de traiter avec les serviteurs. Occupez-vous de mes bagages. Laverty m'attend.

Une étincelle dansa dans le regard glacial d'Estios, mais ce fut d'une voix impeccablement calme qu'il répondit :

— Vos bagages seront enlevés, monsieur. Ce n'est pas mon travail. Je suis chargé de vous avertir que le professeur a malencontreusement été retenu au Royal Hill. Il m'a demandé de vous servir de guide jusqu'au manoir, où il vous rejoindra dès que possible.

Urdli tendit son manteau à la jeune elfe. Il faisait beaucoup plus chaud ici qu'en Australie.

— Donc, rien ne nous retient ici.

— Une voiture vous attend, monsieur.

— Nous ne passerons pas par la ville, j'espère ? Je l'ai aperçue de l'avion. Souillée par l'architecture humaine.

— Portland est un compromis, monsieur. Elle accueille la majorité des humains de l'ancien Etat d'Oregon. Le Conseil du Prince est satisfait de cet arrangement. Il permet aux industries qui maintiennent le contact entre Tir Tairngire et le reste du monde d'avoir accès à la main-d'œuvre nécessaire. Néanmoins, depuis les récents accords avec Seattle, l'utilité de Portland diminue. Un jour, la présence humaine pourra être entièrement éliminée... Pour l'instant, je crains que cette ville ne soit un mal nécessaire.

— Je ne l'aime pas.

— Je comprends, monsieur, dit Estios, un sourire froid jouant sur ses lèvres. Nous allons prendre une route qui évite la zone urbaine.

— Faites.

Le manoir de Laverty était d'architecture humaine. Urdli avait oublié son aspect banal. Seules les menaçantes gargouilles et les délicats tracés de magie protectrice trouvèrent grâce à ses yeux. Malgré les protestations de ses guides, qui avaient pour ordre de l'emmener à sa chambre, Urdli se fit conduire à la bibliothèque. Les événements se précipitaient. Son temps était précieux et il comptait l'utiliser de manière constructive.

La pièce était chaleureuse et agréable, et la collection de manuscrits encore plus riche que dans ses souvenirs. Urdli était plongé dans un exemplaire du *Liber Viridis* de Vermis quand Laverty arriva.

L'elfe roux s'avança, les bras grands ouverts :

— Mon ami, cela fait des années… Quels terribles secrets vous amènent à Tir ?

Urdli se leva, son attitude glaciale refroidissant les ardeurs amicales de Laverty. D'un geste, il désigna Estios et O'Connor :

— Ils restent là ?

— Ce sont les plus loyaux de mes assistants. Leur intervention étant probable, je crois qu'il serait bon qu'ils écoutent votre histoire.

— Ce sont vos paladins…

Laverty fronça les sourcils.

— Je considère ces serments comme démodés. Bons pour ce vieux jeton d'Ehran.

— Irrespectueux comme d'habitude, Laverty.

— Parlez, Urdli, dit Laverty en riant. Vous n'êtes pas venu là pour m'entretenir de détails d'intendance. Quel est le problème ?

— Il y a eu un raid sur *Imiri ti-Versakhan*.

Le ton léger de Laverty s'évanouit aussitôt.

— Grave ?

— Trois des puits sont vides.

— Seulement trois ? Cela aurait pu être pire…

— Le puits de Rachnei était parmi eux. Les pillards ont dérobé sa pierre.

Laverty soupira.

— Oubliez ce que je viens de dire. La situation est grave. Les deux autres ?

— Des puissances mineures. Elles ne m'inquiètent pas. Si nous agissons vite, nous pourrons les rattraper avant qu'elles causent trop de dégâts.

— Qui les a relâchés ?

— N'y voyons pas une revanche de nos anciens ennemis. Rachnei n'est l'amie de personne. Sa libération les inquiétera autant que nous. Et si le pillage avait été la première étape d'un plan visant à nous affaiblir, les voleurs auraient ouvert tous les puits...

— Des fanatiques ?

— Je ne pense pas. Je n'ai pas trouvé trace de tentative de contrôle. Non... Des fanatiques ne seraient pas si naïfs. Ceux qui ont fait cela ne savaient pas de quoi est capable Rachnei...

Laverty arpentait la pièce à grands pas.

— Vous êtes sûr de ce que vous avancez ?

— Non. Il n'y a rien de sûr dans cette histoire... Seulement de fortes probabilités. Mais je crois que nous avons encore une chance de restaurer l'équilibre.

— Si Rachnei a de nouveau absorbé son aspect..., je crains que le mana ne soit pas assez puissant pour l'emprisonner de nouveau. Et même si cela était possible, vous n'y arriveriez jamais seul ! Pourquoi ne pas vous être rendu au Shidhe ? Ou avoir fait une demande directe au Conseil ?

— Vous connaissez déjà la réponse. Le Shidhe s'est perdu dans son rêve... Quant au Conseil, tant que ce dragon y trône, je refuse d'en entendre parler !

— Vous ne désirez pas que Lofwyr soit mis au courant..., je comprends. Mais les autres ont le droit et le devoir de savoir. Le pillage du puits de Rachnei va nous affecter tous, à courte ou longue échéance... Elfes et non-elfes. Pour vaincre, il nous faudra réunir tout le mana disponible.

— Je ne le sais que trop. Si Rachnei n'a pas encore absorbé son aspect, s'il reste une chance de l'emprisonner, je ne m'opposerai pas à ce que nous rassemblions les autres. Mais laissez-moi un peu de temps. Je désire une chance de laver mon honneur.

— L'honneur, en vérité ? Je prie pour qu'il ne vous

aveugle pas. Je ne vois aucune façon de rétablir l'équilibre. Si le puits est vide, nous devons nous préparer à la tempête et prévenir le Conseil.

— Vous voulez que j'avoue mon échec à *Imiri ti-Versakhan* ? Que tous apprennent l'existence de ce lieu ? Qu'ils sachent ce qui s'y trouve encore emprisonné ?

Laverty se tut quelques instants.

— Je vois, finit-il par dire. Que désirez-vous de moi ?

— Je voudrais que le cercle de ceux qui savent la vérité demeure restreint. Peut-être avez-vous raison... Peut-être suis-je en train de m'égarer en espérant que l'équilibre sera rétabli. En vérité, je pensais que vous m'aideriez à répondre à cette question. Vous avez vécu plus que moi dans cette époque. Vous avez une meilleure compréhension des manifestations du mana dans le Sixième Monde. Mais même si l'aspect de Rachnei ne peut être détruit, je pense que la pierre nous aidera à la combattre. Il faut que nous récupérions l'opale.

— Vous avez accès à d'autres bibliothèques que la mienne, protesta Laverty. Pourquoi me mêler à tout ceci si vous refusez de prévenir le Conseil ?

— La piste des pillards m'a mené jusqu'ici. Je pense qu'ils se terrent dans le métroplexe, au nord. Vous avez de nombreux contacts dans les Amériques et c'est une terre que je ne connais plus. Le temps file. Je dois récupérer la pierre avant que les voleurs en libèrent la magie.

Laverty hocha la tête :

— Dites-moi ce que vous savez sur vos pillards.

Urdli raconta ce qu'il avait réussi à apprendre dans les ombres de Perth. Ses informateurs avaient peu de détails. Des descriptions, des surnoms... Mais comme il l'avait espéré, Laverty les reconnut.

— Loutre Grise est une samouraï de bonne réputation. Jeune, mais expérimentée et compétente. Ce n'est pas la première fois qu'elle travaille pour Twist. (Laverty hésita. Urdli écoutait attentivement.) Twist..., c'est le surnom de Samuel Verner, un ancien employé de Renraku. Il a passé quelque temps ici après sa fuite. Il s'éveillait à la magie. J'ai effectué une série de tests pour mesurer ses pouvoirs. D'après les résultats, je ne pense pas qu'il ait pu avoir la force de retirer la pierre. Il n'arrivait même pas à croire qu'il était magicien !

— Peut-être vous a-t-il trompé, suggéra Urdli. Celui qui a brisé les sceaux a embrassé la magie sans retenue. Seul un vrai magicien a pu annuler les sorts qui retenaient la pierre en place.

— Si c'était lui... Et non quelqu'un ou quelque chose ayant pris sa forme, dit distraitement Laverty.

— Je le reconnaîtrai une fois que j'aurai été en contact avec son aura. Celui qui a volé la pierre était humain, j'en suis convaincu. Pas besoin de chercher plus loin...

— Peut-être avez-vous raison, approuva Laverty. Mais je ne sais... Verner s'est révélé Chien. Et comme vous le savez, Chien protège l'humanité. Je ne vois pas Verner ouvrir volontairement le puits de Rachnei...

Laverty défendait le voleur avec trop de conviction. Urdli commença à regretter de lui avoir avoué son déshonneur.

— Volontairement ou pas, il l'a fait et nous devons payer les conséquences. Je n'aimerais pas apprendre qu'il a succombé à Rachnei...

— Je ne pense pas, répondit fermement Laverty. Si c'était le cas, j'aurais été prévenu.

— Vous surveillez donc Verner, dit Urdli. Et vous savez où le trouver.

— Oui.

— Dites-le-moi, ordonna Urdli. Mon honneur exige que je le débusque.

— Dans quel but ? Voulez-vous le tuer ?

— Il doit payer pour ce qu'il a fait.

— La pierre est plus importante que la vengeance, lui rappela Laverty.

— C'est ma priorité.

— Si vous récupérez la pierre, vous n'aurez nul besoin de tuer Verner. Il vous la rendra si vous lui expliquez la situation. Je pense même qu'il vous offrira son aide pour la remettre en place. Il a agi sans savoir... Mais je suis persuadé qu'il avait une bonne raison.

— Quelle raison peut être assez bonne ?

— J'aimerais le savoir. Tant de choses m'intriguent chez cet humain...

Urdli se mordit les lèvres. Comme d'habitude, la curiosité de Laverty risquait de tout faire rater.

— Je n'arrêterai pas ma chasse tant que je n'aurai pas récupéré la pierre, dit froidement Urdli. Dites-moi où trouver Verner.

L'adresse que lui donna Laverty ne lui dit strictement rien. Peu importait. Il trouverait.

12

Dodger déconnecta son cyberdeck.

D'ordinaire, l'hallucination consensuelle par laquelle les deckers géraient la complexité et la rapidité de la Matrice était utile. Mais son enquête était tout sauf ordinaire, et son modus operandi habituel avait atteint ses limites. Pour comprendre les changements qu'il avait observés dans certaines icônes, il lui faudrait travailler avec de vrais chiffres et du code machine. Dodger suspectait la patte de l'IA. Il l'avait déjà vue à l'œuvre dans la Matrice de Renraku. Il savait ce qu'elle était capable de faire.

Elle était là, quelque part.

Des heures durant, il étudia les données copiées pendant son incursion. Il se connectait régulièrement à la Matrice, effectuant de très courtes recherches. Sa dernière tasse de sojkaf refroidit, rejoignant les rangs d'une dizaine de récipients délaissés. Sa nuque lui faisait mal. Chaque piste offrait de nouvelles possibilités, chaque chemin le laissait frustré, irrité, mais fasciné.

Absorbé dans son travail, il n'entendit pas tout de suite le télécom.

Il tapa rageusement sur les touches. Ce n'était pas le moment qu'on le dérange.

Le télécom continuait de biper.

Celui qui voulait le joindre insistait. Il soupira. Il était dans une impasse, le sojkaf était froid... Frappant la touche « sauvegarde » de son cyberdeck, il prit l'appel.

L'écran s'illumina et le visage mince et inquiet de Teresa O'Connor apparut. Dodger se crispa. Teresa le dérangeait. De plus, comme à chaque fois qu'il voyait la jeune femme, des souvenirs resurgissaient. Il était vulnérable et il le savait...

— Dodger ? Tu as l'air épuisé.

— Ah, belle dame... Bonne journée à toi. Je pensais que tu ne voulais plus me parler ?

— Je n'ai jamais dit ça !

— Tu as pourtant clairement fait ton choix, en quittant Londres avec Estios. Il se porte bien, je présume ?

— Il fait des progrès quotidiens. Il a déjà arrêté de casser les assiettes à la seule mention de ton nom.

— Je ne suis pas spécialement gracieux, c'est vrai. Mais je reste persuadé que ton influence a contribué à apaiser sa fureur. Est-il gentil ?

— Dodger..., je ne veux pas parler d'Estios avec toi.

— Très bien, belle dame. A mon habitude, je ne

peux te refuser une faveur.

— Arrête tes conneries, Dodger, dit-elle calmement. Nous savons tous deux ce qu'il en est.

Dodger ignora délibérément l'invite. Il ne voulait pas discuter de leur relation. Il ne voulait plus entendre parler du passé, moins encore de ce qui aurait pu être…

— C'est toi qui as appelé, gente dame. La situation doit être grave, et je t'écoute. Mais si le problème n'est point majeur, je te saurais gré de ne pas me déranger plus avant. D'autres problèmes me pressent.

— J'espère que Twist n'y est pas impliqué, répondit-elle froidement.

— Pourquoi ? (Elle garda le silence ; Dodger sentit une sourde inquiétude l'envahir.) Je t'en prie, explique-toi.

— Ton ami a des ennuis sérieux.

C'était Estios. Il ne pouvait s'agir que de ce fils de rien… Comment avait-il appris ce que préparait Sam ? Il avait juré la mort de Janice, simplement parce qu'elle était wendigo. Allait-il interrompre le rituel ?

— Comment a-t-il su ?

Teresa le regarda avec surprise :

— Tu es déjà au courant ?

— Bien sûr que… Ce n'est pas Estios ? De qui parles-tu, Teresa ?

L'elfe se passa la langue sur ses dents, un tic qui rappela à Dodger des souvenirs agréables.

— Je préfère ne pas le nommer, dit-elle. Surtout sur cette ligne. Disons qu'il s'agit d'un vieil ami du professeur.

Dodger avait eu plus que son lot des vieux amis du professeur. La plupart du temps, ceux-ci n'amenaient que des ennuis…, même, ou surtout, quand ils étaient dans le bon camp.

— Raconte-moi…

— Cette, heu… personne… est persuadée que Twist

lui a volé quelque chose. Une sorte de pierre magique. Je ne connais pas les détails, mais toute l'histoire tourne autour d'un objet qui serait sorti d'un puits... Je ne suis pas tout à fait sûre... mais je crains que cet homme veuille tuer Twist dès qu'il mettra la main dessus. C'est une question d'honneur...

Des pierres magiques, des puits. Tout ça ne lui disait rien qui vaille. Cela puait la magie, ainsi que d'autres choses. Comme d'habitude, Sam Verner avait marché dans la bouse et s'y était enfoncé jusqu'au cou.

— Pourrais-tu me décrire ce gentilhomme ? Que je le reconnaisse si je venais à le voir ?

— Ici ? Il est australien, je ne peux pas t'en dire plus. Je vais t'envoyer un dossier. Mais bouge-toi, mon vieux. Il vient de s'envoler pour Seattle.

La première bonne nouvelle de la conversation.

— Dommage... Il part dans la mauvaise direction. Twist a quelques affaires en cours et vient de quitter le plexe.

— Cet homme n'abandonnera pas.

— Ils n'abandonnent jamais. Mais ne crains rien, je transmettrai ton message à Twist.

— Sois prudent, Dodger. Il n'a aucun respect pour ceux qui se mettent en travers de son chemin.

Elle semblait sincère. Mais pourquoi s'inquiétait-elle ? Elle avait fait son choix, et ce n'était pas lui...

— Ton inquiétude me touche, gente dame. Connaissant les vieux amis du professeur, je serai extrêmement prudent. Twist sera prévenu ce soir.

13

Le soleil venait de se coucher sur le Mont Rainier. La lune grimpait dans le ciel et le moment que tous attendaient approchait lentement.

Sam tentait d'ignorer la discussion tenue de l'autre côté des rochers, mais la voix haut perchée de Rikki Radeg lui rendait la tâche difficile. Le petit chaman essayait de justifier son refus de participer au rituel. Hart répondait calmement, mais fermement. On parlait promesse ? Rikki avait celle de Hart que toute la ville serait mise au courant s'il les laissait tomber. Rikki répondait qu'il s'était fait avoir, qu'il n'avait jamais accepté...

Sam tenta de se concentrer. Les jérémiades de Rikki importaient peu. Celui-ci avait paniqué à l'arrivée de sa sœur et de Fantôme. Un seul coup d'œil à Janice avait suffi pour que le chaman Rat commence son numéro... Si Manx avait des objections à focaliser le rituel sur un wendigo, elle ne les avait pas révélées. Et tant que Manx restait, Rikki demeurerait également. Le chaman Rat n'accepterait pas de perdre la face devant un chaman Chat, Sam en était persuadé...

Rikki et Manx l'assisteraient durant le rituel de transformation. Chat et Rat... Un mélange inattendu de totems. Mais il semblait que les rivalités traditionnelles des deux animaux n'affectaient pas leurs serviteurs.

Rikki et Manx n'étaient pas les chamans les plus puissants de la côte Nord-Ouest, mais Sam pensait qu'ils pourraient assumer leur rôle. Il avait compté sur leur curiosité et sur les connaissances qu'il leur offrait pour assurer leur silence. Comme tous les magiciens, les deux chamans étaient avides de nouveaux sorts. Et le secret n'était que temporaire : ce soir, Janice guérirait et plus rien alors ne serait important...

Seuls les trois chamans conduiraient le rituel. Non que le père Rinaldi eût refusé d'y participer ; mais il aurait fallu assurer sa protection, ce qui aurait affaibli leurs ressources. Pourtant Sam craignait de ne pas pouvoir, sans lui, détecter à temps une perturbation dans le flux de mana ; le prêtre serait présent ce soir, en tant que support moral. Le moment venu, il ferait office d'observateur.

Hart lui tiendrait compagnie. Ils avaient décidé d'un commun accord que la magie sera plus pure s'ils ne mêlaient pas sa tradition hermétique à un rituel purement chamanique. Sam aurait aimé connaître plus de chamans, mais Rikki et Manx seraient ses seuls alliés.

Une chose était sûre : personne ne viendrait les déranger. La vision astrale du prêtre serait une aide inestimable. Hart, Fantôme et Loutre Grise étaient des professionnels. Nulle patrouille du Conseil ne pourrait approcher sans se faire repérer...

Les pensées de Sam se concentrèrent sur sa tâche. Le sable coloré coulait entre ses doigts, chaque grain prenant naturellement sa place dans un dessin complexe. Le site serait bientôt prêt. Les deux derniers jours avaient été dédiés, avec l'aide de Rinaldi, à préparer et à consacrer le terrain.

Achevant son examen, le prêtre s'approcha de Sam :

— La peinture est belle.

— Vous trouvez ? Je suis loin d'être un artiste.

— Le contenu et le symbolisme sont plus importants que le rendu. (Rinaldi prit Sam par l'épaule pour l'encourager.) Tout ira bien.

— J'aurais préféré ne pas y placer Corbeau. Il est voleur et trompeur.

— Ne reprenons pas la discussion, Sam. Corbeau est un totem puissant, spécialement par ici. Nous avons monté ce rituel en y incorporant autant d'éléments que possible... Il est à sa place.

— Je sais, soupira Sam, tandis que les derniers grains de sable noir achevaient l'image de l'oiseau. Je suis juste un peu nerveux.

— Nous le sommes tous. (Rinaldi fixa le ciel.) Il est temps.

Sam leva les yeux vers la lune rousse et la contempla quelques minutes, massant ses muscles fatigués. Puis il rassembla ses pots de sable. Quand il se releva, Rinaldi avait disparu et le calme régnait dans la clairière.

Sam murmura les mots qui amorceraient le rituel. Une faible lueur, noyée dans la lumière lunaire, se diffusa dans la clairière.

Le cercle magique mesurait cinq mètres de diamètre et ses limites étaient définies par un anneau de petites pierres. A l'extérieur, quatre zones de formes différentes marquaient les points cardinaux. Au nord, ils avaient placé un haut tambour de prière. Au sud, une longue flûte en bois reposait sur une couverture multicolore. A l'est, des pierres dessinaient la silhouette d'un homme, la tête vers le centre. A l'ouest, la même silhouette, plus grande. Et au centre du cercle, entourée d'un anneau de sable rouge, se trouvait l'opale que Sam avait ramenée d'Australie, brillant de mille feux sous la lune.

Pénétrant dans la clairière, les autres chamans firent signe à Sam et s'installèrent. Rikki prit place dans le cercle au tambour, Manx dans celui où se trouvait la flûte. La musique n'était pas là pour l'ambiance. Ce soir, la mélodie avait son rôle à jouer.

Entonnant le chant d'ouverture du rituel, Sam se mit à danser. Il fit plusieurs fois le tour du cercle, progressant à petits pas rythmés par la musique lancinante des instruments. Peu à peu, la lumière s'intensifia. A la fin de la danse, la clairière était éclairée comme en plein jour.

Janice sortit des ténèbres et s'avança vers le cercle.

— Bienvenue, Loup, dit Sam. Rejoins-nous dans notre magie.

— Je le fais de ma propre volonté.

Elle s'allongea dans la grande silhouette, tandis que Sam continuait à tourner afin de clore magiquement le cercle. Puis il se dirigea vers Janice, répandit des herbes sur son corps, retourna dans le rond central et s'y enferma.

Le cercle était étroit, et ses jambes croisées touchaient pratiquement l'opale. Entrant en transe, Sam chercha la présence de Chien. Il aurait aimé que la force de son totem s'ajoute à la puissance déjà réunie, mais la présence éthérée restait introuvable. *Comme tu voudras, vieux cabot.* Avec la pierre comme focus et le rituel, il y aurait suffisamment de magie...

Rikki se mit à chanter de sa voix aiguë, accompagné en contrepoint par la flûte de Manx. Lentement, Sam se laissa dériver. S'amarrant à l'opale, il rassembla les fils d'énergie et les tissa en un motif étincelant. Sous sa chemise, sa dent fossile pulsait contre sa poitrine. Son image astrale se fondit dans la matrice magique...

Revêtu d'une puissance aveuglante, il se tourna vers Janice. Sous son image, Sam sentait les ténèbres de sa nature de wendigo, qui luttait contre les vestiges de son âme humaine. Il l'enveloppa de sa puissance, comme un cocon protégeant une chenille. Elle renaîtrait bientôt tel un papillon...

Il l'appela et elle prononça les réponses rituelles. Obéissant à ses ordres, la jeune femme se leva et contourna le cercle magique, allant s'allonger dans la silhouette la plus petite. Sam sentit la montée de puissance et lutta pour la guider, pour la modeler suivant ses désirs. Mais malgré toutes ses efforts, le mana restait incontrôlé... Le cap était franchi. Il ne lui restait plus qu'à conclure le rituel. La flûte s'éteignit doucement et seul le tambour continua de battre. Il rappelait à Sam des contrées astrales.

Il ouvrit les yeux. Janice était allongée sur sa gauche, le corps dépassant largement de la petite silhouette. Wendigo.

Les préparations et les sacrifices avaient été vains. Le rituel venait d'échouer...

Faisant taire la musique, un hurlement déchira la nuit.

14

De l'obscurité jaillit une gigantesque forme humanoïde.

Elle s'immobilisa à l'extrémité du cercle, battit l'air de ses longs bras et attrapa un tronc d'arbre de sa main simiesque. D'un geste large et puissant, la chose balaya les pierres du cercle extérieur.

Deux autres créatures se mouvaient déjà dans les ténèbres. Trois mètres de muscles noueux et de peau calleuse, des cornes asymétriques couronnant une tête malformée et hideuse... D'un geste d'une violence inouïe, la première bête lança le tronc en direction de Sam. Le missile rata sa cible d'un bon mètre et roula sur les pierres du cercle jusqu'aux pieds du chaman. Le monstre chargea. Sam se jeta de côté, faisant voler le sable coloré.

Il se mit à couvert derrière un amas de rochers. Alertée par le vacarme, Loutre Grise s'y trouvait déjà, son pistolet-mitrailleur SCK100 à la main. Sam se sentit heureux de sa présence. Si Fantôme et Hart avaient pu être là aussi... A quelques mètres, les créatures ravageaient le cercle, brisant les rochers. La lumière magique s'évanouit et la nuit retomba sur la montagne.

Rikki se glissa derrière les rochers en chuchotant :

— Qu'est ce que c'est que ces monstres ?

— Dzoo-noo-qua, souffla Loutre Grise.

— Doo-zoo-quoi ?

— Qu'importe le nom, Rikki. Nous avons des ennuis.

Plissant les yeux, Sam étudia soigneusement le terrain, cherchant à percer l'obscurité.

— Janice, Manx... Où sont-ils ?

Rikki émit un petit rire nerveux.

— Aucune idée. L'environnement n'est pas très sain, par ici. Ils ont dû mettre les bouts.

Dans une explosion de lumière blanche, la clairière s'illumina. Une fusée éclairante. *Espérons qu'il s'agit de Hart ou de Fantôme*, pensa Sam. *Ne manquerait plus que les troupes de Salish-Shidhe viennent mettre leur nez là-dedans.*

La lueur métallique inondait la pente. Soudain, Sam aperçut Manx. Un des dzoos avait réussi à la coincer au bord de la clairière, là où la paroi tombait à pic. Des jets d'énergie magique sortaient des mains de la chaman, sans ralentir la bête. Manx trébucha et la créature la saisit. La seconde patte du monstre se posa sur son corps, et la jeune femme se mit à hurler. La bête ne l'avait ni mordue, ni griffée ; pourtant, la chaman se tordait de douleur. Sam eut un hoquet d'horreur. La peau de Manx se desséchait, ses cheveux noirs devenaient plus gris que cendre. La créature parut grandir - où était-ce une illusion due aux ombres dansant sur la montagne ? Le dzoo leva la tête et hurla, un cri de victoire qui glaça Sam jusqu'au sang.

Sans réfléchir, le chaman se leva et hurla lui aussi, de peine et de colère. Chien était en lui tandis qu'il concentrait son pouvoir, que ses babines se retroussaient et qu'il projetait sa puissance en un éclair d'énergie. Atteinte de plein fouet, la chose trébucha, lâchant un amas d'os et de chair morte..., tout ce qui restait de Manx.

Le dzoo se retourna lentement, fixa Sam de ses yeux injectés de sang et chargea. Le crépitement de l'arme de Loutre Grise noya son grognement. Sam aperçut du coin de l'œil Rikki qui s'éloignait en rampant. Il ferma les yeux, préparant une seconde contre-attaque. Mais les balles ricochaient sur la carapace et la bête fut sur eux. D'un revers de la main, elle envoya Loutre Grise rouler sur les rochers. Sam se jeta en arrière. Il contrôla mal sa chute. Sa cheville lâcha et il se retrouva à terre. Déjà, le monstre se penchait sur lui, sa respiration fétide et étouffante à quelques centimètres de son visage. Il se prépara à hurler…

La bête se releva, une expression étonnée sur le visage.

Janice était venue au secours de Sam. Calmement, tous les muscles tendus, elle souleva le dzoo au-dessus de sa tête. La chose se débattit furieusement, mais Janice tenait bon. Son bras se détendit, plaquant la chose sur les rochers. Agitant frénétiquement les membres, le dzoo la frappa au creux de la jambe. Janice perdit l'équilibre. Des griffes déchirèrent sa chair ; le temps que la chose se relève, les blessures se refermaient déjà. Les deux titans s'étreignirent dans une embrassade furieuse, roulèrent au sol, disparaissant du cercle de lumière.

Sam resta à terre, stupéfait. Il entendit, comme dans un rêve, le hurlement de Fantôme… Rassemblant ses dernières forces, il bondit sur le côté. Le tronc d'arbre s'abattit à la place que sa tête occupait quelques instants auparavant, écrasant une partie de son avant-bras. A moitié assommé par la douleur, Sam tenta de se relever… puis retomba. L'ombre du deuxième dzoo-noo-qua couvrit le rocher. Sam était trop groggy pour lancer un sort…

Fantôme frappa la bête aux genoux. Surpris, le dzoo recula. Les Ingram de l'Indien se mirent à cracher. Concentrant son feu sur le cou de la créature, le samouraï reculait lentement. Peu à peu, la chair se transforma en charpie. Le torse maculé par de longues rigoles de sang, le dzoo-noo-qua fonça sur Fantôme, qui esquiva gracieusement l'attaque. Le monstre continua sa course, soudain interrompue par un choc sourd. Il y eut un gargouillement, puis le silence retomba sur la clairière.

Fantôme se pencha sur Sam, puis se releva avec un hochement de tête rassuré. Loutre Grise arrivait en boitillant. Son corps et son visage étaient couverts de bleus, mais ses blessures paraissaient superficielles.

Rikki, inquiet mais intact, la suivait. Hart apparut en pleine course, une arme dans la main droite, la lueur d'un sort d'attaque faisant étinceler la gauche.

— C'est fini, souffla Fantôme, un demi-sourire aux lèvres.

La lueur du sort disparut ; Hart jeta ses bras autour de Sam, qui l'étreignit.

— Ça va... Je vais bien, souffla-t-il.

— J'étais trop loin... Où est Janice ?

— Je ne sais pas. Elle se battait contre un des dzoo-noo-qua. Ils ont disparu par là.

— C'est... fini aussi, annonça Fantôme.

— Janice ?

Le souffle de Sam était court. Fantôme ne dit rien.

Sam se leva d'un bond et courut vers les bosquets, Hart à ses côtés. Ils n'eurent pas à aller loin.

Janice était à moins de douze mètres de là, vivante. Devant les yeux effarés de Sam, ses blessures se refermaient à toute allure. Mais ce n'était pas là ce qui glaçait son frère.

Janice dévorait le dzoo.

Réalisant soudain qu'elle avait des spectateurs, elle leva les yeux.

Sam ne vit d'abord que de la faim dans son regard. Puis la lueur furieuse disparut de ses pupilles. Sans un mot, elle se glissa dans les ombres. Epuisé, Sam resta sur place. Hart posa une main légère sur son bras, mais le chaman resta sans réaction.

La bête. La bête prenait possession de Janice.

Le père Rinaldi se glissa derrière eux.

— Ces dzoo-noo-qua. Ce sont des êtres intelligents, Sam. Pas des animaux.

Sam secoua la tête.

— L'encyclopédie des animaux paranormaux de Paterson donne les dzoo-noo-qua comme des créatures non pensantes. Et le Conseil Salish-Shidhe offre une récompense pour leur destruction.

— Le Conseil a également mis la tête des wendigos à prix, rappela Rinaldi.

Sam serra les mâchoires, réprimant un sanglot. Le regard dans le vide, il s'éloigna du cadavre et retourna vers la clairière. Le prêtre commença à soigner sa blessure. Une fois le bras du chaman bandé, il dit tristement :

— Désolé, Sam. Mais frère Mark, frère Paulus et moi devrons discuter de la situation.

Sam hocha la tête, évitant le regard du religieux.

— Faites ce que vous avez à faire, mon père. Je comprends.

— Je l'espère, Sam.

— Chacun de nous fait ce qu'il a à faire.

Le prêtre lui jeta un regard bizarre mais ne dit rien. Loutre Grise se tourna vers lui et lui proposa de le reconduire au métroplexe.

D'un signe de tête, le prêtre accepta. Jetant un coup d'œil derrière elle, la jeune femme croisa le regard du chaman. *Doucement*, prononça Sam, à voix très basse. Loutre Grise saisit le mouvement des lèvres et fit un petit signe de tête. Elle avait compris.

Chacun de nous fait ce qu'il a à faire.

Rinaldi et Loutre Grise disparurent dans les ténèbres. Sam se retourna… Jailli du néant, Dodger se tenait à son côté. La tête de Sam tournait. Il ne chercha pas à comprendre pourquoi ou comment l'elfe était arrivé là.

— Le moment est-il venu de passer au plan B ?

— Tu sais ce que tu as à faire, Dodger.

— C'est vrai. Il suffit, sire Twist, d'appuyer sur une touche. Pas d'inquiétude. Les bons Frères recevront leurs ordres avant que le père Rinaldi ait atteint les limites du métroplexe. Il recevra également une convocation exigeant son prompt retour.

— Ils ne se douteront de rien ?

— Honte sur toi, sire Twist ! Ne doute pas de ma compétence. L'illusion sera parfaite… jusqu'à ce qu'ils soient confrontés à leur véritable supérieur, à Rome. Bien sûr, il sera trop tard. Cependant, messire, je dois te parler d'un autre problème...

Sam secoua la tête. Rien ne pouvait être pire que ce qui s'était passé ce jour... Pourtant l'expression de Dodger promettait une sacrée calamité.

— Vas-y...

DEUXIÈME PARTIE

REGARDE EN TOI-MÊME

15

Le cottage dans les montagnes était le repaire privé de Harry.

Dodger aurait préféré que la conférence se tienne dans les bois, mais Sam, prétextant le mauvais temps, avait eu gain de cause. Les fenêtres fermées, l'air de la cabane était surchauffé. Dehors il pleuvait, et l'odeur de terre mouillée et de bois se mêlait aux relents de sueur. La table occupant d'habitude le centre de l'unique pièce avait été poussée de côté, mais sa présence restait encombrante. Sam, qui faisait les cent pas, finit par s'arrêter.

— Arrête de t'énerver, Sam. Aucun de nous n'aime cette idée, dit Hart d'une voix inquiète. Nous préférerions tous voir Janice sauvée. Mais c'est la seule option qui nous reste.

Sam se retourna, la fixant dans les yeux.

— Non. Il y a un moyen de vaincre le wendigo. Je l'ai senti pendant le rituel. Elle peut encore changer. Le rituel a échoué parce que je n'étais pas assez fort.

Il nous faut un chaman plus puissant.

Hart échangea un regard avec Dodger et soupira.

— Sam... C'est toi qui as refusé de demander de l'aide.

— C'était avant que je ne réalise que j'étais incapable d'agir seul.

— Et Manx et Rikki ?

— Le rituel n'a jamais fait appel à leur pouvoir. Et leur puissance était médiocre ! Je les avais choisis pour leur disponibilité, pas pour leur force. (Il étudia les visages fermés de ses compagnons.) Qui faut-il prendre ? Allez, vous deux. Vous êtes dans ce genre de bizness depuis plus longtemps que moi. Qui est le plus puissant chaman de la région ?

— Tu es sûr que ce n'est qu'une question de puissance ?

— C'est le facteur critique. Le rituel avait été bien pensé... Je ne vois pas ce qui a pu manquer d'autre !

Hart se caressa le menton, réfléchissant. Dodger se tourna vers elle :

— Le docteur Kano, à Cal-Tech ?

Elle hocha la tête.

— C'est un théoricien.

— Le problème est aussi théorique.

— Notre expert a l'air de penser que non. De toute manière, il subsiste un sérieux problème de pratique. (Elle se tourna vers Sam.) Sans vouloir te rabaisser, tu n'est pas chaman depuis bien longtemps. Maîtriser l'Art, quelle que soit la tradition, n'est ni facile ni rapide. Le problème est peut-être très différent de ce que tu crois. Peut-être as-tu le pouvoir nécessaire et ne sais-tu pas l'utiliser correctement. Peut-être ta magie de transformation est-elle tout simplement trop subtile !

— Mais comment savoir ?

— En apprenant davantage.

— Janice n'a pas le temps !

— Toujours pressé, Sam...

La remarque était injuste.

— J'ai passé un an avec Rinaldi à préparer ce rituel. Je n'appelle pas ça « pressé ».

— Mais il n'a pas marché...

— Il aurait pu. Il aurait dû... (Des images de Janice et du dzoo-noo-qua mort défilèrent devant ses yeux. Il frissonna.) Il faut que nous nous dépêchions. Janice est en train de succomber... Nous devons trouver quelqu'un pour accomplir le rituel. Un chaman qui ait la puissance, l'expérience et les talents nécessaires...

Hart poussa un soupir exaspéré.

— Et pourquoi ne pas demander directement à Coyote Hurlant ?

Dodger se leva d'un bond, renversant sa chaise. Sans un mot, il ouvrit la porte et regarda à l'extérieur, sous la pluie.

Sam et Hart échangèrent un regard surpris.

— Dodger... Quel est le problème ? Tu connais Coyote Hurlant ?

Le bruit de la pluie résonnait sur les terres détrempées.

— Je pense qu'il est mort... Ou plutôt, je prie pour qu'il en soit ainsi...

Dodger se tut. Penché vers l'oreille de Hart, Sam chuchota :

— Pourquoi réagit-il comme cela ?

Elle secoua la tête.

— Je ne sais pas.

— Qui est Coyote Hurlant ?

— Aurais-tu négligé l'histoire, au cours de tes études ? (Sam rougit ; Hart réprima un sourire.) Le nom de Daniel Coleman te sera peut-être plus familier ?

— Le prophète de la Danse Fantôme ?

— Lui-même, interrompit Dodger, le dos toujours tourné. Coleman a été le principal inspirateur du mouvement qui a déclenché la fin des Etats-Unis d'Amérique, du Dominion du Canada et de la République Mexicaine. Un homme mauvais, et très influent. Je l'ai entendu à la télévision le jour où les Danseurs Fantômes ont revendiqué l'éruption volcanique qui a englouti Los Alamos…

— Tu as dû être marqué, dit doucement Hart. Tu devais être très jeune…

Dodger se retourna brusquement, comme si le souvenir le mettait mal à l'aise.

— La première utilisation de la magie de la Danse Fantôme… Oui. On ne peut nier que cela m'ait fait une certaine impression.

— Si tu te souviens de cela, tu dois également te rappeler du jour où ils ont fait sauter les volcans de la chaîne des Cascades...

— Clairement, dit Dodger, la voix amère. (Un silence gêné plana quelques instants sur le petit groupe.) Coleman en a également endossé la responsabilité. C'était un terroriste. Vous ne trouverez pas en lui la moindre pitié pour les souffrances d'un Blanc. Le Champion de l'Homme Rouge, l'Ute Eveillé, le Fils du Grand Esprit… Celui qui a commencé l'Expulsion… Il a mille fois mérité son surnom de Tresses Rouges.

Sam le regarda, interrogateur.

— Tresses Rouges ? Je n'ai rien lu à ce sujet…

— Rouge comme la couleur que prenaient ses nattes lorsqu'il les trempait dans le sang de ses ennemis, soupira Dodger. Tout n'est pas dans les livres d'histoire… Tu devrais le savoir, Sam.

Hart ne quittait pas des yeux le visage de l'elfe. Elle avait noté le passage inconscient de Dodger à une manière de parler plus familière. L'elfe était fatigué et triste.

— Pourquoi es-tu si amer, Dodger ? On dirait presque que tu lui gardes une rancune personnelle… Coyote Hurlant n'était pas un ange, mais le chef d'une guérilla durant une époque difficile. Il a sauvé les

Indiens du joug d'un gouvernement tyrannique et les a aidés à créer le leur. Il a aidé des quantité de gens, il a peut-être même sauvé la planète. Les mégacorporations polluaient et violaient la terre avant que la magie de l'Eveil renverse la situation…

— Coleman n'était intéressé que par son peuple. Quant aux résultats… Le monde entier n'est pas couvert de verdure, et les corpos ne sont pas toutes mortes, que je sache ? Si Coleman était un saint, où est-il maintenant ? Pourquoi a-t-il renoncé à sa lutte ? (Dodger inspira profondément.) Coyote Hurlant était un boucher et un opportuniste.

— Peut-être, répondit Hart. Les premiers jours de la lutte ont été difficiles. Il fallait prendre des mesures brutales. Mais Coleman était également capable de diplomatie. C'est lui qui a amené les forces du NAO à négocier. Sans lui, il n'y aurait pas eu de traité de Denver. La guerre durerait peut-être encore. Quant à ce qu'il a fait lors de l'Expulsion... J'ai parlé à des témoins, des deux côtés. Si Coleman n'avait pas été là, les clauses du traité auraient été beaucoup plus draconiennes. La faction Aztlan aurait massacré tous les non-Indiens. Et Coleman a insisté pour qu'il soit décidé de verser des réparations… qui ont permis aux personnes déplacées de recommencer une nouvelle vie.

Dodger grogna :

— Ces versements sont négligeables face aux gigantesques sommes qu'il a fait payer aux gouvernements… sous prétexte de « dettes » aux tribus. Il avait le pouvoir, et il l'a utilisé à ses fins.

Hart se tut. Sam remarqua la crispation de la mâchoire de la jeune femme, signe d'une grande rage intérieure. Il était temps de mettre fin au débat.

— Tu m'as appris l'histoire des traditions, dit-il à sa compagne, mais j'ai toujours été mauvais en histoire politique. Coleman a eu un rôle très important pendant un certain temps… puis il a démissionné, ou quelque chose de ce genre… Que lui est-il arrivé ?

— Personne n'en sait rien. Il est parti dans les montagnes, il y a quinze ans de cela.

— Pourquoi ?

— Lassé de la politique du CTS et de la politique indienne, je suppose. Lorsque les elfes ont construit Tir Tairngire avec son soutien, Coleman a perdu pas mal de crédibilité au sein des conseils tribaux. Sa politique d'accueil des métahumains sur les terres indiennes ne plaisait pas à tout le monde. Et les Tsimshians ont rompu. Du coup, il a démissionné et a tout quitté…

De nouveau, Dodger prit la parole :

— C'est ce que raconte l'Histoire officielle. Il y a des zones d'ombres dans ce départ. Peut-être a-t-il eu une dispute avec ses amis extrémistes.

— Quelqu'un l'aurait tué ?

Curieusement, l'idée perturbait Sam. Il avait confiance en Hart. Coyote Hurlant était peut-être le chaman dont Janice avait besoin…

— Quelqu'un a bien dû le faire, dit Dodger. Il y a assez de gens intelligents pour comprendre qu'un magicien avec un passé de terroriste est une menace dangereuse.

— Ou un allié inespéré…, fit remarquer Hart.

Sam sauta sur l'occasion :

— C'était vraiment un grand chaman, alors ?

— Aucun doute. Peut-être le plus puissant des magiciens qu'ait jamais vu le Sixième Monde… Des magiciens humains, en tout cas.

Sam réfléchit.

— La Danse était une magie de transformation ?

— En partie.

— Pour mon rituel, tout ce qu'il aurait à faire serait de guider la puissance. Cela doit être possible !

Hart soupira :

— Sam…

— Si je perds du temps à chercher des chamans

moins puissants, et qu'ils se révèlent incapables de faire le boulot, j'aurai gâché le peu de temps qu'il me reste. C'est un pari... mais c'est ma seule chance.

Hart secoua la tête.

— Pourquoi ne pas commencer avec les alliés que tu as sous la main ? Le professeur Laverty avait proposé de t'aider. Parle-lui. Vois quel jeu il joue.

— Je ne pense pas que ce soit un bon conseil, dit Dodger.

— Pourquoi pas ?

— Je préfère me taire.

— Il n'est pas en relation avec cet elfe australien dont tu nous as parlé..., celui qui cherche Sam ?

— J'ai dit que je préférais ne rien dire !

Sam sentit son estomac se retourner.

— Dodger, tu me caches encore des choses...

L'elfe se retourna et fixa Sam de ses yeux ternes.

— Sire Twist... Sam, je te demande de ne pas insister. Si je révèle la façon dont j'ai eu des informations sur celui qui te pourchasse, d'autres l'apprendront. Et cela pourrait avoir des conséquences fâcheuses pour quelqu'un que je ne veux pas voir blessé.

Sam avait des soupçons sur l'identité de cette personne. Un coup d'œil à Hart lui confirma qu'elle les partageait.

— Bon. Je ne peux pas aller voir Laverty. Qui d'autre ?

— Lofwyr ?

La voix de Dodger était lasse et amère.

— Je n'ai pas les moyens, répondit Sam, très sérieusement. Et il n'est pas sûr que nous survivrions au marché. Ce dragon a failli nous massacrer, la dernière fois. Non..., je crains que le problème soit réglé. Nous partons à la recherche de Coyote Hurlant.

— Nul ne sait où il se trouve, objecta Hart.

— En supposant qu'il soit encore vivant..., ajouta Dodger.

Sam haussa les épaules, ignorant leurs protestations.
— Nous le trouverons, dit-il.

16

Neko Noguchi s'étira, heureux.

L'environnement le satisfaisait : lumière tamisée, musique douce avec juste assez de rythme pour être stimulante, meubles confortables... et un lit qui l'attendait. La femme était douée et attentive. Elle s'appelait Monique, un exotique prénom français. Oui, Neko était heureux. Voilà comment les plus grands shadowrunners vivaient entre deux raids...

Il attrapa la carafe. Monique lui donna un petit coup de coude et se blottit contre lui, approchant son verre. C'était son troisième - en très peu de temps. La jeune femme avait bu deux fois plus que lui. Sa voix commençait à se brouiller, mais elle n'était pas encore vraiment ivre...

Blottie dans ses bras, elle descendit le verre en quelques secondes. Il se contenta d'une gorgée du sien et continua son histoire :

— Les deckers sont fiers de leur habileté à voler les données des systèmes. Mais quant on y pense... c'est idiot ! Ils risquent leurs cerveaux en luttant contre les Mesures Anti-Intrusion. Ils font des pirouettes devant les GLACES noires, avec pour seules protections leurs réflexes et le bouclier fragile de leur console... Très peu pour moi. Le vol de données, comme la plupart des arts, peut être accompli de plusieurs manières. Et certaines sont plus sûres que d'autres.

Les yeux de Monique s'écarquillèrent d'admiration.

— Ce que tu as fait n'était pas sans danger... Un decker risque son cerveau, mais toi, tu as joué ta vie !

— C'est vrai, dit-il avec un petit rire satisfait. J'ai risqué ma peau. (Il but une nouvelle gorgée.) Mais mon corps est une machine bien entretenue. Et comme toute machine, elle peut être reconstruite… Et puis, que veut dire « risquer sa vie » ? Respirer est un risque, traverser la rue un danger. La mort nous attend tous. Lorsqu'elle arrive, plus de soucis, plus d'ennuis… Le seul destin que je craigne vraiment…, le sort pire que la mort, c'est la perte de l'esprit. Continuer à respirer alors que l'esprit est absent, ou bloqué en état de fugue… Exister sans but… Quelle horreur ! Et c'est pourtant ce que risquent tous les jours les deckers. Je préfère encore affronter un dragon en combat singulier.

Monique frissonna.

— Pourtant, tu leur as volé les données… Comment ?

Neko haussa les épaules.

— Les chats sont des créatures d'ombre. Ils peuvent se rendre invisibles à volonté. J'ai fait pareil. Goroji-*san* se rendra compte de ses pertes demain soir, au moment où ses deckers apprivoisés se mettront au travail…

— Tu n'as pas peur qu'il découvre que c'est toi le voleur ? Ses *kobuns* sont réputés pour leur brutalité.

Neko gloussa, posa son verre et caressa le menton de sa compagne.

— Si brutaux qu'ils soient, les soldats du clan Goroji ne peuvent pas blesser ce qu'ils ne trouvent pas…

— Tu es merveilleux. (Elle embrassa son doigt.) Et tu es certain qu'ils ne parviendront pas à te retrouver ?

— Certain.

Neko l'embrassa, puis se dégagea et la regarda dans les yeux. Monique baissa les paupières avec une timidité feinte. Le jeune Japonais sourit. Les affaires passent avant le plaisir… Il était temps de jeter les masques.

— Tu peux assurer Cog que je suis pas radioactif. Notre association ne risque pas de le brûler…

— Cog ? Mais de quoi parles-tu ?

La jeune femme écarquilla les yeux ; sur son visage se peignit un mélange artistique de confusion et de chagrin. Son langage corporel exprimait l'innocence, mêlée à de la timidité et à une touche d'excitation croissante. Neko hocha la tête, impressionné. Il aurait trouvé cela très convaincant... s'il n'avait pas su à quoi s'en tenir.

— Très bien joué... (De sa main libre, il la poussa en douceur contre le bras du sofa.) Mais je sais que tu appartiens à Cog. Crois-tu que j'aurais parlé si librement si je n'avais pas été convaincu que tu lui servais d'écran ?

Les yeux noirs de la jeune femme l'évaluaient. Neko laissa passer quelques secondes.

— Tu es très malin pour un jeunot, dit-elle finalement.

Il sourit.

— Dans ce genre de bizness, si tu veux vieillir, c'est indispensable...

— Pour vivre vieux, tu n'aurais pas dû contrarier les *yakuzas*. Même si Goroji n'était qu'un simple patron, mon chef aurait déjà hésité. Mais étant donné la situation... c'est tout simplement trop chaud. Tu sais que Goroji est un paravent pour Mère-Grand ?

— Bien sûr.

Il l'ignorait. Les yeux de Monique ne révélaient rien, mais le léger tressaillement d'un muscle, sur l'une ses pommettes, trahissait son scepticisme.

Neko sourit, espérant qu'il avait l'air d'un runner confiant et sûr de lui.

— Cog préférerait que ta prochaine offre ne soit pas liée aux sources de Mère-Grand. Elle réagit violemment quand on dérange son réseau. Sa colère s'étend à ceux qui l'ont contrariée et à leurs associés... Cog aimerait autant ne pas être impliqué. Mère-Grand et lui ont conclu un accord, il y a longtemps, et il n'a nulle envie de rouvrir les hostilités.

— Personne n'attend d'un receleur qu'il fasse preuve du courage d'un guerrier. Cog n'était qu'un intermédiaire dans cette affaire. Mais il n'avait pas posé de conditions en me chargeant de la recherche des informations. Par conséquent, pas de modification du prix prévu.

Elle leva un sourcil.

— Avec des marges bénéficiaires raisonnables, bien entendu, ajouta-t-il.

— Je suis sûre qu'une somme *raisonnable* te sera versée en échange des données convenues.

— Et le bonus ?

— En fonction de leur valeur.

— Et de leur température.

Elle souriait, à présent.

— Nous nous comprenons.

— Si Cog a peur d'être impliqué dans les transactions à venir, peut-être pourrait-il s'effacer et me laisser traiter directement avec le client ?

— Peut-être le fera-t-il.

Un intermédiaire s'excluant lui-même du marché... La situation devait être réellement dangereuse. Pourquoi Mère-Grand était-elle aussi attachée à son territoire ? C'était mauvais pour les affaires. Les données qu'il avait vendues au decker elfe étaient peut-être plus importantes qu'il ne l'avait cru.

Il fronça les sourcils. Mieux comprendre les tenants et les aboutissants de cette histoire l'aiderait à estimer la valeur de ce qu'il découvrirait. Connaissant cette valeur, il pourrait arriver à un marché plus satisfaisant... et saurait à quelle sorte de danger il faisait face.

Il continua de marchander avec Monique, mais son esprit était ailleurs. Les recherches entreprises par Goroji pour le seigneur de la guerre Feng étaient-elles juste une tentative de la part du yakusa pour s'emparer d'un peu de pouvoir ? Ou dissimulaient-elles quelque chose de plus sinistre ? Peut-être que tout cela faisait partie d'un plan tordu de Mère-Grand. Dans les dossiers de Goroji, les données Feng étaient juxtaposées à d'autres informations, concernant les recherches sur le Directoire Spécial de Renraku.

Un opérateur comme Mère-Grand avait sans doute plus d'un angle d'approche. Goroji de l'extérieur et Sato de l'intérieur..., une attaque bien orchestrée. Mère-Grand devait avoir d'autres pions au travail. Une intelligence artificielle serait un outil de recherche puissant dans la Matrice. Si l'IA était aussi costaude que ses amis deckers le prétendaient, aucun secret informatique ne serait à l'abri - à part ceux défendus par une autre IA. Pour un courtier en informations, la valeur d'une telle IA était incalculable. Si Mère-Grand la contrôlait, rien ne lui resterait dissimulé longtemps...

Et que voulait-elle savoir ? Pourquoi Feng l'intéressait-elle ? Quels liens y avait-il entre un néo-seigneur de la guerre chinois, des terroristes allemands, l'effondrement des USA et des raids menés par des commandos israéliens en territoire africain ? Quel rapport entre tout cela et le financement de l'Ordo Naturum, rejeton du groupe Humanis..., ou avec les possessions financières des Eveillés ?

Neko ne connaissait pas les réponses, mais il fut convaincu que toutes ces questions étaient liées. Sa curiosité s'éveilla. Même si les réponses ne signifiaient rien pour lui, il y avait sûrement quelqu'un, quelque part, pour qui elles représentaient un joli paquet de *nuyens*. Il ne lui restait plus qu'à trouver cet oiseau rare... et à chercher le moyen de lui fournir ce qu'il voulait.

*
* *

Seattle était pire que Portland. Le métroplexe était encombré d'une foule d'humains puants, d'elfes fauchés et de créatures pires encore... La ville grouillait de vie, mais les plexiens n'étaient qu'une vermine infestant une terre presque morte.

Urdli voulait rentrer chez lui. L'Australie n'était pas un paradis, mais même le mana sauvage et le chaos étaient préférables à l'impression de mort et à l'écrasante présence des gratte-ciel corporatistes. Hélas, il n'était pas encore temps de partir...

Sa tête lui faisait mal. Maintenir l'illusion qui lui donnait l'apparence d'un habitant ordinaire de cette cité de cauchemar exigeait un effort épuisant. Il haïssait ce déguisement, mais il le savait nécessaire. Le premier jour, il avait attiré l'attention d'un groupe d'encagoulés qui braillaient des slogans du club Humanis. Urdli eut un demi- sourire. Il avait contribué à nourrir leurs cauchemars. Tant mieux. La crainte est un outil utile pour maintenir les animaux à leur place.

Depuis qu'il utilisait l'illusion, il n'avait plus eu de contretemps de ce genre.

Cela faisait une semaine qu'il cherchait en vain Samuel Verner, alias Twist. Afin de passer inaperçu, Urdli avait évité les méthodes directes et faisait parler les gens par la douceur. Il avait eu quelques résultats... mais pas ceux qu'il espérait. Nulle trace du chaman humain dans ces coins pourtant familiers. Et Urdli n'avait rien pu apprendre non plus sur les faits et gestes de ses associés...

Si seulement Laverty lui avait confié le nom de celui qui surveillait Verner. Urdli aurait aimé rentrer en contact avec lui, mais il n'avait aucun moyen d'y parvenir. Il en était même venu à soupçonner le decker connu sous le nom de Dodger d'être l'espion de Laverty. Verner n'était en contact régulier qu'avec deux elfes : le decker et une femme nommée Hart. Cette dernière était une candidate peu probable. Elle avait travaillé pour le Shidhe par le passé. Restait Dodger... Mais comme tout le petit cercle de shadowrunners lié au chaman, il avait disparu on ne sait où.

Le temps passait ; Urdli était mal à l'aise. Ses dernières tentatives de localisation de la pierre gardienne avaient été infructueuses. L'opale était protégée... ou n'était plus dans le métroplexe. Cette dernière possibilité lui fit froid dans le dos. Si Verner n'était pas à Seattle, Urdli ne savait ni où ni comment le trouver...

Il hocha la tête. Le temps des subtilités était passé. Celui des interrogatoires arrivait.

17

La recherche de Coyote Hurlant était une quête imbécile ; Dodger en y participant se conduisait comme un idiot.

Si le prophète de la Danse Fantôme était mort, Sam gâchait son dernier espoir de sauver sa sœur. Si Coyote Hurlant vivait, Sam avait peu de chances de trouver sa cachette à temps. Et même si, par miracle, il y parvenait, les perspectives de succès restaient maigres...

Et maintenant, ce raid contre le système informatique du Conseil Ute ! L'imbécillité semblait être à l'ordre du jour.

Il y avait aussi l'étrange réaction de Hart. Quand Dodger lui avait rapporté les dernières trouvailles de Noguchi, quelque chose dans les données avait ranimé une obsession chez la jeune elfe. Quoi ? Dodger n'en savait rien. Mais Hart avait laissé Sam aller seul à Denver, ce qui ne lui ressemblait guère. Si elle avait espéré gagner ainsi une certaine liberté d'action, elle avait de quoi être déçue. Elle était la seule personne à pouvoir surveiller le corps de Dodger pendant qu'il travaillait, et Sam lui avait attribué cette tâche. Oh, elle avait accepté... Mais seul un humain abruti par l'amour pouvait être inconscient de sa frustration...

Pourquoi Sam faisait-il encore confiance à cette femme ? Hart était plus secrète que Sally Tsung ; à juste titre, à en croire les rares bribes de son passé qu'avait réussi à déterrer Dodger.

Il n'en avait pas encore parlé à Sam. Celui-ci trouvait déjà Dodger suspect à la lumière de ses liens avec le professeur. Que penserait-il des anciens amis de Hart ? Peu importait, au fond... L'humain n'apprécierait certainement pas que Dodger ait fouillé dans le passé de sa bien-aimée...

Hart n'était pas la seule à se sentir bridée. Les recherches de Dodger sur l'intelligence artificielle Renraku étaient dans l'impasse. L'elfe s'était juré de prouver son amitié à Sam. Contraint de payer sa dette, il était obligé de participer à cette quête démente. Ses propres soucis devraient attendre... Peut-être était-ce aussi bien. Depuis le premier contact de Noguchi, ses craintes avaient crû en proportion de ses espoirs. Il ne comprenait toujours pas le rôle de l'IA, ni l'étrange attirance qu'il ressentait pour cette chose...

Dodger se concentra sur le présent. Au milieu d'une passe, même dans la Matrice, il n'était pas très indiqué de se laisser aller à la distraction. Le segment de Matrice du Conseil Ute était codé orange. Pas le niveau de sécurité maximal, mais assez dangereux pour un voyageur imprudent...

L'enfant d'ébène au manteau d'étincelles, l'icône de Dodger, se faufila dans le sous-processeur qui desservait le service du personnel du gouvernement de Salt Lake.

Quelque part dans ces archives se trouvaient des données sur Samuel Coleman. Avant de se lancer, Dodger avait fouillé la base de données publiques. Bien entendu, il n'avait rien trouvé. Les archives de Denver étaient passionnantes, mais elles n'offraient aucun indice sur les faits et gestes actuels de l'Indien. Pour trouver des données exploitables, Dodger devrait pénétrer dans les fichiers protégés où les chefs du Conseil conservaient leurs informations secrètes.

Si Coyote Hurlant était toujours en vie, les anciens de sa tribu le sauraient... sans doute.

Sur la pointe des pieds, l'enfant d'ébène se glissa le long des caves closes. Derrières ces portes électroniques reposaient des sacs entiers de documents gouvernementaux. Au bout du couloir, il localisa la porte et la franchit. Il approchait du centre du construct gouvernemental.

Le gouvernement, au moins sous un aspect, était identique aux autres : il croulait sous l'information. Les points de lumière représentant les fichiers dessinaient une gigantesque galaxie dans un ciel d'électrons. Ebloui, Dodger faillit ne pas remarquer le mouvement soudain d'un programme de garde. Par réflexe, il engagea le programme de défense. La GLACE le contourna. Elle ressemblait à une belette de cristal de la taille de Dodger. Il contra : une main d'ombre émergea de son manteau, pointant un automatique argenté vers la bête électronique. Sa balle frappa la créature alors qu'elle s'apprêtait à une seconde attaque. Elle devint laiteuse et se figea en plein bond.

L'enfant fit courir ses mains le long de la forme gelée. Dodger étudia les contours de la GLACE, ajustant ses programmes de masque afin de franchir plus facilement les défenses des gardiens suivants.

Il y avait quelque chose d'étrange... A chaque fois qu'il lançait ses programmes à la recherche de données sur Coyote Hurlant, une GLACE apparaissait. L'environnement n'était décidément pas accueillant... Grâce à ses programmes de protection, Dodger continua son travail.

L'agitation des GLACES le prouvait : le sujet était sensible. S'emparer des fichiers ou les copier risquait de déclencher des alarmes. Il décida d'en lire un certain nombre sur place.

Les premiers ne contenaient que des informations historiques. Il fut forcé de se débarrasser d'une autre bête de GLACE avant de pénétrer dans la sixième base de données. Trois bases plus tard, il subit une autre attaque, mais gela la créature aussi nettement que les précédentes. Le fichier qu'elle protégeait était plus récent que les autres : il ne contenait aucune information datant de plus de quatorze ans. Dodger sentit l'inquiétude l'envahir. Si le passé était aussi protégé, comment les données récentes seraient-elles gardées ? Plus la GLACE était importante, plus les données étaient secrètes... et précieuses. Quel secret dissimulait le gouvernement Ute ?

Dodger tenta d'imaginer le pire. Coyote Hurlant, toujours en vie, travaillant pour le Conseil. Coleman pouvait-il être engagé dans des recherches magiques secrètes ? Tout ceci annonçait-il une nouvelle campagne pour débarrasser le continent des non-Indiens ? La pensée d'une autre Grande Danse Fantôme fit frissonner Dodger...

Si ces spéculations étaient fondées, d'autres que Sam devraient être mis au courant.

Hésitant, Dodger se demanda comment procéder. La tradition magique de Coyote Hurlant était le chamanisme, et les chamans se servent rarement d'ordinateurs. Mais tous les magiciens indiens n'étaient pas des chamans. Les mages hermétiques faisaient un usage intensif des installations de stockage des données et des facultés de calcul des ordinateurs.

Si le gouvernement Ute finançait des recherches magiques, il devait y avoir quelque part dans le système, des notes sur les mages impliqués dans le projet. Si Coyote Hurlant préparait une « grande médecine » chamanique, les hermétistes utes chercheraient à adapter ses méthodes à leur tradition. Il y aurait des indices...

L'enfant d'ébène bondit dans l'espace, à la recherche du bloc de données où étaient codées les ressources magiques du gouvernement. Il repéra une possibilité, ralentit son approche. Si ses soupçons étaient fondés, la sécurité allait être extraordinairement sévère...

Le tonnerre retentit dans les espaces intérieurs de la Matrice et une lueur argentée et incandescente parcourut les ténèbres. L'enfant se drapa dans sa cape et se laissa tomber. Une bouffée d'air le fouetta. Des traînées d'étincelles le suivirent : tout ce qui restait de son manteau. Il risqua un coup d'œil vers le haut.

Un grand aigle plongeait vers lui, ses ailes multicolores largement déployées. Les grondements suivant le passage de l'oiseau suffisaient à identifier son icône. Dodger sentit l'ombre de l'oiseau-tonnerre tomber sur lui. L'énorme bête glapit son défi. Ses yeux, son bec et ses serres brillaient comme la plus noire des GLACES... Dodger poussa ses programmes défensifs au maximum, éjecta la puce d'enregistrement de sa console. Ses doigts battirent un staccato rapide sur le clavier. Il improvisait pour vaincre la GLACE.

L'enfant d'ébène exécuta une danse sublime, mais à chaque tour, l'oiseau se rapprochait.

Le tonnerre résonnait, grondement primal dans les oreilles de Dodger. L'arc-en-ciel de silicone d'une aile emplumée effleura l'enfant. Trop près. Et la GLACE était trop bonne. Dodger chercha la prise, ou l'aurait cherchée si ses mains avaient pu bouger. La vue de ses mains figées sur le clavier coïncida avec la vision de sa fin, brillante, qui grandissait entre ses doigts noirs. L'oiseau-tonnerre se prépara à la mise à mort.

Le temps s'arrêta, laissant Dodger suspendu entre la peur, l'excitation, l'angoisse et, curieusement, le plaisir.

A cet instant, une jeune Indienne passa entre lui et l'oiseau hurlant. Elle portait une chemise, un manteau et une jupe de daim à franges. Ses cheveux tombaient jusqu'aux genoux. Des breloques de toutes sortes pendaient à sa large ceinture, enserrant une taille elfique. Son image était incroyablement présente. Dodger voyait chaque pore sur sa peau de daim, chaque cheveu sur sa tête. La résolution de l'icône était telle qu'elle ne pouvait être produite que par une mainframe… Il ne put qu'imaginer les détails exquis de son visage. L'Indienne faisait face à l'oiseau-tonnerre.

La Matrice s'illumina. L'oiseau-tonnerre projeta des éclairs vers l'Indienne. Compte tenu de la qualité de l'image, Dodger pensa que la jeune fille allait être projetée en arrière, tordue de douleur sous la violence de l'attaque. Mais elle tint bon. La foudre claqua, brûla l'air de la Matrice, la laissant indemne. Elle leva un bras et la fumée qui l'entourait se dissipa.

Puis elle leva ses mains gantées au-dessus de sa tête. Ses paumes brillaient. La lumière grandit, devint une sphère qui fila vers l'oiseau-tonnerre. L'icône de la créature clignota sous l'impact, passant d'une visualisation complète à une image en « fil de fer », puis revenant à la normale. Une seconde sphère l'atteignit. L'oiseau redevint une simple silhouette et les fils qui le composaient commencèrent à se rompre.

Un instant plus tard, l'image éclata en de multiples fragments. Les échardes de lumière dérivèrent dans le néant.

La GLACE était partie.

La jeune fille se retourna, et, dans un éclair de conscience, Dodger sut qui elle était. Les mains paralysées, il resta ainsi, les yeux perdus dans son regard, fasciné par sa beauté.

La peau était de chrome bruni, tendue sur une exquise structure osseuse elfique. Son nez était petit et droit, ses oreilles pointaient avec une délicatesse inhumaine, ses lèvres promettaient des délices infinies… Mais ses yeux étaient des gouffres de ténèbres.

C'était l'icône de l'intelligence artificielle créée par le Directoire Spécial de Renraku.

Dans les systèmes du druide, elle s'appelait Morgane, mais Beauté fut le seul nom qui vint à l'esprit de Dodger. Elle parla. Son regard était une torture, sa voix, un chant d'amour :

— Pour moi, il y a du bonheur dans votre présence. Pour moi, il n'y a aucune perception du besoin de mettre un terme à votre existence.

Elle tendit une main vers son visage. Ses doigts fins touchèrent sa joue.

Puis elle disparut.

Ramené dans son corps de chair, Dodger hurla de douleur.

18

— Non !

Lâchant le datacord, Hart saisit le decker par les épaules et le secoua violemment. Le corps de Dodger était tétanisé. Il fallait qu'elle tente de le ramener de force à la conscience. Le contact physique facilitait généralement la transition de la Matrice à la réalité. L'elfe restait rigide… Hart le gifla. Sa tête partit en arrière, et Dodger poussa un énorme soupir. Doucement, ses muscles se dénouèrent.

Il gémit :

— Elle est là…

Hart posa sa paume sur son front. Aucune trace de fièvre traumatique. Du pouce, elle souleva une paupière. La pupille réagit normalement à la lumière.

— Du calme, Dodger. Tout ira bien. Tu es sorti.

Il grogna.

Elle le lâcha, heureuse de l'avoir débranché à temps. Il souffrait de devoir réajuster ses perceptions. Dans quelques minutes, cela irait mieux. Tout ce dont il avait besoin, c'était du repos.

Pendant qu'elle prenait une bouteille sur un plateau, Dodger se pencha et rebrancha le datacord dans sa tempe. Hart bondit, mais il était trop tard. Dodger n'avait pas préparé d'itinéraire, il pouvait être n'importe où... Le forcer à se débrancher ne ferait que compliquer encore les choses, l'empêchant d'effacer les traces de son passage. D'un geste las, elle reposa la bouteille et se rassit.

L'attente ne dura que dix minutes. Dodger revint dans le monde réel et se débrancha. Ses traits étaient tristes et tirés.

— Elle est partie, annonça-t-il d'une voix lugubre.

— Qui ?

Il se tourna vers Hart, les yeux hantés :

— Laisse tomber.

Hart estima que le moment était mal choisi pour insister. Dodger prit la bouteille qu'elle lui offrait avec un « merci » morose et se laissa tomber dans son fauteuil. Lentement, il but quelques gorgées.

— Tu as trouvé quelque chose d'intéressant ?

Il se pencha sur la console et prit la puce qu'il avait éjectée juste avant que Hart estime nécessaire de le ramener de force. Haussant les épaules, il la lui jeta sur les genoux.

Tentant d'ignorer son visage maussade, Hart introduisit la puce dans le lecteur et l'examina. Une poignée d'informations, quelques noms... Et même ces données sans importance étaient protégées !

— GLACE dure, articula Dodger.

Hart leva les yeux. L'elfe regardait toujours sa console, mais quelque chose dans sa posture indiquait à la jeune femme qu'il était de retour dans le monde réel.

— Ça ne va pas être facile pour Sam.

— Pas facile du tout. (Le decker hocha la tête tristement.) Tu penses que ça l'arrêtera ?

— Non. Il est trop têtu.

— Il va avoir besoin d'aide.

— Tu as raison. Tu prends un billet pour Denver ?

— Non. Je travaillerai aussi bien d'ici. Et toi ?

— Il veut que je m'occupe de toi, répliqua-t-elle, légèrement irritée.

— Et ce n'est pas ton genre de lui désobéir…

C'était un défi qu'elle préféra ignorer. Elle savait que Dodger ne lui faisait pas confiance, mais c'était la première fois qu'il le lui faisait si clairement sentir. Avec Sam seul à Denver et ce mystérieux chasseur à leur poursuite à Seattle, leur petit cercle ne pouvait pas s'offrir le luxe de luttes intestines. Dodger reprit :

— A moins que la paye soit meilleure ailleurs…

— Tu ne me fais pas confiance, hein ?

Un sourire sardonique lui répondit.

— Eh bien, sache que ce sentiment est réciproque. Nous n'avons ni l'un ni l'autre fait grand-chose pour mériter la confiance de Sam en Angleterre… mais moi, au moins, je ne l'ai pas envoyé au casse-pipe au bénéfice d'un autre.

Le sourire sardonique fut remplacé par un froncement de sourcils.

— J'étais avec lui, répliqua-t-il.

— La stupidité n'est pas une circonstance atténuante.

— Moi, je ne l'ai pas vendu au Shidhe. C'est pour eux que tu travailles ? Ils ont remis sa tête à prix ?

Hart rougit.

— Rien ne te donne le droit de me juger. Tu ne me croiras pas… mais sache que j'en ai fini avec le Shidhe et qu'ils n'ont plus rien à faire avec moi.

Dodger la foudroya du regard.

— Qui suis-je pour douter de ta parole ? Très bien,

le Shidhe n'est pas impliqué. Alors ? Pourquoi n'es-tu pas à Denver ? Qu'est-ce qui t'empêche d'aider l'homme que tu dis aimer ? Pourquoi meurs-tu d'envie de partir à la recherche de je ne sais quoi..., d'un élément qui n'a rien à voir avec les problèmes actuels ?

— Ne joue pas au plus malin avec moi, Dodger. Si j'étais sûre qu'il n'y ait aucun lien, je ne serais pas ici en train de réfléchir. Je devrais être à Denver, je le sais aussi bien que toi…

Dodger eut un reniflement méprisant.

— Et si finalement tu ne revenais pas, quel dommage ! C'est vrai… Pourquoi risquer ta vie ? Si Sam meurt, combien de temps te faudra-t-il pour faire une nouvelle conquête ?

Hart résista à l'envie de le gifler.

— Ecoute, sac à puces. Je n'ai pas besoin de ta confiance. Tu veux me surveiller pour t'assurer que je ne trahis pas ? Vas-y. Mais si ton intervention cause du tort à Sam, je te jure que tu le regretteras. Tu crois que ça m'amuse, de te surveiller pendant que tu te branches ? Je suis là à perdre mon temps, et pourquoi ? Je viens de te sauver d'une surcharge, et tout ce que j'ai en retour, ce sont des accusations débiles…

— Mais tu ne m'as pas...

— Oh, tais-toi ! Sam compte sur toi, et tu ne fais que lui créer des ennuis…

— Je t'empêche peut-être de lui en créer de pires !

Hart ferma les yeux, tentant désespérément de se calmer. Il ne comprenait pas. Si elle lui parlait de ses soupçons, peut-être changerait-il d'opinion à son sujet... Peut-être. Mais elle n'était pas prête à parler pour le moment. Si elle se trompait, elle aurait trahi inutilement la confiance de ses informateurs.

Elle resta silencieuse, et il finit par se lever pour aller chercher à manger dans le placard de la cuisine. Décidément, il abusait de son hospitalité. Une fois son repas terminé, il se brancha de nouveau. Elle le regarda un moment, puis renonça. Laissant le moniteur en mode d'alarme, elle s'allongea sur le matelas, près de la table.

A son réveil, Dodger hantait toujours le cyberspace. Elle lui tapa sur l'épaule jusqu'à ce qu'il réagisse à sa présence et elle lui demanda de se débrancher. Tandis qu'elle faisait griller du pain, préparait le sojkaf et sortait la confiture, Dodger éjecta une puce de données. Sans un mot, ils partagèrent le petit déjeuner. Dodger se rebrancha dès la dernière bouchée avalée. Et ainsi de suite. Se brancher, manger, se brancher. Le petit jeu dura deux jours, avec des repas de plus en plus courts et des visites dans la Matrice de plus en plus longues.

Elle passa la troisième nuit à le surveiller attentivement. Il semblait dévoué à la cause de Sam. A moins qu'il ne passe tout ce temps à la poursuite de ses propres objectifs... Pas moyen de s'en assurer. Hart ne connaissait aucun decker capable de le filer.

Fiable ou non, Dodger était indirectement responsable de ses peurs. C'était lui qui avait dit à ses contacts d'Extrême-Orient de fouiller dans les opérations de Mère-Grand. Il cherchait des indices sur l'IA, son obsession privée, mais il avait découvert plus de choses qu'il ne le croyait. Les dernières données envoyées par Noguchi avaient éveillé ses craintes.

Sam devait être à Denver maintenant.

Les quelques informations récupérées l'aideraient peut-être à trouver Coyote Hurlant, mais il n'avait personne pour l'assister sur le terrain. Et les résultats étaient décevants. Pour contrôler leur véracité, il risquait de se brancher lui-même..., ce qui entraînerait un désastre. Sam était un decker novice ; il n'avait aucune chance contre les protections qui avaient failli tuer Dodger. Jenny ne lui serait pas très utile. Elle était bonne, mais loin d'égaler le decker elfe...

Hart soupira. Le seul moyen de s'assurer que Sam resterait en sécurité et hors du cyberspace était qu'un decker en qui il ait confiance explore la Matrice à sa place. Ce qui voulait dire qu'elle devait prendre soin de Dodger. A moins qu'elle puisse confier la surveillance de l'elfe à quelqu'un d'autre… Elle chercha parmi les contacts du decker. Fantôme ? Dodger avait eu l'air de l'apprécier, mais le samouraï était occupé à garder Janice hors des terres du Conseil. Tsung était leur seule autre associée présente en ville. Elle ne ferait pas de faveur à Hart, même s'il s'agissait de rendre service à Dodger… Garce stupide…

Il restait une possibilité. Hart regarda Dodger, se mordit les lèvres… et décida qu'il y avait peu de chances qu'il lui arrive un accident dans les minutes qui suivaient. Et quand bien même... ; parfois, il fallait savoir prendre des risques !

Elle jeta sa veste sur une épaule et mit une paire de verres miroirs. Sortant de l'appartement, elle prit le monorail, parcourut quelques stations et descendit à la recherche d'une cabine. Glissant une carte de crédit dans la fente, elle attendit que le système la localise et accepte son argent. L'appel serait enregistré, mais cela n'avait aucune importance. Dans quelques secondes, elle serait loin. Calmement, elle composa un numéro et sourit lorsqu'une elfe au visage familier apparut à l'écran.

— Hello, Teresa. Un vieil ami a besoin d'un petit coup de main…

19

Janice Verner était furieuse.

Une fois de plus, elle s'était laissée aller à croire une

promesse. Une fois de plus, elle avait fait confiance. Combien faudrait-il de trahisons pour qu'elle apprenne enfin ?

Lorsque son corps avait changé pour la première fois, elle aurait dû comprendre. Surtout quand son petit ami, Ken, avait soudain fait comme si elle n'avait jamais existé. Où était passé son bel amour ? Elle était la même personne, à l'intérieur... L'aimait-il seulement pour son corps ? Et si oui, pourquoi toutes ces promesses ? Pourquoi lui avait-il menti ?

Elle aurait dû laisser mourir son cœur à ce moment-là. Pourtant, elle s'était fait avoir, encore. Dans son exil, Hugh Glass était venu. Ses traits elfiques étaient beaux, et elle avait été assez naïve pour le penser sincère. Elle voulait croire qu'elle n'avait pas changé, que son âme était toujours belle... Et il lui avait fait croire qu'il était sensible à cette beauté.

Ensemble, ils avaient prévu de quitter Yomi. Ils avaient ri en pensant à la vie qu'ils se construiraient loin des norms, à Yakkut, en Amazonie, ou dans son Irlande natale. Rirait bien qui rirait le dernier. Peu après leur fuite de l'île, Hugh l'avait abandonnée à Hong Kong.

Et le corps de Janice avait encore changé. C'était venu si vite après le départ de Hugh qu'elle avait presque cru qu'il s'agissait d'une punition pour sa bêtise. S'il n'y avait pas eu Dan Shiroi, elle aurait sombré dans le désespoir. Mais Dan l'avait trouvée et sortie de Hong Kong. De tous les hommes qui avaient traversé sa vie, seul Dan avait été sincère.

Alors, pourquoi refuser de devenir comme lui ?

Janice n'avait pas besoin de regarder ses griffes et ses crocs pour répondre. Elle pouvait sentir la bête en elle, et la faim. La faim qui était toujours présente maintenant, même dans ses rêves. Parfois, lorsque la sensation de vide se faisait particulièrement intense, Hugh venait à elle. Souriant de son merveilleux sourire elfique, il lui disait de se satisfaire. Il lui offrait un choix de corps... Mais tous avaient le visage de Ken, du moins au début du rêve.

Juste avant qu'elle ne lui arrache sa gorge mensongère, le visage de Ken devenait celui d'un autre. Parfois son père, parfois sa mère, parfois l'un de ses frères... Mais le plus souvent un inconnu, un norm terrifié. Pourtant, elle avait résisté. Peut-être hésitait-elle parce que, dans ses rêves, c'était Hugh qui insistait pour qu'elle se laisse aller...

Après tout, elle n'avait aucune raison de lui complaire. Et elle se souvenait aussi des derniers mots de Dan. Chaque jour, cependant, elle se sentait plus proche de craquer.

Pourquoi avait-elle quitté la cabane de Dan ?

Pour une autre promesse creuse, pour un autre rêve brisé. Son frère était venu et lui avait dit qu'elle pourrait changer. Redevenir ce qu'elle était. Etait-ce digne ?

Dan semblait heureux comme il était. Ne devait-elle pas tenter d'en faire autant ?

Une saute de vent lui porta une faible odeur d'homme. Il la suivait depuis deux jours, et elle était trop lasse pour continuer à se cacher.

— Fiche le camp, Fantôme. Je ne veux pas te manger.

Il abandonna sa cachette et s'accroupit, juste hors de portée. Il restait prudent. Pour un homme, il était honnête.

— Je n'aime pas trop cette idée, moi non plus, dit-il.

— Alors va-t'en.

— Sam m'a demandé de veiller sur toi.

Elle rit, amère.

— Sam est parti apprendre de jolis petits sorts. Qu'est-ce que cela a à voir avec moi ? Les norms se moquent bien des boules de poils !

Fantôme tourna la tête et cracha dans les buissons.

— Il est Chien. Il n'abandonnera pas.
— Et quand bien même... Qu'est-ce que *tu* fais là ?
— Chiens et Loups ont beaucoup en commun.
— Pas vraiment. Les loups sont des prédateurs.
Il sourit.
— C'est vrai.
— Et les prédateurs doivent manger.
Elle lui montra les crocs, mais il ne bougea pas d'un pouce.
— Il y a de la viande dans les bois.
— Les animaux n'ont pas bon goût, soupira-t-elle. Et ils ne sont pas nourrissants.
Il garda le silence plusieurs minutes avant de reprendre :
— Quand ils partaient pour une quête spirituelle, mes ancêtres demeuraient des jours sans manger. Leurs esprits étaient forts. Nous savons que la magie qu'ils cherchaient à cette époque était impossible à découvrir. Cela ne les a jamais arrêtés. Toi, tu attends en sachant que la magie peut être trouvée. Si Sam échoue, tu ne seras pas plus déçue que mes ancêtres. Es-tu forte, chaman Loup ?
Elle le regarda. Un humain, un norm. Malgré toutes ses améliorations cybernétiques, ce n'était qu'un homme. Il ne connaissait rien à la magie. Son corps ne connaîtrait jamais les délicieux élancements de la faim. Qui était-il pour oser l'interroger ?
Etait-elle forte ?
Elle aurait aimé le savoir.

*
* *

L'Arcologie de Renraku était une cité sous un toit, une pyramide géante qui abritait quarante mille personnes, ajoutées à des galeries marchandes et des bureaux. Comme tous les bâtiments, l'Arcologie avait ses coins négligés, oubliés. En tant que *kansayaku*, Hohiro Sato les connaissait. Il s'en était approprié plusieurs.

Le Bureau de l'Augmentation Localisée des Segments - Surveillance, Protection et Cadastre - en faisait partie. En temps normal, Sato l'ignorait. Il s'y intéressait quand un de ses chiens de garde lui signalait quelque chose d'intéressant. Et aujourd'hui, le gérant du BALS SuProCa avait demandé une entrevue.

Sato était l'incarnation locale du pouvoir absolu d'Inazo Aneki, fondateur et patriarche de Renraku Corporation. Sur les sujets importants, sa position le rendait plus puissant que Sherman Huang, le président de Renraku Amérique. Huang était le roi de l'Arcologie, mais Sato incarnait le pouvoir caché derrière le trône.

La structure de l'organisation autorisait un cadre inférieur à demander une audience au *kansayaku*. En pratique, cela ne se produisait presque jamais. Et lorsque c'était le cas, l'inférieur se présentait devant son chef. Aujourd'hui, Sato se tenait devant la porte du BALS SuProCa.

La demande d'entrevue cachait une convocation.

Sato contempla les petites lettres de la plaque posée sur la porte. Si la convocation était vraiment venue de la personne qui gérait ce bureau, il ne se serait pas dérangé. Mais tel n'était pas le cas. D'un geste, il autorisa Akabo à ouvrir la porte.

Une seule personne se trouvait dans l'immense pièce, perdue au milieu d'une multitude de postes de travail et de bureaux. L'éclairage était réglé de façon à illuminer le seul siège occupé.

Hachiko Ieno leva les yeux et sourit lorsque Sato et ses gardes du corps entrèrent.

La directrice du bureau était petite et mince. Elle aurait été belle, n'était sa peau flasque couverte de plaques et de poils noirs. Au Japon, elle aurait été bannie sur l'île de Yomi, où les Eveillés vivaient à l'écart de la population ordinaire. Mais elle n'était pas au Japon. Ieno pouvait marcher dans la rue, dîner dans presque tous les restaurants. Pas de censure, du moins officielle. Bien sûr, il y avait les mesquineries, le racisme quotidien. Toutefois Ieno ne risquait rien. Un éclair de ses yeux monochromes suffisait à faire taire les rieurs. Son regard de prédateur donnait la chair de poule. Elle était un des rares Eveillés dont les facultés, déjà surhumaines, étaient améliorées par des modifications cybernétiques. Il aurait fallu être fou, suicidaire ou considérablement amélioré pour s'en prendre à elle...

— *Konichiwa*, Sato-*san*.

— *Ohayo*, répondit-il simplement. Que voulez-vous ?

Elle sourit.

— Moi ? Je ne suis qu'un messager.

Son air de fausse humilité était offensant.

— Alors donnez-moi votre message.

— Voici.

Elle tapa quelque chose sur sa console, puis étudia l'écran, comme pour se rafraîchir la mémoire.

— Un objet d'une certaine valeur a été remarqué ici, à Seattle. Je me suis laissée dire qu'il ferait un beau cadeau pour votre grand-mère.

Ce n'était pas le genre de requête à laquelle il s'attendait...

— Ma... grand-mère a des moyens. Elle peut l'acheter elle-même... Ou engager quelqu'un pour le faire à sa place. J'ai déjà beaucoup oeuvré cette année. A moins que l'objet ait un rapport avec les malheureuses pertes de l'année dernière ?

— C'est par affection pour vous que votre grand-mère vous demande ce service, Sato-*San*. Elle a pris les mesures nécessaires pour s'assurer de l'acquisition, mais elle pense que vous seriez déçu de ne pas être impliqué. Il se trouve que le propriétaire de l'objet est une personne liée aux événements de l'année dernière. Vous aurez ainsi l'occasion de régler une affaire pendante tout en faisant plaisir à votre parente.

Il y avait sans doute bien plus, mais Sato ne pourrait l'apprendre qu'en jouant le jeu. Mère-Grand avait l'air de désirer fortement cet objet…

— Sa gratitude irait-elle jusqu'à oublier les dettes en cours ?

Ieno gloussa, un son étrange qui fit penser à un enfant en train de s'étrangler.

— Qui sait ? Elle sera si heureuse du cadeau… Même pour mon humble rôle, j'attends une généreuse récompense.

Mais tu n'es qu'un pion, songea-t-il. *Moi, je peux tout perdre.*

— Ma parente ne s'attend pas à ce que je compromette ma position en cherchant cet objet ?

Avec un peu d'imagination, le rictus de Ieno pouvait passer pour un sourire.

— Non, naturellement. Mais elle souhaite que vous vous intéressiez de très près à la question.

— Je vois.

Et c'était vrai. Il se sentait inspiré. L'insistance de son agent trahissait Mère-Grand. Quelque chose d'assez important pour qu'elle essaye de le mobiliser méritait qu'on le possède. Ce « cadeau » suffirait peut-être à le libérer de son influence. Car il ne serait jamais assez bête pour se fier à son honneur et à sa gratitude…

Il valait mieux trouver un moyen de pression. En définitive, ce serait lui qui donnerait les ordres. Il avait déjà attendu trop longtemps.

— Un homme bien élevé ne saurait refuser une requête venant de sa très honorée grand-mère. Donnez-moi les détails…

20

A en croire la puce de crédit, il se nommait Walter Smith.

C'était la meilleure identité de la série que Sam avait achetée à Cog. Jusqu'ici, elle lui avait permis de traverser sans le moindre pépin les postes de contrôle de la Zone du Conseil Sioux. Au prix où il l'avait payée, c'était d'ailleurs la moindre des choses.

Il avait récupéré les données de Dodger. La plupart des noms fournis par le decker étaient utes, ou appartenaient à des individus associés à cette tribu. Il avait alors décidé de passer la frontière. Sa recherche était peut-être vaine. Peut-être. Mais il n'abandonnerait pas.

L'après-midi passait lentement sur Denver. Sam ne tenait pas à traverser la frontière de jour... Il lui restait du temps à tuer. Il en passa une partie dans un terminal-bibliothèque, à se familiariser avec la ville.

Depuis l'effondrement des Etats-Unis et la séparation de Denver en zones, tout semblant de planification urbaine avait disparu. Chaque région urbaine était indépendante. Les différentes parties de la ville poussaient à leur rythme. Les Rocheuses, à l'ouest, demeuraient le principal point de repère. Elles, au moins, n'avaient pas disparu.

Sa lecture achevée, Sam flâna dans un parc, près de l'ancien musée d'histoire, maintenant consacré à la culture indienne. Aller jeter un coup d'œil aux infos sur Coyote Hurlant l'aurait obligé à utiliser sa puce de crédit. Il préféra renoncer. Smith était censé vivre en ville ; la visite des musées est une activité de touriste.

Il y avait des daims dans le parc. Sam sourit. Dans les anciens USA, la chose aurait été impensable. Mais il y avait également des joggers, des promeneurs et des oisifs vautrés dans l'herbe. Sam n'était d'ailleurs pas le seul à porter une arme.

Bon nombre de gars du coin arboraient des charmes

porte-bonheur, tissés sur leurs vêtements ou peints sur leur visage. La mode indienne était encore plus répandue ici qu'à Seattle, et le style *Indien des Plaines* plus courant. Logique. Après tout, les Sioux contrôlaient la zone.

Le crépuscule tomba. Il allait bientôt pouvoir traverser.

Et après ? Il devrait fouiner un peu partout, rencontrer des gens, poser des questions. Il regretta l'absence de Hart. L'elfe connaissait Denver.

Il sortit la puce qu'elle lui avait donnée. Elle portait les codes d'entrée d'un bâtiment sûr, dont elle lui avait fait apprendre l'adresse par cœur. Un seul point de chute, pour une ville comme Denver... Sam était certain qu'elle en connaissait d'autres.

Le passé de Hart était encore un mystère pour lui, mais il savait qu'elle était une shadowrunner de réputation internationale, le genre de personne à avoir des abris dans toute les zones de la ville. Elle ne lui avait pas tout dit. *Elle prend ses précautions pour l'avenir...*

Il espérait de tout son cœur qu'elles se révéleraient inutiles. Il ne voulait pas perdre Hart. Il était heureux avec elle.

Il lui faisait confiance, il lui avait confié ses secrets. Pourquoi n'en faisait-elle pas autant ? Peut-être cela viendrait-il plus tard, s'ils réussissaient à passer quelque temps ensemble, loin des ombres. Mais il y avait peu de chances pour que cela se produise avant la guérison de Janice.

Il eut honte de lui. Ses propres soucis semblaient mesquins en regard de ce qu'endurait sa sœur.

Il eut soudain envie de parler à Fantôme, d'avoir des nouvelles. C'était impossible, bien sûr. Fantôme et Janice étaient quelque part sur les terres du Conseil Salish-Shidhe, injoignables. Et c'était mieux ainsi. Il y avait toujours le risque que les troupes du Conseil remontent à la source de la communication.

Fantôme lui faisait des rapports réguliers. Mais la brièveté des messages était frustrante. Ils ne remplaçaient pas une vraie conversation.

Le soleil se noyait dans un océan de ténèbres. Il était temps de partir.

Sam se joignit à la foule qui quittait le parc, l'abandonnant à la nuit et aux prédateurs.

Il avait si peu de temps, et tant à faire.

21

Neko Noguchi était content de lui.

Trouver l'information avait été simple, et l'elfe lui en donnerait sans doute un bon prix. Mais telle n'était pas la raison de sa satisfaction. Son changement prochain de statut le ravissait. Il s'était débarrassé de l'intermédiaire.

Cog s'était retiré du marché dès que Neko lui avait annoncé qu'il avait récupéré des informations supplémentaires sur le sujet qui l'intéressait. Le marchand lui avait arrangé un rendez-vous direct avec le decker, renonçant à son pourcentage.

Neko bâilla et observa la foule. Mélangés aux voyous et aux clochards, d'honnêtes salariés se ruaient vers leurs petites vies ordonnées. Hong Kong. Une mosaïque de races et de couleurs, un tourbillon de cultures et de dangers.

L'Enclave n'avait pas toujours été ainsi. A une époque pas si lointaine, disaient les anciens, la population était presque exclusivement chinoise. Neko sourit. Devant le mélange de Japonais, de Caucasiens et de Noirs chinois qui hantaient les avenues, il avait du mal à l'imaginer. Il bâilla de nouveau. Peu importait l'histoire, au fond. Il aimait l'Enclave d'aujourd'hui, son bouillonnement, ses foules indifférentes.

Le téléphone devant lequel il se tenait sonna brusquement. De manière à ne pas être vu par son interlocuteur, Neko installa un cache sur l'écran, puis activa le circuit.

— *Moshi, moshi.*

— Je vous écoute.

Un écran noir, une voix électroniquement déformée... L'elfe était prudent.

— Je vous ai dit ce que j'avais à vendre, souffla le jeune Japonais. Et je vous ai exposé les règles. On fait le transfert, ou je cherche un autre client ?

C'était du bluff. Neko ne connaissait personne d'autre qui fût intéressé. Avec du temps, il pourrait sans doute dénicher un nouvel acheteur, mais l'information s'en trouverait dévaluée. Comme toujours, un deal rapide signifiait un profit maximal.

Le buste d'un elfe vu de trois quarts apparut sur l'écran. Les cheveux étaient plus courts que ceux de l'image virtuelle que Neko avait rencontrée, mais le nez, la mâchoire et les yeux étaient identiques.

— Vous êtes un peu différent de votre icône. Changement de look ?

— On est esclave de la mode, vous savez, répliqua l'elfe avec une nonchalance forcée. Je prépare le payement.

— Parfait. Rappelez dans dix minutes.

Neko coupa le circuit sans attendre de réponse. Il fallait être capable de surprendre sans cesse le client pour le garder sous contrôle.

Dix minutes plus tard, Neko s'était fait confirmer le transfert de fonds. Avant même d'avoir donné les informations... Une belle réussite. L'elfe rappela.

— La confiance règne, dit le jeune Japonais. Et si je m'étais sauvé ?

Son interlocuteur se mit à rire.

— J'aurais récupéré le fric. Je suis un decker, vous vous souvenez ?

Fronçant les sourcils, Neko se dit qu'il en était sans doute capable, et décida de retirer la somme en liquide dès qu'il aurait coupé la communication.

— Prêt à recevoir ?

— Affirmatif.

— O.K. Je branche la puce et j'envoie les données en protégé. Code sept-trois. Vous restez en ligne et vous me dites si c'est passé.

— Très bien.

Ça me donnera le temps de retirer le fric. Neko lança le transfert comme promis. Il empochait une demi-douzaine de puces de crédit lorsque l'elfe revint en ligne :

— La réception est complète, et le code est bon. Rappelez-moi dans vingt-quatre heures. J'aurai peut-être autre chose pour vous.

Neko trahit sa satisfaction, mais pas sa surprise.

— Super. Mais faites-moi une faveur, vieux. Ne changez pas de look d'ici demain. Pour nous les norms, les elfes se ressemblent tous. J'ai failli ne pas vous reconnaître, tout à l'heure.

— Ne vous inquiétez pas de mon apparence, jeune homme. Mon argent est bon, que je sache ? Il ne vous faut rien d'autre.

L'écran devint blanc. Neko haussa les épaules et sourit. Après tout, dans les affaires, on n'est pas obligé d'aimer les gens avec qui on travaille...

*

* *

Du seuil où il se tenait, Urdli observait le decker.

Il était très maigre, presque assez pour être australien. Mais c'était un elfe caucasien, et il était sous-alimenté. Les choses implantées dans son corps étaient répugnantes. Une vipère de chrome sortait d'un trou de sa tête et sa queue écailleuse disparaissait dans un objet qui, selon Estios, était un cyberdeck Fuchi 7.

Teresa O'Connor était en train de changer le goutte-à-goutte. C'était une perte de temps. Il s'était écoulé plus de douze heures depuis que le decker était entré dans la Matrice ; d'après ce qu'avait entendu dire Urdli, cela voulait dire que son esprit n'était plus aux commandes. Le voyage subjectif à travers le cyberspace exigeait la manipulation physique de l'ordinateur.

— Débranchez la machine, ordonna-t-il.

O'Connor le regarda avec de grands yeux.

— Non.

— Je n'attendrai pas davantage. Je veux qu'il réponde à mes questions... s'il lui reste dans la tête autre chose que de la boue organique.

— Le cerveau de Dodger n'est pas mort.

La voix de Teresa trahissait une forte angoisse. Se retournant, elle désigna les moniteurs. Mais leurs courbes et leurs chiffres ne signifiaient rien pour Urdli.

— Il y a de l'activité à tous les niveaux. Il est encore là, vivant et conscient. Il est juste... perdu.

— Dans la Matrice ?

— Je pense.

— Impossible. La Matrice n'est pas réelle. Il est aux commandes de son cerveau ou il ne l'est pas. Dans le premier cas, si les liens sont coupés, il sera forcé de regagner son corps. Sinon, le problème sera résolu…

— Peut-être. Je ne sais pas. Son état n'est pas normal. Ses rythmes thêta sont complètement décalés. Si nous coupons la connexion, il peut sombrer dans la catatonie.

— Je prends le risque.

— Bon Dieu ! Ce n'est pas à vous de le faire !

— *Makkanagee morkhan*. Je le ferai moi-même.

Urdli fit un pas dans la chambre, mais O'Connor s'interposa entre lui et le lit. L'elfe lui jeta un regard glacial.

— Le professeur Laverty ne s'oppose pas à cet ordre. En vous mettant en travers de ma route, vous rompez votre lien de *milessaratish* et vous rabaissez son honneur sans en gagner vous-même.

— Je ne suis pas *milessaratish*, jeta la jeune elfe. Laissez le professeur en dehors de tout ça. C'est entre vous et moi. Je ne vous laisserai pas toucher Dodger.

Comme s'il n'avait pas assez de contrariétés.

— En rejetant votre lien, vous me libérez. Par considération pour lui, je me serais contenté de vous estropier. Mais vous m'avez offensé. Je vais donc vous tuer.

Il vit dans les yeux de la jeune femme qu'elle comprenait. Elle avait en face d'elle un supérieur ; sa mort était certaine.

Curieusement, la rigidité de la jeune elfe s'estompa, cédant la place à une posture défensive naturelle. Cela rendrait la lutte plus difficile, mais l'issue restait inévitable. Urdli avança et étudia sa non-réaction. Oui, ce serait plus délicat. O'Connor avait conscience de sa mort prochaine. Cela lui avait fait atteindre un état de *zathien*. Ses réactions imprévisibles pouvaient la rendre dangereuse. Urdli se concentra, cherchant à atteindre lui-même le *zathien*, mais sans succès.

Il fit un autre pas, décidé à triompher par ses seules compétences.

— Qu'est-ce qui se passe ?

Urdli recula hors de portée avant de se tourner vers Estios. O'Connor se détendit, mais sa respiration resta rapide. L'interruption avait brisé son *zathien*.

Le vieil elfe toisa l'intrus du regard.

— Qu'y a-t-il ?

— Les nouvelles données ont été mises en corrélation avec la dernière livraison de Hong Kong. La probabilité que les opérations soient en cours est supérieure à cinquante pour cent dans plusieurs schémas. Si, comme vous le suggérez, l'intermédiaire connu sous le nom de Mère-Grand est un sbire de Rachnei, nous avons affaire à un agent très actif.

— Je ne me trompe pas, répondit Urdli avec impatience.

— Je vous crois sur parole. L'un de ses centres d'intérêt est particulièrement surprenant et laisse entrevoir une possibilité... hideuse.

— N'abusez pas de ma patience, Estios.

— J'ai une devinette pour vous. Quel est le point commun entre Hiroshima, Nagasaki, Tripoli et Bagdad ?

— J'apprécie peu les énigmes.

— Toutes ces villes ont été atomisées.

O'Connor fronça les sourcils.

— C'est de l'histoire ancienne.

— Oui. Mais tous, je dis bien *tous* les sujets de recherche de Mère-Grand tournent autour de ces événements, répliqua Estios.

Urdli réfléchit.

— Vous suggérez que Rachnei cherche à comprendre le potentiel de ces armes... Cela est probable, en effet. Enquêter sur les menaces fait partie de son caractère.

— La curiosité scientifique est une chose. Chercher à connaître la localisation des armes nucléaires encore en service en est une autre.

Urdli balaya ses propos d'un geste méprisant.

— Rachnei cherche sûrement à savoir d'où peut venir le danger. Si je me souviens bien, les protections mises en place sur les armes nucléaires à l'époque de l'Eveil sont suffisantes pour écarter les convoitises.

Les yeux bleus d'Estios étincelaient d'une lueur peu amène.

— Si les armes sont entre les mains de leur propriétaire légitime. Il y avait, dans le dossier que nous venons de récupérer, des fichiers codés. Enfouis en profondeur, très bien protégés.

— Et vous imaginez qu'un terrible secret y est caché ?

— Je n'imagine rien. Les techniciens n'ont pas réussi à en tirer grand-chose. Quand ils ont cassé le code, ils ont libéré une sorte de virus, mais ils ont réussi à sauver des fragments d'informations. Entre autres, une poignée de sites sur une liste. Des sites qui se trouvent tous à proximité d'emplacements d'armes nucléaires ou d'installation de tir de missiles.

— Vous suggérez que Rachnei cherche à se constituer un stock d'armes nucléaires ?

— Je le pense.

L'idée était déplaisante au possible. Le danger s'avérait considérable. Et Urdli connaissait trop bien la magie pour croire aux coïncidences. Le vol de la pierre de Rachnei avait forcément un rapport avec la menace nucléaire.

— Et le rôle de Verner dans tout ça ?

Estios haussa les épaules.

— Il y a sans doute un lien. Nous savons seulement qu'il est parti pour Denver.

— Ou pour le centre de commandement du NORAD, dans les monts Cheyenne...

O'Connor intervint :

— Ne soyez pas ridicule. Verner n'est lié ni à Mère-Grand ni à Rachnei. Ce n'est pas son genre.

Estios l'ignora.

— Nous avons également appris que Mère-Grand avait envoyé deux agents à Denver.

O'Connor rougit.

— Coïncidence.

Urdli sourit méchamment.

— Vous êtes sûre ? Rachnei tisse sa toile et manipule ses proies. Verner est peut-être déjà pris au piège.

Il était sans doute innocent au départ mais, avec le temps, il tombera sous l'influence de la pierre. Il n'est sans doute même pas conscient qu'il la livre à des agents de Rachnei... Il ne faut pas qu'elle s'en empare. Verner doit être arrêté.

22

Sam commençait à avoir l'habitude d'être épuisé.

Il y avait plusieurs jours qu'il dormait très peu. Suivre des pistes, rencontrer les gens du coin, dans la pègre et ailleurs, consumait ses jours et ses nuits.

Et le sommeil ne le reposait pas. Il était hanté par des rêves où il était tour à tour le chasseur et la proie. Les cauchemars se répercutaient sur le monde de l'éveil, le laissant nerveux et angoissé. Il regardait sans cesse par-dessus son épaule avec la constante impression d'être espionné.

Le soir tombait. Sam examinait la rue qu'il se préparait à traverser.

Il avait tout son temps. Le type avec qui il avait rendez-vous n'arriverait que dans une bonne demi-heure. Lentement, Sam étudia le site. Un labyrinthe d'appartements, peuplé de gens ordinaires. Il nota la présence de deux Indiens, un peu incongrus dans le quartier et, un peu plus loin, d'une bande de jeunes en cuir et chrome. Il était trop tôt dans la soirée pour que les véritables prédateurs, ceux de la nuit, fassent leur apparition. Mais des signes rappelant leur présence - traces de balles ou de brûlures - constellaient les murs du bloc.

Si les prédateurs n'étaient pas encore sortis, les

charognards, eux, commençaient leur travail. Sur le trottoir d'en face, un vieil homme faisait les poubelles. Il portait une antique veste de l'armée américaine dont les marques habituelles avaient été remplacées par des symboles multicolores.

L'homme regardait dans la direction de Sam et leurs regards se croisèrent. C'était un vieil Indien ridé, ce qui étonna le chaman. La société indienne avait donc ses exclus ?

Soudain, il réalisa que le profil du vieil homme lui était familier. Il retraversa la rue, l'air distrait. Mais le chiffonnier était très occupé à fouiller dans une pile de détritus, et son visage restait dans l'ombre.

Où avait-il déjà vu cette tête ? Il rêvait. A moins que… Son logeur. Sam sentit une sueur froide couler le long de son dos. Son logeur. Voûté, avec une veste informe pour dissimuler la silhouette... Oui, c'était possible.

Mais si c'était un espion, pour qui travaillait-il ? Ses cauchemars ?

Je suis paranoïaque, se dit soudain Sam. *Mon logeur se déguisant en chiffonnier pour me suivre…* Il déraillait. Le chiffonnier n'était qu'un vieux clochard, peut-être même un survivant des camps de rééducation.

Sam hocha tristement la tête. Cette méfiance ne lui ressemblait pas. Il avait changé depuis son départ de Renraku. Pas entièrement en mal, d'ailleurs. Il se sentait plus fort, plus capable qu'autrefois. Mais il était aussi devenu cynique, et il commettait des actes que, deux ans plus tôt, il aurait trouvé méprisables.

Il se demanda ce que son père aurait pensé de lui. Un chaman shadowrunner à la recherche du prophète de la Danse Fantôme… Sa mère, en tout cas, aurait été horrifiée. Non sans raisons, probablement, songea Sam avec amertume.

Et pour tout arranger, il n'était pas plus avancé qu'en arrivant à Denver. Selon toute probabilité, le rendez-vous de ce soir ne servirait à rien. L'homme qu'il allait rencontrer avait travaillé pour le Conseil à l'époque de la présidence de Coleman..., mais il y avait de cela quinze ans.

Un par un, Sam avait essayé les noms donnés par Dodger. Même moyennant finances, personne ne lui avait rien dit. Y avait-il une conspiration pour cacher l'homme, ou ce qui lui était arrivé ?

Encore la paranoïa. Les shadowrunners affirmaient que c'était un trait indispensable à la survie dans les ombres.

Ou était-ce le premier pas vers la démence ?

Sam regarda de nouveau la rue. Tout paraissait normal. Le chiffonnier s'était éloigné. La composition de la foule évoluait lentement. Les gamins étaient partis, et trois voyous vêtus aux couleurs d'un gang occupaient l'entrée d'un des immeubles. Oui, tout paraissait normal...

Quelque chose n'allait pas. Sam en fut soudain convaincu, une intuition totale, profonde. Reculant contre le mur, il lança ses perceptions dans le plan astral.

Le monde se renversa et tout devint atrocement clair. Une haute figure dégingandée, semblable à un épouvantail, fendait la foule. Ses oreilles pointues encadraient son crâne, ses yeux scintillaient de lueurs dorées. Des présences astrales ténues dansaient autour de la créature comme des électrons autour d'un noyau. L'une d'elles quitta son orbite et passa devant le visage de son maître. L'apparition se tourna vers lui. Sam était repéré.

La terreur le saisit. Il n'était pas capable de distancer l'être, il n'était pas préparé à lutter contre une telle puissance. Il avait besoin d'aide, mais il était seul en ville...

La ville !

Il chercha désespérément, concentrant son pouvoir en un unique appel. Lentement, une réponse prit forme.

Sam revint en mode de perception normale.

L'épouvantail avait franchi la moitié du bloc d'immeubles qui le séparait de sa proie.

— Venez, appela silencieusement le chaman. Etres nés des rues, âmes et os des immeubles, entendez mon appel.

Autour de lui, le béton, l'acier et le plastique se firent plus nets.

Denver n'était pas la ville de Sam, mais la présence le reconnut comme chaman Chien, maître des esprits de l'Homme, et l'accepta. Sam la supplia de l'aider, d'entourer l'épouvantail de son essence le temps qu'il puisse s'échapper.

La présence accepta et s'éloigna dans un tourbillon d'air chaud.

A quelques mètres de là, l'épouvantail heurta une passante. Ils tombèrent tous les deux. La femme se releva, pestant contre le mauvais état des trottoirs. L'épouvantail resta assis, l'air choqué, puis hurla lorsqu'un passant lui marcha sur la main. Quelques secondes plus tard, un chien s'approcha et leva la patte sur lui. L'être noir le frappa et le cabot s'en alla, l'air déconcerté.

Sam dévala la rue en courant. Derrière lui, l'épouvantail poussait des cris furieux, tentant de se frayer un passage dans la foule, toujours inconsciente de sa présence. Sam tourna dans une ruelle, et son soulagement disparut.

Quatre silhouettes - cuir, chrome, rasoirs - lui barraient le passage. Deux brutes épaisses, drapées dans de grands manteaux, dissimulaient leurs traits sous de larges chapeaux. *Trop gros pour des orks, trop petits pour des trolls...* Les yeux du troisième, très mince, brillaient de reflets chromés. En quelques pas nonchalants, il se plaça à gauche de Sam. Le quatrième sortit de l'ombre. Il était différent des autres : tissus fins, chapeau orné de symboles magiques, yeux et

dents naturels dans un visage brun.
Il sourit.
— T'as pris le mauvais tournant, mon pote. Tant mieux, ça va nous éviter des efforts. T'as quelque chose qu'on veut. Tu nous le donnes, et t'as pas de problèmes.
Sam le reconnut soudain.
— Tu es Harry Masamba.
L'homme eut l'air sincèrement navré.
— T'aurais pas dû dire ça. C'est pas malin...
C'était son arrêt de mort. Sam pivota et fila vers la rue. Juste au-dessus de lui, une balle arracha un morceau de béton. Quelques mètres encore... il était de retour dans l'avenue.
Il fonça, bousculant les piétons. La voix de Masamba, amplifiée par magie, couvrit le bruit de la rue :
— A l'assassin ! Au meurtre ! Arrêtez-le ! Appelez la police !
Sam risqua un regard derrière lui. Le voyou aux yeux chromés était sur ses talons, mais les deux zouaves en manteau avaient disparu. Masamba se tenait à l'entrée de la ruelle, hilare.
Que se passait-il encore ?

23

Sam bondit dans une embrasure de porte. Ses chances de semer son poursuivant étaient minces. Il avait besoin d'un peu de temps pour réfléchir, pour comprendre ce qui lui arrivait...
Le tueur apparut à l'orée de la ruelle, suivi d'une foule de braves citoyens en colère.
Regrettant amèrement de ne jamais avoir appris de

sort d'invisibilité, Sam se recroquevilla, dans l'espoir qu'on ne le verrait pas. Quelques minutes passèrent... La foule s'éloigna. L'assassin aux yeux chromés resta en arrière et commença à fouiller méthodiquement la rue.

Il découvrirait bientôt la cachette de Sam. Le plus discrètement possible, ce dernier essaya d'ouvrir la porte, derrière lui. Mais elle était verrouillée, et il ne connaissait aucun sort de crochetage...

Stop. Pas de panique. Ce n'était pas la première fois qu'il avait besoin de passer inaperçu. Il lui fallait une diversion. Sam se concentra...

Un vacarme effroyable éclata dans la rue, juste derrière l'assassin. Celui-ci fonça vers la source du bruit, dépassant Sam sans même lui accorder un regard.

Il tourna le coin et disparut.

Au loin hurlaient des sirènes. Quelqu'un avait appelé la police. Masamba avait-il donné sa description ? Sam ne pouvait pas se permettre de courir le risque.

Il sortit de sa cachette et s'éloigna lentement, errant dans les ruelles. Se replier vers la planque de Hart, dans la zone Pueblo, était hors de question. Si la police avait sa description, se présenter à un poste de contrôle inter-zones serait suicidaire.

Il était coincé dans le quartier, au moins pour la nuit. Au bout d'une heure, il trouva une armurerie. Le rideau de fer était en partie baissé, mais l'endroit était ouvert.

Il allait y pénétrer quand il fut accosté par un clochard indien... Une nouvelle preuve que le système social ute n'était pas aussi égalitaire que le prétendait la propagande. L'homme portait un vieux chapeau miteux, surmonté d'une plume de dinde usée. Il puait la crasse et l'alcool bon marché.

— Tu veux un guide, Visage Pâle ? Je suis le meilleur. Je connais tous les bons endroits, utes, pueblos.

Meilleurs terrains de chasses, meilleurs tipis. Et les filles, aussi. Tu chasses quoi, Visage Pâle ? Le bison ? Le paranormal ? J't'aiderai à le trouver, va.

Sam écarta la main sale qui avait saisi sa manche.

— Je ne suis pas chasseur. Essayez quelqu'un d'autre.

— T'as quand même besoin d'un guide. Je...

La porte extérieure se ferma derrière Sam. Le chaman se laissa nerveusement examiner au scanner, attendant que le propriétaire lui donne son feu vert. La porte intérieure s'ouvrit avec un déclic de bon aloi. Il était le seul client. Tant mieux. Moins il y aurait de personnes présentes, moins ça ferait de gens pour l'identifier plus tard.

Les affaires étant mauvaises, le patron n'était pas d'humeur à marchander. Sam dut sortir une somme considérable pour un Glock 7mm et un pistolet-mitrailleur Sandler. Le boutiquier lui tendit deux boîtes de munitions... et se raidit, le regard vitreux.

Le sort de paralysie s'abattit sur Sam et glissa sur ses défenses. Par réflexe, le chaman s'immobilisa. Son cerveau tournait à toute vitesse. Il n'avait pas entendu la porte s'ouvrir... Le magicien devait se trouver encore à l'extérieur. Il plongea sa main dans la boîte de cartouches 9 mm du Sandler, attrapant une poignée de balles.

Le reflet de l'épouvantail apparut sur une vitre. La porte s'ouvrit et Sam se retourna.

La créature tendit la main.

— Allez, Verner. Donne-le-moi.

Sam le fixa, sincèrement étonné.

— Je ne sais pas de quoi tu parles.

L'elfe monstrueux soupira, ou grogna. C'était difficile à dire.

— Je n'ai pas de temps à perdre.

Sam sentit la bouffée de pouvoir et plongea au sol juste à temps, évitant la boule de feu. Le boutiquier fut carbonisé sur place. Les alarmes automatiques hurlèrent, et les sprinklers commencèrent à déverser de longs jets d'eau.

Sam sortit le chargeur du Sandler.

— Mal joué, bonhomme ! Les pompiers et la police vont rappliquer. Les coins à risques comme ici sont reliés directement à leurs casernes.

L'elfe répliqua par une autre boule de feu. L'abri de Sam explosa. Il roula sur le côté... et se rendit compte avec horreur que le chargeur avait glissé de ses doigts. Plus d'arme... Il fallait fuir. Se relevant, il tenta une course désespérée vers la porte...

Le tourbillon de flammes orange le projeta à travers la vitrine. Il atterrit sur le trottoir glacé, lacéré par les éclats de verre. Son épaule était engourdie, son visage couvert de coupures, un de ses yeux aveuglé par le sang qui pissait de son front.

Le clochard était toujours là. Dans un brouillard douloureux, Sam l'entendit applaudir.

— Ouah, les gars ! Putain de spectacle !

L'elfe sortit par la fenêtre. L'eau qui détrempait ses vêtements ne semblait pas le gêner. Il sourit.

— On ne court plus, Verner ? Tant mieux. C'est l'heure de mourir.

Une ombre s'interposa entre Sam et lui. Le clochard.

— Pas question, dit-il. Le Visage Pâle est à moi. Si t'en veux un, tu vas t'en trouver un autre. Je suis magicien aussi, l'elfe. Ouais. Même que je suis le Vent du désert, parfaitement.

L'ivrogne agita les bras avec frénésie. Il ne se passa rien. L'elfe ricana.

— Le vent, hein ? Eh bien moi, je suis le Rocher. Alors ou tu bouges ta carcasse puante, ou je t'anéantis. Cette affaire ne te concerne pas.

Des coups de feu déchirèrent la nuit. L'elfe tituba, partit vers l'arrière, buta contre les restes de la vitrine et s'écroula.

Le vieux clochard contempla la rue, l'air à la fois étonné et amusé. Sam suivit son regard. Le tueur au regard chromé courait vers lui, suivi de près par les deux grosses brutes.

L'épouvantail et Masamba ne travaillaient pas ensemble. La révélation aurait été d'importance dans un autre contexte. Mais Sam avait trop mal pour bouger, fuir ou même penser. Cette fois, c'était la fin.

Il sentit le sol frémir. Le délire dû au choc, sans doute. Dans un dernier réflexe, il roula sur le dos.

Mais le sol bougeait bel et bien. Le grondement s'intensifia. De son œil valide, Sam aperçut l'épouvantail debout, les bras étendus, illuminé par le mana qu'il absorbait.

Le grondement devint rugissement, et la rue commença à osciller. Les tueurs s'arrêtèrent, luttant pour garder leur équilibre. Des blocs de béton tombèrent des bâtiments voisins. L'un d'eux s'abattit sur une des brutes, l'écrasant comme un insecte, et les autres foncèrent à couvert.

Masamba apparut à l'autre bout de la rue. Un trait d'énergie ambrée sortit de ses mains, pour se briser sur la barrière invisible de l'elfe. Encouragés par l'arrivée de leur « artillerie magique », les tueurs survivants ouvrirent le feu.

Sam agrippa la veste du vieux clochard, le forçant à se baisser. Pour toute récompense, il reçut un coup de pied.

— Qu'est-ce que tu fais ? Je suis magique, stupide Visage Pâle. Ils ne peuvent pas me blesser.

Le tremblement de terre s'intensifia. Ils étaient au milieu d'un épais nuage de poussière mû par un vent venu de nulle part. La visibilité était limité à deux mètres. Incapables de viser, les tueurs cessèrent de tirer. Des flashes d'énergie magique illuminaient le nuage. Masamba et l'elfe continuaient leur duel.

Une brique s'écrasa tout près de la tête de Sam.

Toute douleur oubliée, celui-ci se remit sur pied. Le vieil Indien bondit à son côté, insultant les pierres, les mettant au défi de lui tomber dessus. Sam essayait de mettre le vieux fou à couvert quand le tueur au regard chromé sortit du brouillard.

Il saisit la veste de Sam, le souleva et le projeta contre un mur. Son crâne heurta la brique. Sa vision se brouilla. Il sentit le métal froid du canon contre sa gorge.

— Donne-le et je te laisse. Garde-le et je te tue.

L'arme appuyée contre la mâchoire l'empêchait d'articuler correctement.

— Je ne sais pas...

— Te fous pas de moi, Verner.

Le barillet le frappa à la tempe. On le gifla... puis, soudain, plus rien. Sam tomba. La douleur diminua ; lentement, il se remit sur pied. Le tueur était parti. Le chaman passa la main sur son flanc. Sa veste et son pantalon étaient en lambeaux, et il avait perdu sa bourse. Les cordons avaient dû être coupés lors de sa sortie fracassante par la vitrine.

Le hurlement d'une sirène couvrit le grondement du vent. Sam chercha désespérément autour de lui. La bourse contenait ses identités et la clé de la cachette de Hart. Sans numéro d'identification, il n'avait aucune chance avec la police. On n'aimait pas les ombres, dans la zone ute.

Des éclairs d'énergie magique ambrée et cramoisie continuaient à traverser la tempête de poussière.

Une main saisit le bras de Sam. Il se dégagea brutalement. Sa victime tituba et heurta le mur avant de s'écrouler.

Le vieil homme...

— Doucement, Visage Pâle. Tu pourrais montrer un peu de gratitude. Je te sauve des rochers et tu me cognes. Bah. J'abandonne. Trouve ta propre vérité.

Le vieillard se releva et s'en fut.

Que voulaient les deux factions ? Quelque chose qu'il avait sur lui. Ou qu'il n'avait plus, ce qui expliquerait leur soudain désintérêt. Tant mieux. Dans son état, n'importe lequel des deux groupes pouvait le massacrer sans difficulté.

Les sirènes se rapprochaient.

Il n'avait rien à gagner en restant. Il était hors de question qu'il récupère ses affaires cette nuit. Dans un éclair d'intuition, il prit la ruelle qu'avait empruntée l'Indien. Le vieux fou connaissait peut-être vraiment son chemin dans la zone. Même s'il lui refusait son aide, Sam n'avait qu'à le suivre, au moins pour échapper aux combats.

Après ça, qui sait ?

24

A la seconde même où il avait posé les yeux sur elle, Hohiro Sato avait désiré la pierre.

Pourtant, il n'appréciait guère les opales. Leur iridescence laiteuse n'était pas son style. D'ordinaire, il préférait la clarté et la profondeur des rubis ou des émeraudes.

Mais le joyau exerçait sur lui une attraction quasi magnétique. Sa surface était douce et chaude. Dans sa main, elle paraissait vivante.

Sato sourit. Il avait eu de la chance. Un des agents de Mère-Grand avait trouvé la mort dans la bataille contre l'elfe qui avait attaqué Verner. Cela avait rendu l'élimination des autres plus simple. Et maintenant, l'opale était à lui.

Sato examina la boutique, se grattant distraitement le poignet gauche. La pierre était puissante, aucun doute là-dessus. Rien qu'en la regardant, il parvenait à sentir l'immensité de son pouvoir. Une magie si forte qu'elle avait attiré l'attention d'un ou de plusieurs êtres puissants. D'après Masamba, l'elfe qu'ils avaient combattu était au moins un initié du sixième rang.

Il y avait un troisième groupe dans le coup. Bien équipé en ressources magiques…

Sato se demanda de quelles informations Mère-Grand disposait sur les nouveaux venus. Savait-elle, lorsqu'elle l'avait envoyé à la poursuite de la pierre, qu'il devrait faire face à une opposition de cette force ? Si oui, il lui ferait regretter.

Ses yeux ne quittaient pas la surface iridescente et lunaire. *Ma beauté. Tu es d'autant plus incomparable que tu es en mon pouvoir. Bientôt, je connaîtrai tes secrets.*

La démangeaison grimpait le long de son bras, devenant intolérable. Machinalement, il remonta sa manche. Il tourna ses yeux vers la région douloureuse et resta glacé d'horreur.

La chose qui avait été son bras, dure et noire, luisait d'une sorte de bave. Deux longues griffes remplaçaient son majeur et son index. Une troisième, plus petite, avait pris la place de son pouce.

Son estomac se révulsa. Il vomit, mais ne cria pas. Son corps le trahissait. Il se changeait en monstre… Il ne crierait pas. De sa main humaine, il attrapa l'intercom et appela son assistant personnel.

— Allez me chercher Soriyama, ordonna-t-il. Et faites venir Masamba et Akabo.

*
* *

Jamais Dodger ne s'était déplacé si vite dans la Matrice.

La pulsation des lignes de données était plus vive, les icônes plus claires, les ténèbres qui s'étendaient entre les passages insondables plus accueillantes. Le ciel électronique se déployait sur un horizon sans limites.

Une expérience transcendantale, impossible à vivre avec un corps de chair.

Des messages lointains, faussement urgents, menaçaient de gâcher sa joie. Il les ignora, les yeux tournés vers les merveilles du cyberspace.

C'était le pouvoir et la liberté qu'il cherchait depuis tant d'années, l'union avec la Matrice.

Et elle était avec lui.

*

* *

Hart étudia soigneusement le visage du trafiquant. Rien. L'homme disait la vérité, ou était convaincu de la dire.

— Il y en a trois ?

— Trois, ou quatre, ou cinq. En tout cas, au moins trois. A ogives multiples. Tous « oubliés » par un officier quand les Américains ont quitté l'Allemagne. (Le vieil homme sourit, plongé dans ses souvenirs.) Cette époque, c'était l'Eldorado des terroristes, tu sais ?

— Où sont-ils ?

Il haussa les épaules.

— De plus riches que toi m'ont déjà posé la question. Mais je vais te dire la vérité, trésor. Je suis vieux. Je ne suis plus de taille à mentir. (Il gloussa.) En tout cas, pas à toi, mon étudiante préférée. Je ne peux pas vendre ce que je ne sais pas... Cosimo a emporté le secret de leur emplacement dans la tombe. Ses notes ont été détruites dans l'incendie. Des faux ont fait surface depuis. Je les ai tous vus, mais aucun ne portait les marques.

— Quelles marques ? Le loup de Fenris ?

— Bien sûr. Mais ce n'était pas la seule.

Il lui décrivit. Hart frémit. Cela collait.

Les remarques de Caliban étaient vraies, à un détail près : quelque part, quelqu'un avait mis la main sur l'héritage de Cosimo. Les données que le contact de Dodger avait soustraites aux agents de Mère-Grand comportaient une carte, mais la légende manquait. Hart avait failli ne pas remarquer le petit symbole près de Deggendorf. Dodger n'avait pas reconnu la tête de loup stylisée, mais elle si.

Ses pires craintes se confirmaient.

Il fallait le dire à Sam, bien sûr. Mais à qui d'autre ?

25

Sam se réveilla en sursaut.

Autour de lui, le paysage était tout de vert poussiéreux et de nuances de gris. Le soleil se noyait dans un ciel violacé.

Un bruit de moteur, des cahots... Il n'était plus à Denver.

Il avait toujours mal à la tête, et ses courbatures étaient douloureuses. Par flashes, il se souvint de sa fuite.

La ruelle, les sirènes qui hurlaient. Une silhouette voûtée, en haillons. Des mains se saisissaient de lui. L'ombre, les ténèbres, des voix qui chantaient, des coups de feu...

Quelqu'un l'avait éloigné de force du danger.

La même personne l'avait couvert d'un plaid sale, usé et puant. L'odeur lui apprit l'identité de son sauveur.

Il tourna la tête pour regarder le conducteur. C'était le vieil Indien. Son visage était dans l'ombre, mais il le reconnaissait.

Sam regarda derrière lui. Ils étaient seuls, et l'arrière du camion était plein de provisions.

Son mouvement avait attiré l'attention de son compagnon.

— Tiens, tiens… On se décide à rejoindre les vivants ?

Sam ouvrit la bouche. Un gargouillis inintelligible en sortit.

— T'as une gourde près de tes pieds.

A la troisième tentative, Sam parvint à convaincre son corps de bouger. Il attrapa la gourde. L'eau était tiède, mais elle lui fit du bien. Il se sentit mieux qu'il ne s'y attendait… ou qu'il le méritait.

— Je vous dois des remerciements pour m'avoir sorti de là.

— Ouais.

— Eh bien, merci.

La conversation s'arrêta là. Le camion approchait d'un fleuve. Sam fit un nouvel essai :

— Où sommes nous ?

— Sous le ciel.

Il espérait quelque chose d'un peu plus précis, mais peut-être le vieil homme ne lui faisait-il pas confiance.

— Je ne suis pas du coin. Je vis à Seattle la plupart du temps. Là-bas, on m'appelle Twist.

— Hon.

— Vous ne m'avez même pas dit votre nom…

— C'est vrai.

— Comment dois-je vous appeler ? Vieil homme ? Ce n'est pas poli.

Le vieillard haussa les épaules.

— Les descriptions sont toujours polies. Si ça te pose des problèmes, appelle-moi Dancey.

— Comme Dizzy Dancey ?

— C'est moi.

Dans les ombres de Denver, Sam avait entendu bien des choses sur Dizzy Dancey. Rien de réconfortant. Le vieux avait été un shadowrunner, autrefois. On racontait qu'il s'était fait prendre par la Police Tribale Navajo, et que cela l'avait rendu un peu dingue.

Le camion traversa le fleuve, escalada la berge et finit par déboucher dans une prairie herbeuse, près des vestiges d'une route. Dancey fredonnait. Il avait l'air heureux.

— Comment sommes-nous arrivés ici ? Et où sommes-nous ?

— Dans le haut pays, Visage Pâle. La ville devient trop chaude à mon goût. Alors, je te mets au vert. Ça se calmera sous peu, et tu pourras y retourner, si tu es assez fou.

— Mais j'ai des choses importantes à y faire. Je n'ai pas de temps à perdre.

— Pour toi, rester en vie, c'est perdre du temps ?

— Non.

— Parfait. Alors tu la boucles. Conduire était plus facile quand tu dormais.

Sam suivit son conseil. Mais le silence ne lui fit aucun bien.

— Dis, Visage Pâle. Pourquoi est-ce que tu as tant envie de te balader en ville ? C'est un sale coin.

— Je cherche quelqu'un qui pourrait aider ma sœur.

— Je ne l'ai pas vue.

— Elle n'est pas avec moi. Elle ne peut pas voyager pour le moment.

— Hon, hon. C'est bien triste. C'est important, la famille, et tu comprends ça. C'est bien. Tu cherches quelle sorte de docteur ?

Sam hésita. Quelle importance ? Ses recherches n'avaient abouti à rien. Peut-être que s'il avait avoué à ses sources qu'il cherchait Coyote Hurlant pour des raisons personnelles, et non politiques, elles auraient été plus coopératives.

— Pas un médecin. Un chaman. Elle a des... problèmes magiques.

Dancey ricana.

— Alors, tu viens chercher un homme-médecine. Pas de chance, Visage Pâle.

— Je ne cherche pas n'importe quel homme-médecine. Je cherche Coyote Hurlant.

—Tu ne le trouveras pas en ville. Et tu ne le trouveras pas du tout.

— Que veux-tu dire ?

Le vieillard montra le ciel.

— Il y a de bons nuages, aujourd'hui, Visage Pâle. On peut voir bien des choses dans les nuages. Dans les étoiles, aussi. Elles sont différentes. Elles tournent. On ne peut pas le voir, mais elles tournent.

Sam laissa tomber ; il contempla le crépuscule.

Une heure passa. Le soir arriva. Dancey fit sortir le camion de la piste et s'arrêta dans un petit canyon. Il fouilla dans le matériel, lança un vieux sac de couchage à Sam, puis sortit une batterie de cuisine. Il prépara le feu et le dîner en silence. Ils mangèrent, puis, sans un mot, regardèrent les braises.

Sam entendit un léger bruit et vit des yeux briller à la limite du cercle de lumière. Le vieil homme jeta les restes du repas dans la direction de l'animal. Un coyote pénétra lentement sur le sol illuminé pour les prendre. Dancey lui jeta un autre morceau, un peu plus près. L'animal se rapprocha. Bientôt, il lui mangeait dans la main.

Un jappement solitaire retentit, renvoyé par l'écho. Leur invité s'assit et leva son museau pour hurler sa réponse. Sam ferma les yeux et écouta les appels. Le coyote hurla de nouveau, cette fois à l'unisson d'un autre, qui devait être tout près.

Sam ouvrit les yeux pour localiser le nouveau venu

et se figea sur place, ébahi. Dancey s'était joint au chœur. Son visage, levé vers le ciel, n'était plus humain. Le museau allongé d'un coyote dépassait du vieux chapeau. La magie vibrant dans l'air était quasi palpable.

Rusé... farceur... Sam bondit sur ses pieds, effrayant l'animal.

— Vous... vous êtes Coyote Hurlant !

La tête de coyote disparut. Le vieillard se tourna vers lui, l'observant de ses yeux humains, infiniment sombres.

— J'ai porté bien des noms. Dont celui-là.

— J'ai besoin de votre aide.

Le vieil homme regardait le sol. Ses doigts traçaient des motifs dans la poussière.

— Bien entendu, je pourrais être un simple chaman Coyote en train de te jouer un tour.

Sam secoua la tête. Il avait senti l'aura de pouvoir du vieillard. Ce n'était pas un chaman ordinaire. Le vieux continua :

— Coyote n'est pas un gars heureux. Il a beaucoup tué. Et Coyote Hurlant est mort, tu sais.

— C'est ce qu'on dit. Tous les chamans meurent. Un chaman doit mourir pour atteindre le pouvoir. Chien me l'a dit.

Le vieil homme se fit soupçonneux.

— Chien te l'a dit ? On parle aux chiens dans ton coin, Visage Pâle ?

— On parle aux chiens partout. Les problèmes commencent quand ils vous répondent.

L'Indien grogna.

— Alors, tu es un chaman. Vas-y, montre-moi quelque chose. Etonne-moi.

Sam secoua la tête.

— La magie n'est pas faite pour ça.

— Non ? Et pourquoi pas ? A quoi ça sert, si on ne l'utilise pas ?

L'attitude moqueuse du vieillard énervait Sam.

— Je n'ai pas dit que je ne pouvais pas. J'ai dit que je ne voulais pas.

— Hé, hé, hé... On est fier, hein ? La fierté amène les problèmes. Je le sais, j'en ai eu mon content autrefois, petit.

— Je ne veux pas de problèmes. Je veux *résoudre* des problèmes. Ceux de ma sœur. Elle...

— ... A un problème. (La voix du vieillard contenait de la sympathie et une note d'avertissement.) Va falloir que tu m'en parles, Visage Pâle. Et en détail. Après tout, je ne suis qu'un vieux débris stupide.

Sam n'y croyait pas une seconde, mais il joua le jeu. Il parla de Janice, du rituel, de son échec. Il lui raconta sa peur de voir sa sœur succomber à la malédiction du wendigo, son espoir de la sauver.

— Vous *êtes* Coyote Hurlant. Vous avez mené la Grande Danse Fantôme, la magie de transformation la plus puissante que le monde ait jamais connue. Vous êtes le seul à en savoir assez pour faire fonctionner le rituel. Vous devez m'aider.

Le vieil homme lui tourna le dos.

— Je ne dois rien du tout. Coyote est libre, tu sais. Il fait ce qu'il veut. Et toi, tu fais l'idiot.

— Je dois aider ma sœur.

— Très noble, comme tous les Chiens. (Il cracha.) Optimiste aveugle.

— Non. J'ai senti son esprit et j'ai senti la magie. Elle peut être sauvée, mais je ne peux rien seul. J'ai besoin de votre aide.

— Débrouille-toi seul.

— Vous refusez de m'aider ?

— J'ai dit ce que j'ai dit.

— Okay, okay, répliqua Sam, exaspéré. Si vous ne m'aidez pas, apprenez-moi ce que je dois savoir. Vous avez appris la magie à d'autres. Enseignez-moi comment sauver Janice.

Le vieillard se retourna :

— Et pourquoi pas ?

26

— Coyote voit tout et sait tout, dit le chaman. Mais il parle peu.

— Comme vous, observa Sam.

— Un chaman est ce qu'il est parce qu'il est ce qu'il est. Il faut savoir pour agir, et agir pour savoir. Compris ?

— Ouais, répondit Sam, incertain.

C'était clair comme du jus de chaussettes. Les deux derniers jours avaient été frustrants au possible. Le vieil homme l'avait conduit loin dans les étendues sauvages, à pied. Il faisait la sourde oreille aux questions de Sam, et ne parlait que quand bon lui semblait.

La moitié du temps, il se contentait d'ânonner des clichés sur la nature ou la vie. Le reste de ses discours se divisait entre d'incompréhensibles monologues dans un langage que Sam pensait être de l'ute et des ordres brefs, tout aussi incompréhensibles.

Sam avait dû observer des fourmis, écouter le vent dans les arbres, comparer les odeurs des fleurs et des feuilles de yucca, regarder les busards tourner autour des canyons.

A chaque arrêt, il devait aller ramasser des plantes ou des cailloux, que le chaman s'empressait d'abandonner à leur départ suivant.

Sa patience commençait à s'effriter.

Il étaient maintenant en haut d'une mesa. Loin en dessous d'eux, la prairie s'étendait sur des centaines de kilomètres. La veille, le chaman avait désigné dans le lointain une série de montagnes.

« — Tu vois, ce n'est pas moi, avait dit Coyote Hurlant. Il dort toujours. »

Sam n'avait pas compris, et l'avait dit.

« — L'Ute, petit. Il dort toujours. »

Ce n'était pas plus clair.

Ils arrivèrent à un creux circulaire entouré d'un mur de pierres. L'herbe y était verte.

— T'as soif, petit ?

— Oui, répondit Sam.

Ses lèvres étaient crevassées ; même ses poumons lui faisaient mal.

— Eh bien, bois un coup, ne te gênes pas.

Sam regarda autour de lui. Il n'y avait pas d'eau dans la dépression, juste de l'herbe. Le chaman se releva et se promena entre les pins odorants. Sam sauta sur ses pieds. Le vieil homme laissait des empreintes humides.

— Qu'avez-vous fait ?

— Moi, rien. Ce sont les anciens qui ont construit tout ça. Vous autres Visages Pâles les avez appelés *Anasazi*. Ils ont construit ce lac pour l'irrigation, bien avant votre arrivée.

— Mais vos empreintes sont humides, comme si vos pieds étaient mouillés. Il n'y a plus d'eau au fond du lac. Comment faites-vous ça ?

Le chaman éclata de rire.

— Je n'ai rien fait. J'ai juste senti le lac et la sagesse des anciens. Qu'as-*tu* senti ?

Rien, pensa Sam.

— Je ne sais pas.

— Mieux vaut voir le passé, si tu veux voir le futur.

Sans autre explication, Coyote Hurlant le conduisit au milieu des arbres noirs. Au coucher du soleil, ils étaient au bord d'un canyon boisé. Devant eux s'étendait une descente à pic d'une douzaine de mètres. Sur l'autre bord, on devinait des arbres et des buissons.

Coyote Hurlant le mena à un bosquet de pins plus haut et plus dense que les autres. Il fallut un moment à Sam pour réaliser que les arbres poussaient sur un sol surélevé.

Avant qu'il puisse poser une question, le chaman le prit par le bras et le fit pénétrer dans le bois. Quelques piles de pierres marquaient les limites d'une construction rudimentaire, constituée de nombreuses petites salles. Les murs ne dépassaient pas un mètre. Au centre d'une grande ouverture circulaire, dépassaient les premiers barreaux d'une échelle.

— Un kiva. La nuit sera plus chaude ici, dit le chaman.

Il descendit. Sam sentit le froid de la nuit s'abattre sur lui, mais il ne trouvait pas très tentante l'idée de s'enfoncer dans les ténèbres.

Un chant et de légères bouffées de fumées sortirent de l'ouverture.

Sam regarda le trou. Un instant plus tôt, le kiva n'offrait qu'obscurité et mystères. Maintenant, il semblait promettre de la lumière, de la chaleur et la seule compagnie de toute la mesa.

Coyote Hurlant était peut-être bizarre par moments, mais c'était un être humain ; Sam avait besoin de sa présence. Le vieux chaman restait le seul espoir de Janice, et Sam n'était pas d'humeur à abandonner après une si longue poursuite.

En dépit de ses excentricités, le vieil homme cherchait à l'aider. Il aurait bien voulu comprendre comment, mais cela viendrait sans doute. Une chose était toutefois certaine : à moins de vouloir geler à mort, Sam n'irait nulle part cette nuit.

Il descendit l'échelle et pénétra dans les profondeurs de la terre.

*
* *

Douleur.

Le vent hurle comme un loup. Le feu brûle, détruit. Les visages sont pleins de douleur, de rage, de colère... La mort arrive.

Douleur.

Sa mère, pleurant. Son père, impuissant. Olivier, son frère, déchiqueté. Et Janice...

Douleur.

Courir. Se cacher. Dans la nuit noire, l'ombre part en chasse et s'approche. Un hurlement surnaturel perce les ténèbres et la fait fuir. Le son reste dans sa tête, détruit le peu de paix qui lui restait et apporte...

La douleur.

*

* *

— Hé, petit, c'est Chien ?

Sam s'éveilla d'un coup. Il n'était pas sûr de ce que c'était, mais il était heureux que ce soit parti.

Coyote Hurlant lui tenait l'épaule.

— Tu chassais quelque chose. Tu parlais à Chien ?

— Ce n'était qu'un rêve. Rien d'important.

— T'es bête, même pour un Visage Pâle. Les rêves sont importants. Ils touchent l'autre monde, le lieu où vivent les totems.

— Les rêves sont des fragments de données en cours de classement.

Le vieil homme regarda Sam du coin de l'œil.

— T'es sûr ?

— C'est prouvé.

— T'es vraiment niais. La science n'a plus rien à prouver. Ce monde est magique, maintenant. Bah ! Mange. Bois. Pense. Peu importe. Ne laisse pas le feu s'éteindre, c'est tout. J'ai un truc à faire. Toi, tu restes là.

Le chaman sortit. Dans un instant de panique, Sam faillit se précipiter à sa suite, mais, en un intense effort de volonté, il se força à rester immobile.

Il passa les deux jours suivants à le regretter.

Chaque matin, Coyote Hurlant lui disait de rester assis et de rêver. Mais Sam n'aimait pas ses rêves. Il obéissait quand même, sachant que le sort de Janice dépendait de ce qu'il pourrait apprendre du vieil homme.

L'élève devait obéir au maître... C'était comme ça en Europe et en Orient. Il n'y avait pas de raison pour que ce soit différent chez les Indiens.

Sam resta donc assis dans l'obscurité, faisant les cent pas dans le kiva lorsque l'inaction se faisait trop pesante. L'ennui était si écrasant qu'il dormit beaucoup.

Et bien entendu, il rêva.

Le troisième jour, Sam s'éveilla pour trouver Coyote Hurlant parti. Sans le chaman pour lui interdire de sortir, il décida qu'il en avait assez du kiva. Grimpant à l'échelle, il sortit à l'air libre dans l'écrasante chaleur du milieu de l'après-midi. Il était pourtant persuadé que c'était le matin. Le kiva était responsable du dérèglement de ses biorythmes. Cela faisait-il vraiment trois jours qu'il était là ?

Le chaman chantait au loin. Sam se guida au son jusqu'au bord de la falaise. Le chant venait de quelque part en dessous.

Sam chercha un moment avant de trouver un sentier. Le trajet était périlleux. Le chemin déboucha devant une structure complexe, plus élaborée que celle qui se trouvait sur la paroi opposée. Des bâtiments en ruine, dont une tour de quatre étages, et de nombreux trous de kiva. Il suivit le mur extérieur.

Il finit par trouver Coyote Hurlant au plus profond des ruines. Le vieil homme étalait de la peinture ocre sur un mur.

En quelques coups de pinceau, le chaman peignit un homme tenant un bâton. Des lignes (Sam supposa que c'étaient des plumes) partaient de sa tête. Il dessina ensuite des spirales tout autour de l'homme, plaça des rangées de points à droite et à gauche, puis fit un pas en arrière pour observer son œuvre. Sam ouvrit la bouche pour demander au vieil homme ce que cela représentait, mais d'un geste, Coyote le réduisit au silence.

Coyote Hurlant revint au soleil, s'assit et sortit une flûte. La mélodie était composée de longues notes isolées, séparées par des harmoniques bizarres. Sam s'installa près du vieillard. La musique devint de plus en plus douce, avant de s'éteindre tout à fait. Le vieux chaman se mit à parler :

— Il arrive.

— Qui ?

Le chaman désigna sa peinture :

— Lui.

Une créature de grande taille sortit du roc, se matérialisant peu à peu. Ses yeux étaient des puits de ténèbres au milieu d'un visage sombre, et elle avait les oreilles pointues. En dépit de son expression féroce et de son aura rouge, ce n'était pas un démon, juste un elfe.

— C'est le gars qui a essayé de me tuer à Denver !

Le chaman se leva, nimbé de pouvoir.

— Hako-hey, Wata-Urdli. Tu as suivi un long chemin sur ta route de pierre pour venir mourir ici.

— Paix, Coyote Hurlant. (L'elfe leva ses mains vides.) Ce n'est pas un bon jour pour mourir. Je ne te veux aucun mal.

— Viens en paix, reste en paix. Sinon, repars en plusieurs morceaux. (L'Indien sortit une bourse et une pipe en terre.) Tu veux fumer, Urdli ?

Une expression de dégoût parcourut brièvement le visage de l'elfe, mais sa voix resta polie :

— J'accepte ton offre. Tu me pardonneras si je n'accomplis pas vraiment le rituel. Tu as ma parole.

— J'ai entendu. Le gamin a entendu. Les esprits ont entendu. Et si tu as menti, ils te dévoreront.

Sam était stupéfait, mais l'elfe et le chaman semblaient contents l'un de l'autre.

L'elfe s'inclina.

— Je viens parler. Laissez-moi vous raconter une histoire. Il y a longtemps, ce monde était magique. C'était une bonne époque. Tous vivaient en accord avec leur nature. Le monde n'était pas parfait, simplement il était plus heureux. Mais la magie s'affaiblit. Bien des merveilles disparurent, ainsi que quelques choses mauvaises. Le mal est moins vulnérable à l'absence de magie. Pendant longtemps, il n'y eut plus de mana, mais il revint et nous conduisit au Sixième Monde.

— Chronologie aztèque, coupa Coyote Hurlant. Les Hopis ont un calendrier différent. Les Aleuts aussi.

L'elfe haussa les épaules.

— Le chiffre importe peu. Le concept compte. Le mana était descendu à son plus bas niveau, et la tradition était un dépôt sacré entre les mains de quelques personnes. Certains jurèrent de garder un lieu. Vous ne le connaissez pas, mais pour moi, il se nomme *Imiri ti-Versakhan*, la Citadelle du Souvenir. C'était un bastion destiné à rendre la période de basse magie plus sûre, et une forteresse contre le retour du mal. On y conservait des choses terrifiantes, enfermées et neutralisées. Mais récemment, la Citadelle a été attaquée. Par la faute des intrus, quelque chose s'est échappé.

— Arachné.

Coyote Hurlant cracha par terre.

— Tu sais. Comment ?

Le chaman sourit.

— J'ai quelques amis au pays des totems.

L'expression de l'elfe était grave.

— Tu dois réaliser le danger, et comprendre le crime de celui que tu appelles *gamin*.

— Je n'ai que ta parole à ce sujet. Les histoires sur Arachné ne sont pas toutes les mêmes. Les Hopis, par exemple, disent qu'elle les a sauvés.

Cette réflexion sembla mettre Urdli en colère.

— Les humains ne peuvent pas comprendre l'esprit de Rachnei. Traiter avec elle, c'est comme traiter avec le Diable. C'est une créature subtile, qui agit toujours indirectement. Heureusement, depuis l'Eveil, elle est incomplète. Une partie de son pouvoir, qui avait été dérobé jadis, est resté hors de son atteinte. Mais cela a changé il y a peu.

Urdli regardait Sam, accusateur.

— Je ne savais pas, protesta ce dernier.

Urdli rit avec amertume.

— Les humains plaident toujours l'ignorance. C'est lassant.

— Ce gamin ne savait rien à propos de ton *Imiri* je-ne-sais-quoi lorsqu'il a pris la pierre. Il l'a fait pour aider sa sœur. Il est noble et stupide, comme tous les Chiens. Ce n'est pas si grave.

— Innocent ou pas, il a aidé Rachnei et ses serviteurs. Maintenant, ils ont la pierre. Le mal n'est peut-être pas encore irréparable... s'il est corrigé maintenant. Je suis venu vous demander de vous joindre à moi pour défaire ce qui a été fait.

— Vous avez essayé de me tuer, protesta Sam.

L'elfe le regarda comme s'il était un enfant attardé.

— Pourquoi devrais-je vous aider ? insista Sam. Vous chercherez sans doute à me descendre dès que vous aurez obtenu ce que vous voulez.

— Vous avez une responsabilité. Vous avez fortifié Rachnei et mis le monde en danger. Elle tisse sa toile autour des instruments de l'holocauste.

— Hé, l'elfe, laisse tomber les enjolivures. Comme

je l'ai dit au gamin, je suis un vieil homme stupide. Tu parles bien de ce que je crois ?

Urdli parla lentement et clairement :

— Rachnei... Arachné est en train d'essayer d'acquérir un arsenal nucléaire.

Sam était perdu.

— Ça n'a aucun sens. Les totems n'ont pas d'existence physique. Qu'est-ce qu'un esprit peut bien faire avec des bombes ?

— Arachné est très forte. Ses liens avec la terre sont puissants. Elle est différente des totems que vous connaissez. Elle se manifeste par l'intermédiaire d'avatars, et ces malheureux ont des défauts et des ennemis comme tous les humains. Arachné a également des ennemis dans le plan astral. Les radiations, aussi intangibles qu'un esprit, devraient être capables de les affecter. Si elle les utilise, les effets ne seront pas seulement physiques. Soit dit en passant, elle n'aime ni Chien ni Coyote.

— Je ne te fais pas confiance, Urdli, dit Sam.

— Je ne désire pas votre confiance. Mais j'ai besoin de votre coopération.

Sam détourna les yeux. Du temps où il appartenait à Renraku, il comprenait la responsabilité à la manière japonaise. Ils appelaient cela le *giri*, et c'était un fardeau impossible à abandonner. Sam en sentait le poids sur ses épaules. Il n'aimait pas qu'un elfe bizarre vienne lui donner des ordres, mais il n'avait pas choix.

Quoique...

Il ne pouvait pas être tenu pour responsable des problèmes du monde entier. Il se tourna vers Coyote Hurlant :

— Que dois-je faire ?

— Je suis Coyote. Tu es Chien. Ne me pose pas de questions.

Le vieil homme refusait de le regarder. Sam se retourna vers Urdli :

— Si vous m'aviez expliqué, je vous aurais rendu la pierre. Elle ne me servait à rien de toute façon. Mais vous avez essayé de me tuer. Je l'ai prise, mais c'était pour une raison importante. Je ne l'aurais pas fait, sachant ce que je sais maintenant. D'ailleurs, j'ai trouvé un autre focus. Comment aurais-je pu savoir que c'était une forteresse ? Ça ressemblait à une vieille grotte. Si ce que vous avez dit des plans d'Arachné est vrai, je vous aiderai. Mais pour l'heure, j'ai un problème familial urgent. Sinon ce que je cherche à empêcher se produira à coup sûr. Vous ne vous préoccupez que de possibilités. Lorsque Janice sera sauvée, nous en reparlerons.

Urdli le regarda, puis tourna les yeux vers Coyote Hurlant. Le vieil homme haussa les épaules, se leva et s'éloigna en grogna quelque chose qui sonnait comme « Stupidités ».

Sam n'aurait pas su dire s'il parlait de lui ou de l'elfe.

27

Les lumières de Seattle brillaient dans la nuit.

De l'autre côté du détroit de Pudget, les habitants du métroplexe vaquaient à leurs affaires. Les employés des corpos rentraient chez eux ou faisaient des heures supplémentaires. Les gens normaux se détendaient.

Et dans l'ombre, les truands se mettaient au travail. Janice ne pouvait pas les voir, mais les lumières brillaient pour eux. Elles promettaient un festin.

Elle contemplait les lumières, l'estomac rugissant. La faim croissait sans cesse. Et ce n'était pas une faim ordinaire. Les élancements auraient cessé depuis longtemps. Lorsqu'un humain jeûne, sa faim disparaît à mesure qu'il s'affaiblit.

Janice avait eu de la viande, mais aucun véritable aliment. Les petites créatures velues que lui fournissait Fantôme la maintenaient en vie sans la rassasier.

Combien de nuits pourrait-elle encore tenir ?

Elle était épuisée. Elle avait résisté au sommeil toute la journée, pour éviter les rêves. Elle gisait, immobile, dans la cave de la maison où se cachait Fantôme, attendant que son frère revienne avec une solution. Au mieux, un espoir ténu. Il y avait des jours qu'il ne s'était pas manifesté ; il était probablement mort.

Alors, pourquoi attendre ?

Elle était lasse, mais le sommeil ne lui apportait que des cauchemars.

Elle ne voulait pas dormir. Pourtant elle finit par se laisser sombrer.

Ils l'attendaient dans ses rêves.

Les visages, tous les visages, à la fois identiques et différents. La jeune femme s'enfonça dans le royaume de ténèbres, au-delà du repos, au-delà du soulagement. Une petite voix lui soufflait de s'arrêter. Mais c'était une voix d'homme, et tous les hommes étaient des menteurs.

Elle se retrouva dans les bras de Hugh. Mais il était différent. Il lui faisait penser à Dan. C'était impossible, elle ne l'avait pas encore rencontré. Hugh riait. Ces yeux dorés n'étaient pas ceux de Hugh, mais ceux de l'être mauvais qui l'avait changée.

Elle se dégagea de son étreinte et s'en fut. Ils la rattrapèrent et elle se retrouva liée à une table. Elle était ligotée, l'acier froid contre son dos nu. Des blouses blanches vides se pressaient autour d'elles, mues par une curiosité scientifique dépourvue de sens. Les yeux d'or étaient toujours là. Leur propriétaire ignorait ses questions. Il l'interrogeait. Elle ne parvenait pas à lui répondre. Pourtant, il détenait l'autorité, et il méritait qu'elle lui explique. Quoi ? Elle ne savait plus. Elle avait oublié qui il était. Elle l'avait rencontré...

A l'époque où elle était encore humaine.

A l'époque où elle ne savait pas encore ce qu'était la souffrance.

Il lui avait appris.

Les blouses blanches parlaient. En chœur, elles déclaraient :

— Elle ne peut être restaurée.

— Inacceptable, répondit Yeux d'Or avec la voix de son frère.

La plus grosse blouse blanche se glissa près d'Yeux d'Or.

— Une expérience qui nous fournira à la fois les données et la solution du problème. Données. La formule biodynamique. Données. Métamorphose. Données. Perturbations paradynamiques de la courbe de Kano. Données. Des données pour tout, sur tout.

Yeux d'Or la regardait. Il parla :

— Faites.

Les aiguilles ! Toutes ces aiguilles !

Mais Hugh était là pour la réconforter, et la table d'opération avait disparu. Elle se trouvait sur le lit infesté de vermine qui était le sien à Yomi. Ils faisaient l'amour, dans le tonnerre et les éclairs. Elle l'aimait. Il lui caressait les seins et sa fourrure ondulait sous sa main.

Janice Verner était morte. Morte et trahie. Ses rêves n'étaient que cendres.

Les yeux de sa mère débordaient de larmes. Elle voulait se blottir dans ses bras, mais elle passa à travers eux comme si c'étaient des fantômes. Il n'avaient jamais été là, depuis la nuit où ils l'avaient laissée à Sam. Sam, son grand frère. Sam, le protecteur qui l'avait abandonnée à Yeux d'Or. Sam, qui avait tué son seul véritable amour.

Son estomac grondait. Elle s'éveilla. Elle avait faim.

*
* *

Dodger flanqua un coup de poing sur le clavier du télécom.

Sa main lui fit mal. Et alors ? Ce n'était que de la chair.

Comment pouvaient-ils lui faire cela ? Comment osaient-ils ?

Qu'ils aient cru bon de l'arracher à la Matrice était déjà assez grave. Mais voler son cyberdeck ! Même le télécom avait été déconnecté de la Matrice.

Il n'était plus un enfant !

Il n'était plus au milieu des gloires du cyberspace. Il savait où il se trouvait. Il le savait trop bien. Il se demandait comment il y était parvenu, mais cela ne concernait que sa chair. Ça n'avait donc aucune importance.

Il devait retourner dans la Matrice.

Combien de temps était-il parti ? Pour elle, le temps n'était pas le même. Lui manquait-il ? Loin de la Matrice, il ne faisait plus partie de son existence. Etait-il déjà trop tard ?

Ils pouvaient bien essayer de l'enfermer dans cette cage dorée, il ne se laisserait pas faire.

Ils avaient oublié ce qu'il pouvait bricoler avec des objets ordinaires. En moins de dix secondes, il eut grillé les circuits de sécurité et ouvert le verrou. Il était également certain de ne pas avoir déclenché d'alarme.

Il était nu. Aucune importance. Il connaissait le manoir. Il descendit l'escalier. Deux volées de marches plus bas se trouvait le compartiment secret.

Tout était comme dans son souvenir. La station de surveillance n'avait pas changé. Il vérifia rapidement que les connexions étaient toujours actives. Il sortit le datacord. Ses doigts étaient maladroits. Ce n'était que de la chair. Mais il réussit quand même à se brancher sur la station.

On disait qu'il était dangereux de pénétrer dans le cyberspace sans l'écran d'un cyberdeck. C'était tout à fait vrai. Mais il l'avait déjà fait, avec son seul cerveau comme protection contre la réalité virtuelle.

Et alors ? Une menace contre son existence organique n'avait pas d'importance. *Elle* n'appartenait pas à l'existence organique. La gloire infinie du cyberspace explosa dans son esprit. Il la voyait au loin.

— Morgane, cria-t-il, j'arrive !

*
* *

Sato examina son bras. Selon toute apparence, c'était un bras humain ordinaire. Les médecins avaient bien travaillé. Il releva sa manche. La cicatrice. Elle disparaissait déjà sous l'influence des médicaments et des implants. Parfait.

— Akabo.

Son garde du corps se leva en douceur et traversa la pièce.

— Des nouvelles de Masamba ?

— Il cherche toujours. Le groupe de la Matrice est également au travail.

— Nous n'avons donc pas besoin de tes talents pour l'instant. Je suggère que tu rendes visite à l'équipe médicale et que tu lui exprimes mes remerciements, à la manière habituelle.

— Et Soriyama ? C'est lui qui les a réunis.

— Laisse-le vivre. Il est trop précieux pour l'instant. Il comprendra l'avertissement.

Akabo s'éloigna, et Sato se prit à songer au moment

où il faudrait aussi se débarrasser de lui. Bientôt, sans doute...

28

Coyote Hurlant interrompit sa chanson et posa sa flûte.

— Pourquoi est-ce que je m'embête avec tout ça ?

— Parce que vous avez promis de m'aider, répondit Sam.

— Je ne te parlais pas, gamin. Pas besoin de me donner la réponse, je la connais déjà.

— Alors pourquoi... Oh, laissez tomber.

Sam était fatigué. Il avait passé la matinée à répéter la danse complexe que lui avait montrée le chaman, mais ce n'était pas suffisant pour Coyote Hurlant. En dépit de la simplicité des pas, Sam perdait le rythme au bout de quelques minutes.

C'était pourtant si simple. Pourquoi n'y arrivait-il pas ?

Il regarda le ciel. Pas étonnant que le vieil homme soit en colère. Le soleil commençait à descendre, et Sam n'avait pas réussi à danser plus d'une demi-heure d'affilée. Les puces d'histoire disaient que les Danseurs Fantômes accomplissaient des rituels de plusieurs jours, sans jamais rompre la cadence. Le vieux chaman saisit le pendentif que Sam portait autour du cou.

— Qu'est-ce que c'est, petit Chien ?

— Une dent fossile, que j'utilise pour concentrer le pouvoir.

— Et les trucs attachés à ta veste ?

— Des fétiches. Ils m'aident aussi. J'en ai perdu pas mal quand Urdli m'a projeté à travers la vitrine.

— Quel est le point commun entre la dent et les fétiches ?

— J'ai trouvé la dent juste avant de rencontrer Chien pour la première fois. Je pense que c'est une dent de dragon. Elle est magique, comme les fétiches.

— Et les images dans ta poche intérieure gauche ?

— Ce ne sont que des images, elles ne sont pas magiques.

— Ta sœur, ton frère et tes parents, hein ? Si ces gens comptent pour toi, leur représentation est magique aussi. Les liens sont importants en magie, tu ne crois pas ? T'embête pas à répondre. Mais dis-moi ce que tout cela à en commun.

Sam n'en savait rien et répondit au hasard :

— Tout cela est lié à ma magie.

— T'as trouvé ça tout seul ?

— Oui, aboya Sam, exaspéré.

— Bon. Maintenant, prépare un feu.

Il fallut plus d'une heure à Sam pour disposer le bois de manière à satisfaire le chaman. Il dut aussi aller chercher des plantes dans la réserve du kiva. Le chaman les éparpilla sur les bûches.

Le feu prit tout de suite. Sam aurait aimé s'asseoir et se détendre, mais Coyote Hurlant avait d'autres projets :

— Suis-moi. Mets tes pas dans les miens. Ecoute le chant. Chante lorsque tu le sauras.

Et il commença à danser autour du feu. Sa voix était basse, et on pouvait sentir le pouvoir en lui. C'était une incantation.

Sam le suivit. Il était englouti dans la fumée résineuse. Le chant emplissait son esprit et il s'y joignit.

La fumée se changea en nuage, qui se concentra de l'autre côté du feu. Une forme se dessina. C'était un humain à tête de coyote. Il pointa son museau vers les étoiles et hurla à la lune, sans bruit. Puis il se tourna vers Sam. Il souriait. Sam se laissa absorber.

Il était en harmonie avec le monde, il n'avait pas peur. Il se laissa dériver sur le mana, s'enfonçant de plus en plus dans le royaume de la magie.

Il pensa à sa première rencontre avec Chien et comprit que la magie l'avait déjà touché auparavant. Quand ? Il se souvenait d'avoir repoussé une boule de feu, il y avait bien longtemps. Mais plus tôt ?

Son esprit remontait le temps, avide de le découvrir et d'apprendre. *Autrefois* devint *maintenant* et il fut ce qu'il avait été. Twist le chaman coexistait avec Samuel Verner, un humain banal.

Il était 21 heures, le 7 juillet 2039.

Quand il le comprit, il faillit rompre le sort. Pour l'instant, il n'était qu'un adolescent comme un autre. Dans une heure, il serait orphelin.

Plus tard, on se souviendrait de cette date comme de la Nuit de la Fureur. Le monde avait été emporté dans une explosion de violence. Les métahumains, la plupart du temps, étaient victimes des pogroms ; mais dans certains endroits, ils contre-attaquèrent. Dans les grandes villes, les émeutes durèrent des jours. Dans les campagnes, elles se prolongèrent pendant des semaines.

Comme bien d'autres familles, les Verner furent pris dans la tourmente. Ils étaient sortis pour dîner. Dans le métro, sur le chemin du retour, ils avaient commencé à entendre parler de la liquidation de milliers de métahumains. Sam sentait la peur de ses parents. Olivier et Janice aussi. Olivier se tourna vers lui pour le rassurer. Janice commença à pleurer et demanda à sa mère de la porter.

Ils sortaient du métro lorsque Sam comprit que quelque chose n'allait pas. Le quartier était éclairé comme en plein jour, et les chiens hurlaient à la mort.

Ils découvrirent leur maison en flammes. Il y avait des graffitis du genre « Traître à la Race » et « Ta mère avec les orks » sur la clôture. Sam aperçut une silhouette déformée dans les flammes. Il ne comprit pas, mais son moi futur reconnut Varly, leur homme à tout faire ork, crucifié.

Père ordonna à Olivier de rester avec mère. Elle prit Janice et Sam. Père avança vers le groupe qui l'attendait devant la pelouse. Mère pleurait. Père ordonna à la foule de se disperser.

Ils rirent. L'un d'eux avança et cria quelque chose. Un autre frappa père derrière les genoux avec un piquet de clôture. Il tomba, et ce fut la curée.

Olivier se rua vers eux, et disparut dans la foule. Sam entendit des cris...

Ils furent rejoints. On les arracha à mère. Sam prit sa sœur par la main et courut. Il savait qu'il ne pourrait pas les semer. Il n'était qu'un enfant. Il se dissimula dans l'appentis des Foster, protégeant sa sœur du mieux qu'il pouvait.

Twist comprit que le besoin d'aide du jeune Sam avait fait venir l'esprit de la ville. Il avait étendu la protection sur sa sœur et lui.

Ce n'était qu'un petit esprit, très faible, mais il fit l'affaire. On les oublia.

La foule tourna sa rage vers la maison des Anderson. Lorsqu'elle fut en flammes, les émeutiers s'éloignèrent.

Sa sœur s'endormit. Un homme descendait la rue. Il était très élégant, et semblait curieusement déplacé. C'était M. Enterich, un agent du dragon Lofwyr. Depuis l'affaire Haesslich, il symbolisait pour Twist toute la duplicité et la corruption des corpos. Il n'aurait pas dû être là cette nuit.

Appuyé sur sa canne, il contemplait l'incendie de la maison des Verner. Une ombre passa au-dessus de Sam, disparut, revint... Sam leva les yeux et vit le dragon. La créature se posa silencieusement près d'Enterich. Ce n'était pas Lofwyr.

— Réussi ?

— *Pas de trace, pas de piste. La lignée doit être éteinte.*

Le dragon exultait :

— *Le troupeau est décimé, et mes petits rivaux ne*

trouveront pas d'ailiés. Il brûlent, ils brûlent tous. Les flammes ne sont-elles pas belles ?

— Peut-être, répondit Enterich. Mais nous ne contrôlons plus rien. Le chaos se paye toujours très cher.

Le dragon étendit ses ailes. Sam se cacha de son mieux. Twist était submergé par sa terreur enfantine.

La bête partit. Ses parents et son frère étaient morts.

Coyote Hurlant apparut à son côté.

— Donnerais-tu ta vie pour les faire revivre ?

— Ils n'aimeraient pas ce que le monde est devenu. Tôt ou tard, ils mourraient de nouveau. Laissons-les reposer en paix.

— Et si tu avais le pouvoir de changer le monde ?

Janice reposait toujours dans ses bras.

— Mais je le change. Nous le changeons tous. Nous devons tous rendre les choses meilleures, pour nous et nos enfants.

— Tu veux dire meilleures pour toi, j'imagine ?

— Non, meilleures pour tout le monde.

— A quel prix ?

Sam contempla le corps de ses parents. Ils disparaissaient, comme Janice et le reste de la vision.

— Je ne peux pas payer moins qu'eux.

— Bien sûr que si. La plupart des gens évitent de mourir pour leur foi, tu sais.

— Tout a un prix. Tôt ou tard, on doit payer.

— Pas mal, petit Chien. Tout n'est peut-être pas perdu pour toi, finalement. C'est le premier pas de la Danse.

« A moins que ce soit le dernier ? Je suis un vieillard et je ne me rappelle plus très bien. »

Sam hocha tristement la tête et suivit le chaman vers le soleil levant.

TROISIÈME PARTIE

IL FAUT PAYER LE PRIX

29

Le tunnel vers l'autre monde prenait différentes formes.

Cette fois, il ressemblait à un organe humain, aux parois douces et chaudes. L'odeur qui en émanait était rance et défraîchie. Sam avait l'impression d'être dans la bouche de quelqu'un, ce qui n'avait rien d'agréable.

Le Veilleur sur le Seuil était devant lui. Lui non plus ne se présentait pas toujours sous la même apparence. Le Veilleur avait jadis été perverti par un wendigo maléfique, et il avait tenté d'empêcher Sam d'accéder au plan des totems. Sam avait affronté sa peur et vaincu. Il en avait appris beaucoup sur le Veilleur lors de cette expérience.

Cette fois, le gardien se manifestait comme un rétrécissement du passage. Stalactites et stalagmites s'entrechoquaient dans un mélange de bave et de limon, comme des dents dans la mâchoire d'un carnivore affamé.

Sam se retourna vers Coyote Hurlant.... et une fois de plus, se laissa surprendre par l'aspect du vieux chaman. Coyote Hurlant ressemblait à ce qu'il était dans le monde physique. Sam pensait que dans l'autre monde, un chaman si puissant aurait eu l'air plus... puissant, justement. L'air ennuyé, le vieil homme s'assit sur un rocher. Sam se tourna vers lui :

— Qu'est-ce que tu fais ?

— J'attends, répondit le chaman.

— Je pensais que nous étions là pour voir Chien.

— Pas nous. Toi. Chien est ton totem, pas le mien. Tu dois trouver ta vérité.

Sam se sentit vaguement trahi. C'était la première fois qu'il allait demander quelque chose à son totem... Coyote Hurlant, lui, devait être un habitué. Pourquoi ne lui montrait-il pas comment faire ?

— Je dois y aller seul ?

Une pipe apparut dans la main du chaman. Il en tira une bouffée et resta silencieux.

— Si tu ne viens pas avec moi dans l'autre monde, pourquoi es-tu venu jusqu'ici ?

— J'avais besoin d'exercice.

Sam se retourna pour faire face au Veilleur. La mâchoire baveuse s'était rapprochée. Pourtant Sam n'avait pas bougé... Il se planta sur ses pieds et attendit.

La voix du tunnel pénétra l'esprit de Sam comme l'eau dans une roche poreuse :

— *Bienvenue, Samuel Verner. Ou préfères-tu Twist ?*

— Twist fera l'affaire.

— *Très bien, Sam. Tu as volé des choses, récemment ? Ou étais-tu trop occupé à ignorer les problèmes de ta sœur ?*

Sam refusa de prêter attention aux non-dit, demi-vérités et révélations à deux sous énoncés par le Veilleur. Il pouvait parfaitement se fustiger sans l'aide d'une présence astrale.

— Laisse-moi passer.

— *Bien sûr*, dit la bouche monstrueuse. *Passe.*

Sam fit un pas en avant et les dents de roche se refermèrent brusquement.

— *Oups ... Trop lent. Essaye encore.*

Bien... C'était un petit jeu. La dentition du monstre était trop large pour que Sam puisse la traverser, même en courant. Mais il était dans le monde astral. Il se concentra et s'envola, passant à travers les roches ébréchées comme une rafale de vent.

— *Je t'aurai la prochaine fois, planqué !*

Sam ignora les commentaires et fonça dans le tunnel. Il émergea dans un paysage de champs verts et de douces collines. Des forêts et de jolis vallons s'étendaient sous un soleil d'été. A part la fumée qui s'échappait des petites maisons disséminées dans la prairie, il n'y avait aucun signe de vie. Sam y était habitué. Il se remit sur pied et se dirigea vers les collines.

Il en escalada trois, chacune se révélant plus difficile à franchir que la précédente. Quand il atteignit la base de la quatrième, il était épuisé. Sa fatigue n'était pas due qu'à la marche... Il y avait autre chose. Mais il voulait continuer. Il s'élança à l'assaut de la pente.

Chien l'attendait au sommet. Le totem avait sa forme habituelle, celle d'un bâtard moucheté. Sa queue battait la poussière, mais il ne fit pas fête à Sam quand il approcha. En fait, il ne se leva même pas.

— J'aimerais te parler, dit Sam.

Chien détourna la tête et renifla une petite plante qui poussait près de lui.

— Et qu'est-ce qui te fait croire que moi, je veuille te parler ?

— Je cherche un guide.

Chien se retourna brusquement vers Sam, le sourire carnassier.

— Comment résister à une telle franchise ? Parle.

Il y avait tant de choses à évoquer... Sam commença par celle qui l'inquiétait le plus. Coyote Hurlant ne lui avait jamais raconté de conversation avec Coyote, son totem. Sam avait eu droit à des proverbes sur les totems, à des contes sur les totems…, mais jamais rien de précis, de pratique.

— Tu pourrais déjà me dire pourquoi tu acceptes de me parler.

— Es-tu sûr que je te parle ?

A une époque, Sam avait douté de la réalité des totems. Il pensait qu'ils étaient des constructions psychologiques à travers lesquelles les chamans structuraient leur magie. Ce n'était pas le cas. Il ne pouvait plus nier les preuves. Chien était bien assis en face de lui, et il n'avait rien d'un fantasme.

— Oui, j'en suis sûr.

— Ah !… C'est déjà une chose. Tu n'es pas un bon disciple, sais-tu. Tu ne fais pas assez attention. Les chiens aiment qu'on leur accorde de l'attention.

— Je sais, répondit Sam, qui avait élevé suffisamment de chiens pour savoir qu'il avait raison. Désolé.

— J'accepterais tes excuses si je pensais qu'elles valent quelque chose. Allez, viens. Allons courir.

Chien n'attendit pas la réponse de Sam. Il se leva et partit au trot. Quand Sam le rattrapa, Chien se mit au galop. Il avait envie de faire de l'exercice.

— A-t-on le temps de faire ça ? haleta Sam.

— Le temps n'existe pas ici. Nous avons tout le temps. Ou pas de temps du tout. Tu choisis.

— Nous avons tout le temps, alors. J'ai tant de choses à faire.

— Pas faux.

Chien s'arrêta et Sam courut encore quelques mètres. Puis il ralentit et reprit sa respiration. Le totem ne paraissait même pas essoufflé.

— Il faut travailler.

— C'est ce que je fais, répondit Sam.

— Travaille plus alors. C'est un crime de ne pas utiliser ce que tu as.

— Et c'est quoi ?

— La magie. Elle est en toi.

— Je n'aime pas trop l'idée…

— Personne n'a dit que tu devais aimer. Cela ne change rien. (Chien se dirigea vers un poteau, leva la patte et le marqua.) La magie est mon territoire. Tu ne serais pas là si ce n'était pas le tien. (Chien inclina la tête vers le poteau.) Tu veux marquer ton territoire ?

— Non, merci, répondit Sam en secouant la tête. J'y suis allé avant de quitter le plan physique.

Chien haussa les épaules, traversa la route et s'assit sur une hauteur d'où il surveillait toute la vallée. Pendant quelques minutes, ils gardèrent le silence. Chien se leva enfin, s'étira et regarda Sam dans les yeux.

— Tu crois que la magie, c'est seulement des éclairs et des feux d'artifice ?

— Heu… non.

— Bien. La magie est la vie. Ceux de ta race disent qu'il s'agit juste d'une chanson et d'une danse. Ils ont tout faux ! Mais ils n'ont pas complètement tort non plus. Tu commences à chanter avant de prononcer ton premier mot et tu danses les pas après que ta chair a cessé de bouger. Le monde autour de toi est marqué par la magie.

— Je sais…, dit Sam. J'ai compris que je n'avais pas d'autres choix que de m'en servir… Mais cette magie est liée à toi, Chien. Je suis venu chercher de l'aide.

— De l'aide ou des conseils ?

— Les deux.

— Tu ne veux pas de la puissance, non plus, par hasard ?

— Oui, ça aussi. Je veux apprendre le secret de la Grande Danse Fantôme.

— Qu'est-ce qui te fait croire qu'elle n'a qu'un secret ?

— Si elle en a plusieurs, je veux les apprendre tous.

— Plutôt ambitieux, pour un chiot. Tu as une idée de ce que tu demandes ?

— Pas vraiment, je crois.

— La magie, le monde, la vie. Tout ça est plus mêlé qu'une bourre de poil, dit Chien en se léchant la patte. La Danse est tout cela, mais elle n'en est aussi qu'une partie. Tu ne peux pas avoir l'un sans avoir l'autre. Tu es bien sûr de vouloir la danser ?

— Non.

— Bonne réponse. Nous sommes honnêtes aujourd'hui, dit Chien en riant. Mais même si tu ne veux pas, tu n'as pas le choix.

— Pourquoi ?

— Je croyais que tu avais appris à croire en moi ?

— J'ai appris.

— C'est pour la même raison. Je suis Chien et tu es Chien. Chien est l'ami d'Homme, un totem gardien qui le protège du mal. Et cette vieille tisseuse n'est pas particulièrement favorable aux humains, que je sache ?

— Non.

— Tu vois. Je savais que tu étais intelligent avant même que je ne m'intéresse à toi.

— Et c'était quand ? demanda Sam, soudainement suspicieux.

— Ce ne sont pas tes affaires. Si je dis tout, je perds de mon mystère. Un bon totem doit savoir garder ses petits secrets. (Chien s'éloigna un peu de Sam et commença à marcher de la façon la moins canine qui soit. Le pas de la Danse était particulièrement délicat pour son anatomie...) Alors, tu veux apprendre la Danse, oui ou non ?

Sam se redressa et tenta de l'imiter. Autour de lui, l'air s'immobilisa comme si un orage se préparait. Une force se rassemblait au coeur des pas de la danse. Ce n'était qu'un entraînement, pourtant il vibrait déjà de toute la puissance de la magie.

Chien lui montra les pas et lui apprit le chant. Puis il s'assit et le regarda avec ses yeux tristes.

— Tu sais que ce que tu demandes est dangereux ?

— Je m'en doutais un peu.

— Tu es prêt à payer le prix ?

— Si l'enjeu en vaut la chandelle, je suis prêt.

Chien secoua la tête doucement :

— Qu'est-ce qui te fait croire que la magie se laissera apprivoiser ainsi ?

— C'est toi qui a dit que je devais protéger les humains...

— L'homme doit être protégé. Tu en as le désir, mais est-ce le bon ? Il vaudrait mieux pour toi. Tu joues avec un pouvoir qui n'aime pas qu'on le trompe. Si tu n'es pas assez pur, il te grillera. Et tu n'aperçois encore que le sommet de l'iceberg...

— De quelle pureté parles-tu ?

— Tu verras, dit Chien, commençant à trotter le long de la route.

— Comment ? Quand je me ferai griller ?

— Peut-être. Mais que veux-tu ? Il n'y a rien de sûr avec la magie. C'est comme la vie. Si tu es en accord avec ta nature, le pouvoir coulera en toi comme une rivière. Si tu ne l'es pas..., pas la peine d'en parler.

— Ce n'est pas très encourageant.

— Tu voudrais peut-être que je te gratte derrière les oreilles, que je te donne un os et que je te mente ?

Chien se retourna et se mit à courir. L'entretien était terminé. Sam se retourna également et se retrouva dans le tunnel. Coyote Hurlant était toujours assis à la même place, fumant sa pipe.

— Alors ?

— Je sens la magie autour de moi. Je sais que je peux le faire... mais j'ignore comment gérer ce qui se passe sur le plan physique.

— Ainsi la Danse ne résoudra pas tout ? demanda Coyote Hurlant, un sourire énigmatique aux lèvres.

— Non, elle ne fera que ce qu'elle peut faire.

— Tu as compris. Maintenant, sers-toi de ta cervelle.

— Comment ?

Le chaman fit un geste, et la pipe disparut.

— Aligne tes danseurs.

— Tu es aussi clair que Chien. Aucun magicien ne parle-t-il donc simplement ?

— Pas s'il peut l'éviter, répondit le chaman en riant. Ça fait partie du métier.

— Alors ? Que dois-je faire ?

— Tu es Chien, n'est-ce pas ? Rassemble ta meute.

30

Au début, elle crut à un rêve. Elle reposait, endormie, dans la cabane de Dan, et tout cela n'était qu'un cauchemar. Puis elle ouvrit les yeux. Elle était dans la cave du bâtiment abandonné déniché par Fantôme. Comme la veille, comme le jour précédent…

Il y avait cependant quelque chose - ou plutôt quelqu'un - qui n'était pas là hier. L'image tremblotante de son frère, tentant de pénétrer dans le cercle de protection qu'elle avait tracé autour de sa couche. Non, elle ne rêvait pas. Sam était là…, ou plutôt, sa forme astrale l'était. Le visage du chaman semblait fatigué et inquiet.

Janice bâilla, puis s'assit paresseusement. D'un geste las, elle ouvrit le cercle. La forme fantomatique flotta à l'intérieur.

— Ainsi, tu n'es pas mort.

— Non. Mais je suis passé assez près ces derniers jours.

— Chacun ses problèmes… (Elle fit un geste

désinvolte de la main, ne désirant pas qu'il s'aperçoive qu'elle s'était réellement inquiétée.) As-tu une excuse valable pour cette absence prolongée ?

Sam sourit.

— On dirait maman.

Janice se détourna. Le passé la hantait déjà assez dans ses rêves. Elle n'avait nul besoin d'éveiller de vieux souvenirs.

— Pas physiquement, en tout cas…

Son frère se mordit les lèvres, conscient de l'avoir peinée. *C'est ça, qu'il se sente embarrassé,* pensa-t-elle. *Je n'ai pas besoin de sa pitié…*

— Je suppose que c'est pour changer ce détail que tu t'actives, reprit-elle.

— Oui, mais…

— … Mais il n'y a aucun espoir.

Elle le savait. Elle l'avait toujours dit. Ce voyage à Denver n'était qu'une perte de temps.

— Ce n'était pas ce que j'allais dire, reprit Sam, énervé. Il y a de l'espoir. Mais les choses vont prendre plus longtemps que prévu.

Parce qu'il s'imaginait qu'elle allait pouvoir tenir ? Qu'elle allait longtemps ignorer la faim qui lui tordait l'estomac ?

— Tu me prends pour une sainte ou quoi ?

— Non. Je sais que tu n'es qu'humaine, et que…

Elle éclata d'un rire amer et désabusé. Il reprit :

— Ton apparence importe peu, Janice. Tu es encore humaine. C'est pour cela que tu luttes contre le wendigo.

— Qui te dit que je lutte ? Qui te dit que je désire changer ?

— Chaque jour, Janice. Chaque jour que tu passes sans avoir tué ni dévoré est la preuve éclatante de ton combat.

— Et le dzoo ? Il ne compte pas ?

Le regard de Sam se voila.

— Dieu pardonne à ceux qui se repentent.

— Je ne sais pas si je me repens. Il était délicieux.

C'était, hélas, la pure vérité. Le dzoo avait été délicieux. Tellement meilleur que les bêtes mortes que Fantôme lui fournissait. Elle frissonna soudain, de plaisir ou de dégoût, elle ne savait...

Sam avait remarqué sa réaction :

— Tu vois ! Tu n'es pas résignée à cette horreur. Tu t'accroches, tu as de l'espoir... Et c'est cela qui te sauveras. Je sais que la nourriture que t'apporte Fantôme ne te convient pas. Mais il faut que tu tiennes le coup. Juste encore un peu, je t'en prie...

— Peut-être... On verra. Ainsi, tu es prêt à reprendre le rituel.

Il hésita.

— Pas pour l'instant. Il faut que je te parle, Janice. Il y a du nouveau.

Il lui raconta. Arachné, ses plans... Sa voix était tendue et inquiète, et il n'osait pas la regarder dans les yeux.

— Je vois.

Il se tourna finalement vers elle :

— Je suis désolé, petite sœur. Il faut que tu comprennes. Combattre Arachné est très important.

Il y avait toujours quelque chose de plus important qu'elle.

— Voilà donc ton amour fraternel...

— Je sais que cela paraît cruel. Mais trop de choses sont en jeu. Nous n'avons tout simplement pas le temps de nous occuper du rituel pour l'instant...

— Bien sûr, dit-elle d'une voix amère. Qu'est-ce que le destin d'une personne quand l'humanité est en péril ?

— Ce n'est pas juste, Janice. Et ce n'est pas vrai. C'est le désespoir du wendigo qui parle à travers toi. Pense à ton totem... Le loup est un animal de meute. Une meute n'est rien d'autre qu'une grande famille, et les membres d'une famille doivent s'entraider. L'humanité est notre famille… Tu en fais partie. Mais je ne peux pas laisser toute la meute mourir pour sauver un de ses membres…

Pour le bien de l'humanité… Combien de fois avait-elle déjà entendu ces mots vides de sens ? D'un geste las, elle fit signe à Sam de partir.

— Fais ce que tu veux. Tu n'as pas besoin de ma permission. Peut-être même serai-je là quand tu reviendras.

Sam ne bougea pas d'un pouce.

— Ce n'est pas ta permission que je veux, Janice. C'est ton aide.

Il décrivit en détail les conséquences de l'abominable plan de la créature. Il parla de ses espoirs et de ses craintes…

Et, à sa propre surprise, elle écouta.

*
* *

Réveille-toi.

Hart ouvrit les yeux. Elle avait de la visite.

Un esprit allié était le complément idéal d'un système d'alarme. Aleph veillait jour et nuit, lui permettant de ne jamais être prise par surprise. Elle prépara un sort, mais avant qu'elle n'ait pu augmenter sa perception de l'environnement, la forme fantomatique de Sam apparut dans la pièce.

L'elfe sourit :

— Je suis heureuse de te voir. Cela faisait longtemps…

— Inquiète, mon cœur ?

— Moi ? Jamais. Mais je suis contente de te voir

vivant. Et en assez bonne forme pour maintenir une projection à distance. (Elle sortit du lit, son corps se mouvant gracieusement.) Bien que je regrette parfois que tu ne sois pas présent en chair et en os...

Sam mima une étreinte.

— C'est tout ce que je peux faire. La magie n'exauce pas tous les vœux.

— Hélas, seulement dans nos fantasmes. Et en parlant de fantasmes..., j'en ai un certain nombre qui ne demandent qu'à être assouvis. Et toi ?

— Je crains d'avoir l'esprit trop occupé par le boulot, ces temps-ci.

— Comment va la chasse ?

Le visage de Sam s'assombrit. Des émotions différentes traversèrent ses yeux, trop rapidement pour que Hart parvienne à les analyser.

— Une de terminée. Une autre sur le point de commencer... Mais je ne t'apprends rien. Tu es déjà sur la piste.

Hart baissa la tête, dissimulant une expression inquiète. De quoi voulait-il parler ? Aurait-il découvert qu'elle l'avait trahi, en Angleterre ?... Non. Son ton n'était pas accusateur. Elle feignit de bâiller.

— Pas trop vite... Je viens juste de me réveiller. Peux-tu garder les allusions mystérieuses pour après le sojkaf ?

Sam lui fit un sourire chaleureux.

— Désolé. Je parlais de la cache de Deggendorf. Selon toutes probabilités, ce sera une des premières cibles d'Arachné. Vu que tu es déjà sur place, ça nous donne une longueur d'avance sur Urdli.

— Holà !... Attends un peu. Je crois que j'ai manqué une partie de l'histoire. Tu peux me remettre au courant ?

Sam se lança, résumant ses rencontres avec Coyote Hurlant, Chien et Urdli. Hart écoutait avec stupéfaction, découvrant que ce qu'elle pensait être des « affaires personnelles » n'était qu'une infime partie d'une conspiration internationale. Elle n'aimait pas ça... Mais Sam avait raison. Le Tir ou l'elfe australien agissant seuls, c'était le début des ennuis. Et si le Shidhe d'Irlande mettait son nez là-dedans..., elle préférait ne pas imaginer les conséquences.

Il fallait agir vite, bien, et surtout discrètement.

— J'appelle Jenny. Nous allons avoir besoin de toutes les données possibles. Dodger nous filera un coup de main.

Sam fronça les sourcils.

— Dodger... Si je savais où le contacter ! Impossible de le dénicher. Fantôme et ses hommes sont à sa recherche. S'il n'avait pas laissé ce message, je crois que je commencerais vraiment à m'inquiéter. Si seulement tu étais restée avec lui...

— J'ai déjà dit que j'étais désolée. Le répéter ne le fera pas revenir. Cela dit, si vous n'arrivez vraiment pas à le trouver, essayez la Matrice.

— Pourquoi ?

— Juste une idée. Je peux demander à Jenny de vérifier, si tu veux.

— Non. J'irai moi-même.

— Tu vas être plutôt occupé...

— Nous allons tous l'être. D'ailleurs, je file. A bientôt...

Elle lui envoya un baiser, et la projection disparut. Elle resta immobile pendant quelques secondes, fixant le sol.

Il lui manquait déjà.

*
* *

Dodger ne savait pas où Morgane l'emmenait, et il s'en moquait. Etre simplement en sa présence était un bonheur sans limites. Tout ce qu'il désirait, c'était rester à son côté, observer ce qu'elle lui montrait, comprendre ce qu'elle lui apprenait…

Comme il connaissait peu le cyberspace, lui qui avait cru, pendant des années, en être un expert. Mais comment pouvait-il, être de chair, se comparer à un esprit né de la Matrice, vivant pour elle et par elle ?

Ils volèrent au milieu des sombres abîmes d'un ciel d'électrons. Morgane paraissait avoir un but. Au loin, Dodger aperçut une icône humanoïde. Les mains étaient levées en signe d'appel, dans un geste étrange.

Ils étaient proches à présent. La silhouette avait une résolution standard, un dessin standard : celui d'un corporatiste banal, en costume, sa mallette à la main. Le logo et la signature censés l'identifier avaient été effacés. Du travail d'amateur, pensa Dodger. Il reconnut tout de suite l'origine de l'icône : Renraku.

La corpo qui avait conçu Morgane. Cette icône était-elle liée à l'IA, d'une manière ou d'une autre ? Il s'approcha pour l'étudier plus soigneusement. Rien ne pressait. Sous la protection de Morgane, il était invisible, et l'opérateur de l'icône ne pouvait savoir qu'il était observé.

L'humanoïde se pencha, posa ses mains par terre et bondit vers une nouvelle destination.

Dans un flash, Dodger comprit. Il ne connaissait qu'une icône capable de bondir : celle de Sam Verner. Mais qu'est-ce que Sam faisait dans la Matrice ?

Comme si elle attendait seulement que Dodger reconnaisse son interlocuteur, Morgane retira sa protection et l'elfe redevint brusquement visible. L'icône de l'IA demeurait voilée, mais le decker sentait sa présence à son côté. Elle ne voulait pas apparaître à Sam… Dodger respecterait sa décision.

— Qu'est-ce qui t'amène en ces lieux, messire Twist ?

L'icône de Sam se tourna vers lui avec lenteur.

Dodger connaissait le logiciel ; il n'avait jamais remarqué que le programme était aussi apathique. Ou peut-être était-ce lui qui était devenu plus rapide ?

Sam, qui lui faisait maintenant face, répondit enfin :

— Je te cherchais.

— Eh bien, tu m'as trouvé.

— J'en suis heureux. Je craignais que nous t'ayons perdu. Nous avons besoin de ton aide, Dodger.

— Si cela concerne la Matrice, je serais heureux de vous obliger. Sinon, je crains de devoir refuser. J'ai de nouvelles obligations.

Sam se tut... quelques secondes, quelques années... Dodger s'en moquait. Il sentait la présence de Morgane à son côté. Elle l'enveloppait dans son aura, pendant que Sam pensait avec la lenteur caractéristique des êtres de chair.

— Tu l'as trouvée, n'est-ce pas ?

— Elle s'appelle Morgane.

— Je vois. (De nouveau, une longue pause.) Dodger... Il y a des gens, des gens réels, qui ont besoin de ton aide. Laisse-moi te montrer. Débranche-toi, et...

— Non.

Cette fois, le silence dura plusieurs dizaines de secondes.

— Peux-tu étudier des données ?

— Certes.

Dodger enregistra les informations à mesure que Sam les transférait. Tous les renseignements obtenus par Neko Noguchi. De la spéculation... mais reposant sur des bases crédibles. Arachné était une grave menace.

— Il nous manque encore des éléments, Dodger. Dont certains sont là, quelque part dans la Matrice. Jenny est à leur recherche, mais notre temps est compté. J'ai besoin de toi. J'ai besoin de l'aide de tous ceux à qui je peux faire confiance.

Parce que tu me fais confiance, maintenant..., pensa Dodger. Mais il se tut. Sam reprit :

— Tu travailles avec l'IA ?

— Cela ne te pose pas de problèmes, je suppose ? Après tout, c'est grâce à elle que tu es une ombre dans la Matrice…

— Je croyais que c'était grâce à toi.

— Nenni. Elle m'a fait don de tous les fichiers qui te concernaient. Mais sans elle, de nouveaux auraient été créés. Tu lui dois beaucoup.

— Je… Oui, je suppose. Je ne voudrais pas paraître ingrat, ou avide, mais… crois-tu qu'elle pourrait nous aider encore ?

— M'est avis que oui. Mais c'est à elle de décider. Elle peut aller dans des lieux, faire des choses dont le plus puissant des deckers n'aurait jamais rêvé… Elle m'a beaucoup appris.

— Peut-elle te montrer où trouver ce que nous cherchons ?

Elle le peut sûrement, pensa Dodger. *Mais le veut-elle ?*

— Je vais lui demander.

— Elle sera discrète ?

— Morgane est l'esprit de la Matrice. Comment peux-tu douter de ses capacités ?

L'icône de Sam clignota un instant, comme si son attention avait été attirée ailleurs, puis retourna à sa luminosité normale.

— Dodger, sais-tu ce qui se passe dehors ?

— Tu viens de me transférer les données, messire Twist.

L'icône secoua la tête.

— Ce n'est pas ce que je veux dire… Sais-tu ce qui est en train d'arriver à ton corps ?

Dodger éclata de rire.

— Quelle importance ? Le corps n'est qu'une prison de chair. Je vole librement dans la Matrice à présent ! Demande-moi ce que tu veux, Sam, et je répondrai…

31

Les défenses astrales du manoir étaient denses et puissantes. Sam resta sagement à l'extérieur et tapota le mur, suivant le rythme qui dansait dans sa tête.

Il n'attendit pas longtemps.

La sphère avait de petits bras et de petites jambes. Elle avançait lentement, à la manière d'un poisson luttant contre le courant. Une fois sortie de la barrière, elle dévoila un œil unique qui fixa Sam avec curiosité.

Le petit esprit était un guetteur, une espèce particulièrement stupide que les magiciens utilisaient parfois comme messagers ou pour de simples missions d'observation. Tout en se demandant quelle était la démarche à suivre, Sam prit la parole :

— Dites au professeur que je désire lui parler.

— Qui ? demanda l'œil d'une voix de fausset.

— Le professeur. Je désire lui parler.

— Qui ?

Le petit jeu fatiguait déjà Sam. D'un geste rapide, il attrapa la sphère et arracha les fils astraux qui la liaient à celui qui la commandait. Les rassemblant, il les tissa d'une autre façon, remodelant l'esprit dans ses mains. Satisfait, il le lança vers la barrière. Le guetteur voleta en caquetant à la recherche du professeur.

Voilà qui aurait sans doute l'heur d'attirer l'attention.

Dix secondes passèrent… et Sam réalisa que le guetteur lui demandait peut-être qui il était, et non qui il voulait voir… Trop tard. Le mur vibrait, s'opacifiant. Sam sentit des présences se réunir en haut de la barrière. Les défenseurs rassemblaient leurs forces. Ils savaient qu'il était là.

Sur sa gauche, une douzaine de formes sortirent du mur et se précipitèrent vers lui. Il crut tout d'abord que les sorts lui étaient destinés, puis réalisa qu'il s'agissait de projections astrales.

Le comité d'accueil des magiciens. Il resta en place

et baissa les bras. Les projections s'immobilisèrent à quelques mètres.

Sam reconnut trois personnes. Urdli, Estios et le professeur Laverty. Le visage du quatrième magicien, un nain, lui était vaguement familier.

Laverty fit un pas en avant :

— Vous ne vous annoncez pas de manière très orthodoxe, Sam. J'aurais aimé vous revoir en d'autres circonstances.

— Personne n'est parfait, professeur. Et je m'appelle Twist.

Le professeur inclina la tête. *Un-zéro.* Sam avait peut-être une chance de conclure le marché pour lequel il était venu…

Urdli rugit :

— Tu nous déranges, mécréant ! Que viens-tu faire ici ?

L'elfe était encore plus impressionnant dans le plan astral que dans le plan physique. Sam sentit sa confiance s'évaporer. Il s'obligea à prendre un ton léger :

— La conscience et la nécessité… Je me suis rendu compte que vous aviez raison, au sujet de ma responsabilité dans l'affaire d'Arachné. (Urdli sourit et Sam ajouta :) Et tort également. Je dois agir. Pas pour ce que j'ai fait, mais pour ce que je suis. Je m'en serais mêlé même si je n'avais pas pris la pierre. La responsabilité, je l'ai vis-à-vis de moi-même. Je dois être loyal envers mon totem.

— En étant loyal envers votre totem, vous êtes loyal envers vous. Et vous vous déchargez de toute responsabilité, conclut Laverty.

— Exactement.

— Vous n'êtes pas un homme ordinaire, Twist, dit Laverty en souriant.

— C'est un lâche, assura Estios.

— Un voleur et un incompétent, compléta Urdli.

— Et un chaman au pouvoir considérable, ajouta le

nain. Mes amis, nous avons besoin de puissance pour combattre Arachné. Ne nous laissons pas aveugler par le préjudice causé ou les antagonismes personnels. Twist a prouvé son courage et ses dons en volant la pierre de la Citadelle. Nous ne devons pas le rejeter.

— Il n'y a rien de personnel dans mon jugement, hurla Estios. (Sam réprima un sourire.) Son incompétence est prouvée. Il a laissé fuir un wendigo, et ce parce que la bête avait été sa sœur et qu'il ne pouvait se résoudre à le tuer. Nous ne pouvons pas lui faire confiance.

— Et il a refusé une fois de nous aider, dit Urdli. Il reprendra sa parole dès que son esprit malade trouvera un autre fantasme à pourchasser...

— Assez ! dit Laverty, se tournant vers Sam. Avez-vous du nouveau ?

— Un peu. J'ai besoin d'en savoir plus.

— Et nous donc..., dit Estios.

— Nous pouvons peut-être nous arranger, déclara Laverty, ignorant le jeune elfe. Je suis sûr que vous avez un plan. Pourriez-vous nous en faire part ?

— Je préfère rester dans le vague pour l'instant. Il ne s'agit que d'une ébauche. J'ai besoin d'informations.

— Et vous croyez que nous allons vous les donner ? cracha Urdli.

— Oui. Après tout, nous combattons le même ennemi.

— L'ennemi de mon ennemi n'est pas mon ami. C'est juste un allié durant la guerre.

C'était la réaction qu'attendait Sam.

— Bien. Je ne demande ni votre pitié, ni votre amitié. Et j'ai moi aussi une bonne mémoire. Mais nous pouvons être alliés et mettre nos ressources en commun.

Le mépris vibrait dans la voix de l'elfe :

— Que peux-tu offrir ?

— Vous me surprenez. Il y a quelque temps, vous vouliez mon aide. Ou était-ce juste un plan pour me tuer plus facilement ?

— Tu nous a refusé ton concours. Ta sœur était plus importante à tes yeux que le destin de l'humanité.

— Eh bien j'avais tort, répondit rapidement Sam. Mais je suis prêt à vous aider maintenant. A moins que vous préfériez affronter Arachné seul.

— Je ne suis pas tout seul, dit Urdli, embrassant d'un geste les magiciens rassemblés autour de lui et le manoir.

— Le plan astral est bien protégé, concéda Sam en mesurant la puissance des entités rassemblées. Même si la protection est plutôt défensive. Mais les bombes d'Arachné sont physiques et vous n'avez pas d'armée. (Il s'arrêta un instant, marquant son effet.) A moins que vous n'en n'ayez une ? Ce n'est pas pour les ajouter à l'arsenal de Tir Tairngire que vous courez après ces armes, n'est-ce pas ?

— Je peux vous assurer, Twist, intervint Laverty, que le Conseil préférerait détruire ces engins que les récupérer. Mais nous avons décidé de garder le secret. Nous voulons éviter que certaines corporations ou certains gouvernements apprennent l'existence des armes. Ils s'en disputeraient la possession. Une guerre dans l'ombre que personne ne désire…

— Et qui risquerait de se transformer en quelque chose de plus grave, dit Sam.

— Peut-être. Etes-vous prêt à nous rejoindre ?

— Je vais peut-être plutôt *vous* laisser me rejoindre, dit lentement Sam. (Les magiciens sursautèrent.) Vous êtes bloqués. Vous savez ce que désire Arachné, vous avez une vague idée de l'endroit où elle compte le trouver. Mais il vous manque des informations spécifiques. Ces informations, je les ai.

— Quelle source ?

— Sources multiples. Nous devons garder cette

affaire entre nous, cela est certain. Mais nous devons également agir rapidement, et mes amis et moi-même ne pouvons le faire seuls. Je suis prêt à coopérer. Il y a plusieurs endroits que nous ne sommes pas capables de couvrir.

— Et vous serez assez bon pour nous les laisser, dit Urdli. Je ne t'aime pas, mécréant. Ni toi, ni tes manières. Comment être sûrs que tu n'es pas en train de nous entraîner dans je ne sais quel complot de ta fabrication ?

— Je ne sais pas, dit Sam. Commencez par me faire confiance.

— Je crois que tu bluffes, dit Estios.

— Comme vous voudrez.

Sam se retourna vers le chemin. Laverty intervint :

— Messieurs. Je pense que nous devons discuter de cette proposition.

— Ne perdez pas trop de temps, lança Sam par-dessus son épaule. J'ai déjà une équipe en route pour Deggendorf. Et quand l'attaque va commencer, tout risque de s'accélérer. Vous avez déjà vu une araignée sauter quand on touche sa toile ?

Le nain hocha la tête.

— Deggendorf est à proximité d'un des sites potentiels.

Laverty discutait avec ses collègues. Sam tenta de suivre leurs palabres, mais en vain. Ils étaient bien protégés. Au bout de quelques minutes, le professeur se retourna vers lui :

— Vous pourriez-nous raconter ce que vous avez en tête...

— Dites-moi d'abord quelques petites choses...

— Très bien.

Sam marchanda les informations et exposa son plan. Le fait qu'il ait dû briefer des shadowrunners sur la situation ne leur plut guère, mais le temps manquait. D'autres lieux devaient être protégés. Ils ne pouvaient se permettre de faire l'impasse sur une seule cible.

La discussion se termina. Aucun des magiciens n'était réellement rassuré, mais Sam avait obtenu presque tout ce qu'il désirait.

Laverty l'interpella :

— Et vous ? Que comptez-vous faire ?

— Moi ? Tirer des plans sur la comète est très fatigant. Une fois tout cela en route, je pensais partir à la campagne pour danser un peu...

32

— Allons prendre un bain.

Coyote Hurlant se leva. Sam fit de même... et se cogna la tête contre le plafond du sauna indien. Habitué à l'architecture basse du lieu, le vieux chaman était déjà sorti du bâtiment. Sam le suivit, heureux de quitter la pièce étouffante et confinée.

Le changement brutal de température le fit frissonner. A cette altitude, les soirées étaient fraîches. Ils descendirent la pente. Coyote Hurlant pénétra directement dans les eaux glacées du lac, et, voyant son compagnon hésiter, l'aspergea généreusement. Sam plongea.

Il revint à la surface en grelottant, et accomplit les gestes rituels en se demandant si ses doigts de pieds n'étaient pas irrémédiablement gelés.

Coyote Hurlant enfin satisfait, ils rejoignirent la rive. Sam se glissa dans la tenue sacramentelle - un léger pagne de cuir, des chausses rayées de rouge, une chemise ornée de flamboyants soleils écarlates. Une couverture enroulée autour de ses épaules lui permit d'en cacher le motif, qui ne devait être révélé qu'au moment voulu.

— Quel visage vas-tu porter ?

— Pardon ?

— Tu dois présenter à la Terre le visage de tes desseins et de tes espoirs.

Sam observa les jarres de pigments colorés, hésitant. Ses desseins et ses espoirs ? Pourquoi était-il là ? La réponse se présenta à lui, évidente : pour sa sœur. Peut-être dansaient-ils aujourd'hui pour sauver le monde de la menace d'Arachné..., mais son premier désir, ce pour quoi il avait toujours lutté, était de soigner Janice.

Il devait être honnête envers lui-même, honnête envers la terre qui le verrait danser. Quel meilleur visage que celui de sa sœur ?

Plongeant sa main dans le pigment noir, il peignit sa peau. Avec le blanc, il esquissa la crinière du wendigo. Sur son front, un soleil rouge, symbole de l'espoir et de l'aube.

A son côté, Coyote Hurlant se préparait. Sur un visage aussi sombre que celui de Sam, il avait dessiné une fine ligne jaune, courant de la paupière au haut de la joue. Une peau de coyote couvrait son dos, la tête de l'animal reposant sur son crâne.

Sam l'observa avec curiosité. Les couleurs et le dessin ne lui étaient pas familiers.

— Que représente ton visage ?

— La mort.

Pendant que Sam assimilait cette étrange réponse, Coyote Hurlant lui tendit une peau de chien. Sam s'en couvrit. Le vieux chaman l'observa sous toutes les coutures avant de se déclarer satisfait. Quittant les rives du lac, ils se dirigèrent vers la forêt. Le sol descendait jusqu'à une petite clairière qui s'ouvrait sur un amphithéâtre naturel de gigantesques pins. Eclairés par les dernières lueurs du crépuscule, des silhouettes s'activaient, réunissant des branches et des broussailles. A l'arrivée de Sam et de Coyote Hurlant, le bruit sourd des conversations s'éteignit.

Le vieux chaman monta sur une petite hauteur et leva les bras. A son signal, les flammes jaillirent des bûchers placés aux quatre points cardinaux.

Etonné, Sam laissa flotter son regard sur l'amphithéâtre. Le nombre de chamans réunis en ce lieu était réellement stupéfiant. Coyote Hurlant lui avait dit qu'il lancerait un appel, mais Sam ne s'attendait pas à un tel résultat. Il y avait là des représentants de toutes les nations d'Amérique du Nord. Décorés de symboles lunaires ou solaires, de croix, de cercles et d'étoiles, les vêtements des magiciens et de leurs assistants créaient dans la semi-obscurité une danse de couleurs bariolées.

Une silhouette se dirigea vers eux. Sam observa avec stupéfaction la chemise couverte de constellations, le pantalon bleu comme le ciel étoilé…

— Loutre Grise ? Mais que fais-tu là ?

— J'ai entendu parler de la Danse, répondit-elle en souriant.

— Tu n'es pas chaman !

— Nul besoin de l'être pour danser…

Coyote Hurlant fit un signe de tête approbateur.

— Elle a raison, chaman Chien. Il suffit d'avoir la foi et d'être prêt à mourir.

— Mais…

— Il est temps, coupa le vieil homme. La lune se lève.

Attrapant Sam par le bras, le chaman l'entraîna vers le centre de la clairière. Couché là se trouvait le tronc d'un grand pin, dont une partie des branches avaient été élaguées. Les chamans accrochaient aux ramures restantes des ballots de contenu et de taille divers : totems, plantes médicinales, plumes et tissus. Quand le pin se dresserait au milieu de la clairière, il deviendrait l'arbre de vie, nexus et symbole du rituel, axe autour duquel évolueraient les danseurs. Leur lien avec la terre.

Coyote Hurlant approchait du centre de la clairière quand une délégation de chamans indiens se leva pour l'accueillir. Vu la beauté de leurs costumes de cérémonie, Sam déduisit qu'ils devaient être des personnages de haut rang. Un des plus jeunes se planta devant Coyote Hurlant, lui lançant un défi.

Du moins Sam déduisit-il, au ton de sa voix, qu'il s'agissait d'un défi. La langue lui était inconnue.

La réponse de Coyote Hurlant fut brève et sèche, soulevant des commentaires furieux dans la délégation. Il était clair qu'il y avait dissension. Ces chamans étaient peut-être venus pour arrêter la Danse, non pour y participer... Si seulement Sam avait pu emporter une puce de traduction, il aurait su si c'était de l'inquiétude ou de la haine qui s'affichait sur certains des visages....

Le vieux chaman commença un discours, dont Sam observa l'effet sur les magiciens assemblés. Parfois, leur moue dubitative laissait place à la détermination. Mais tous n'étaient pas convaincus.

Coyote Hurlant se tourna brusquement vers Sam :

— Montre-leur.

— Quoi ?

— La Danse. Commence-la.

Le vieux chaman s'assit. Sam le regarda, étonné, mais ses yeux n'exprimaient que de l'attente. Les membres de la délégation l'observaient. Nulle aide ni sympathie à attendre de ce côté-là. Alors ? Sam se retourna vers l'amphithéâtre. La Danse ne pouvait commencer sans que le pin soit relevé. Un silence de mort régnait sur la clairière. Sam était seul.

Il n'y avait qu'un moyen.

Chien !

« Qui m'appelle ? »

J'appelle, ô totem. Je veux ton aide et ta puissance.

« Ai-je de la puissance ? »
Tu es la puissance.
« Tu portes ma peau. Es-tu ce que je suis ? »
Je porte ta peau. Je suis ce que je dois être.
« Je suis ce que je suis. Qui es-tu ? »
Je suis ce que je suis. Je suis Chien.

Sam/Chien hurla joyeusement à la lune.

Sam ouvrit les yeux. La nuit était tombée. Sa couverture entourait la base de l'arbre de vie, sa peau de chien en ornait la cime.

L'arbre était debout.

Joie et puissance emplirent Sam. Il vit son image se refléter dans les yeux des chamans qui l'entouraient. Ses épaules recouvertes de fourrure, son museau, sa tête couronnée de deux oreilles pointues. Le masque du chaman était sur lui, et il était drapé dans une aura de puissance.

Il se tourna vers Coyote Hurlant :

— Où est le tambour ?

— Pas de tambour. Ceci est la Grande Danse Fantôme.

— O.K. Pas de tambour. Et le rythme ?

— Cherche en toi.

Sam sourit.

— Et si je ne le trouve pas, pas de Danse.

Coyote Hurlant lui rendit son sourire.

— Eh bien, homme Chien. Tu n'es pas qu'un crétin de Blanc, finalement…

Le vieux chaman commença à chanter et Sam le suivit, sentant le désir et l'attente monter dans son cœur. La mélodie s'éleva dans l'air de la nuit, pulsant de puissance inexprimée. La voix de Sam se raffermit. Les mots lui étaient inconnus, mais la magie était toute proche.

Proche, mais pas encore là…

Sam répéta le chant. Coyote Hurlant s'était tu, et il

était seul. La puissance jaillit tandis que les vieux chamans se joignaient à sa voix. Les mains s'étreignirent, le cercle se forma.

La Danse commençait.

*
* *

Dès le départ de Sam, Morgane était réapparue au côté de Dodger, radieuse de beauté et de force. Sa présence noyait l'elfe dans un océan de délices, le pénétrant d'un sentiment inexprimable de joie et de liberté. Mais l'euphorie de l'amour ne lui faisait pas oublier ses promesses. Ensemble, ils étudièrent les données que Sam leur avait transmises.

Trouver les adresses-systèmes nécessaires à leur recherche était un jeu d'enfant.

Ils partirent à la cueillette. Elle était une nymphe d'argent drapée dans un vêtement d'ébène, lui, un enfant d'ébène drapé dans une cape étoilée. Ensemble ils parcoururent les chemins secrets de la Matrice, glissant à travers les ombres accueillantes. Donnée par donnée, ils rassemblèrent les informations nécessaires et les envoyèrent danser aux pieds des shadowrunners dépêchés par Sam. Ensemble, ils étaient invincibles.

Une tâche plus stimulante les attendait maintenant.

L'enfant d'ébène et la nymphe de chrome étudièrent l'immense toile argentée. Le système de Mère-Grand était, pour les shadowrunners, un filet mortel, mais pour les deux compagnons, chaque maille devint une route, chaque nœud une porte, chaque trou un couloir où marcher. En quelques acrobaties clandestines, ils s'enfoncèrent dans le domaine interdit.

Au cœur de la toile se trouvaient des cocons d'informations qui attendaient, pour s'ouvrir, la présence de leur maîtresse. La lame aiguisée de Morgane les fendit en deux, révélant leurs trésors cachés. Des joyaux dissimulés là, Dodger choisit le plus précieux, et Morgane lui en offrit les secrets. Une richesse infinie d'informations, une dense sphère d'énigmes, et rien ni personne ne pouvait les empêcher d'y puiser.

Il y avait là tout ce que Sam désirait... Ou presque. Car Mère-Grand était prudente, et ne gardait pas toutes ses données dans un même lieu. Dodger étudia, une par une, les infos à sa disposition. Mère-Grand n'avait pas d'autres cibles que les lieux où Sam avait envoyé ses équipes.

Morgane arriva à la même conclusion.

— Pour moi, il y a curiosité. Les événements, qui sont si graves, sont-ils également si simples ? Samuel Verner/Sam/Twist n'a-t-il pas d'autres demandes ?

— Pas pour le moment.

Dodger se sentait étrangement déçu. Morgane, semblait-il, était à l'unisson.

— Mais où était le défi ?

— Il fallait réussir, mon aimée. Mais l'ennemi n'était pas de notre force. L'étape suivante, je crois, se révélera plus intéressante.

— Le raid ?

— En vérité. Car le raid est, pour le shadowrunner, la véritable épreuve. Un espace/temps où l'esprit et le talent sont opposés aux défenses, aux obstacles et aux GLACES du chevalier ennemi. Une épreuve où toute retraite nous sera interdite, car nos frères d'armes paieraient chèrement notre lâcheté. Nous ne pouvons trahir leur confiance. Nous ne pouvons pas permettre aux mécréants d'utiliser contre eux les atouts de la Matrice.

— Nos frères d'armes ? Samuel Verner/Sam/Twist est parmi eux ?

— Je le suppose. Mais même s'il ne s'y trouve pas en personne, là combattront des êtres qui lui sont chers, et dont la perte lui serait plus douloureuse que sa propre fin.

— Pour moi, existe le désir qu'il ne lui arrive pas de mal.

— Pour moi également. Ainsi, nous ferons tout ce que nous pourrons pour que son plan réussisse.

33

A l'unisson, les danseurs levèrent le pied gauche, puis le baissèrent à l'intérieur du cercle. Le pied droit restait au sol, ancré dans les forces telluriques. Le pied gauche revint, puis se souleva de nouveau. En arrière, en avant. La vitesse augmenta.

Lentement, montait la puissance de la terre.

Assis au pied de l'arbre de vie, Sam observait la Danse.

*
* *

Jumelles à la main, Hart étudiait le château.

Weberschloss était quasi inaccessible. Une route suivait la pente escarpée, traversant la forêt jusqu'aux grilles, mais elle était étroite et instable, impraticable en voiture. Un hovercraft serait trop bruyant ; la pente étant trop forte, l'engin avait toutes les chances de perdre son air et de se retrouver coincé au sol.

Non… L'attaque aérienne était la solution la plus logique. Mais elle serait loin d'être facile. Les cours du château n'étaient pas grandes, et les toits trop pointus. Seul un petit engin pouvait atterrir, et même ainsi, les risques de collision restaient élevés. Tout cela en supposant que les défenses antiaériennes soient minimales. Ce qui était loin d'être certain.

Hart aurait pu, bien sûr, se contenter de réduire le château en cendres. Mais le problème n'en aurait pas été résolu pour autant. Les armes seraient demeurées intactes, au cœur du roc. Et l'elfe n'avait pas le budget nécessaire pour faire exploser le flanc de la montagne..., ce qui eût été une solution, sinon élégante, du moins radicale. C'était, hélas, hors de question. Il allait falloir passer par la manière forte...

Weberschloss était un repaire de terroristes qui se faisaient appeler les Herbstgeists, les Fantômes de l'Automne. Jusque-là, leurs opérations avaient été d'importance mineure - et sans doute commanditées par diverses corpos.

Mais si le groupe apprenait sur quel « trésor » il était assis... Si les terroristes découvraient les armes meurtrières dissimulées sous leurs pieds, la situation risquait de changer du tout au tout.

Hart soupira, se concentrant sur la situation présente. Les Herbstgeists avaient comme principal inconvénient d'être situés juste entre elle et son but. Un obstacle bien armé, fanatique, et d'une manière générale peu porté sur la négociation. Arachné avait les moyens et le temps de se débarrasser de ses ennemis. Hart ne possédait ni les uns ni l'autre.

Les bombes devaient être neutralisées avant que cette sale bestiole mette la main dessus.

Le gravier crissa. La jeune femme se retourna, observant la naine monter avec difficulté le long du chemin. Willie Williams était aussi haute que large, et l'effort maculait ses habits et son visage de sueur. Interfacée, la naine haïssait l'exercice. Ses couettes dansaient autour de sa tête, et les datajacks brillaient sous les derniers rayons du soleil.

— Les hommes commencent à en avoir assez d'attendre.

Un léger sourire flotta sur les lèvres de l'elfe.

— Ils sont pressés de passer à l'action ?

— Négatif. Ils n'ont pas très envie de se frotter aux Herbstgeists.

Hart se doutait de la réaction des mercenaires ; elle avait fait de son mieux pour leur dissimuler l'identité de la cible le plus longtemps possible. Mais il avait bien fallu parler.

— Je croyais que c'était des pros.

— Même les pros n'aiment pas se faire massacrer. Ils se demandent si ça vaut le coup.

Hart hocha la tête. Willie n'aurait pas pris la peine de monter jusque-là si elle n'avait pas été réellement inquiète.

— Et toi, Willie ?

La naine se mit à rire.

— Je sais pourquoi nous nous battons. Pas eux.

— Ça ne répond pas à ma question.

Willie passa ses mains sur les datajacks de ses tempes. Sur ses paumes, les plaques d'induction grésillèrent légèrement.

— Je préférerais être aux commandes d'un panzer. Mais je ne vais pas laisser tomber.

— J'en suis heureuse, Willie. Il n'y a que toi qui puisses réussir à nous faire entrer là-dedans...

Willie détourna les yeux, sans répondre. Le silence s'abattit sur la colline. Glissant sa main dans son sac ventral, la naine sortit une canette de Kanschlager.

— Une bière ?

— Non, merci.

Willie avala à grandes goulées le liquide ambré.

— Méfie-toi de Georgie. En 48, il a fait une mission avec un squad Herbstgeists.

— Merci. Je serai vigilante.

Le silence retomba de nouveau.

— Bon. Je vais me faire un dernier check-up avant de partir.

— Tu veux de l'aide ?

— Négatif.

Willie commença à redescendre lourdement le chemin. Hart jeta un dernier coup d'œil au château et soupira. Les choses n'étaient donc pas assez compliquées comme ça ?

Elle espérait seulement que Sam avait raison, et qu'il leur restait un peu de temps avant que les agents d'Arachné entrent en scène.

34

Sam souriait en chantant.

Les doigts joints, les danseurs frappaient le sol. Leurs bras se balançaient, lumineux arcs de cercles.

Peu à peu, le rythme s'accélérait.

*

* *

Neko Noguchi était un solitaire, et il voulait le rester.

Du moins dans le travail. Parce qu'un associé, ça avait la fâcheuse habitude d'être toujours au mauvais endroit au mauvais moment.

Seul, on savait toujours où on en était. Neko était encore assez neuf dans le biz, mais si jeune que soit sa réputation, elle était sans tache.

Et c'était celle d'un solo.

Alors pourquoi est-ce que ce foutu elfe et ses partenaires lui avaient envoyé cette gonzesse ?

Son nom de code était Striper. Sûrement plus proche de la réalité que l'identité portée sur ses papiers. La jeune femme bougeait avec la grâce et l'efficacité d'un félin, et avait scrupuleusement suivi les protocoles de rencontre. Une pro, ainsi que le prouvaient sa démarche, l'adroite dissimulation de ses armes et la rapidité de ses réactions. Les informations que Neko avait achetées à Cog disaient seulement qu'elle était « forte ».

Il n'avait vu aucun signe d'implants cybernétiques. Elle devait tripoter la magie. Et la magie, de l'avis de Neko, ce n'était pas fiable.

Si le boulot était fait correctement, il n'y aurait nul besoin de recourir à la manière forte. Les références de Neko étaient excellentes, et les recherches qu'il avait menées pour l'elfe s'étaient toutes conclues de manière satisfaisante.

Pourquoi cette fille était-elle là ?

— Par précaution.

Neko sursauta, et Striper lui adressa un sourire désarmant. Bien que la pièce soit peu éclairée, la jeune femme portait des lunettes aux verres chromés, à la dernière mode. Ça énervait le shadowrunner. Il aurait bien voulu voir l'expression de ses yeux.

Elle reprit :

— Tu avais l'air de te demander les raisons de ma présence ici. Ne t'inquiète pas. Je suis juste là pour servir de renfort en cas de problème.

— Je n'ai pas besoin de renfort !

Elle émit un petit rire. Sa voix était rauque et envoûtante :

— Les hommes de Han peuvent être dangereux.

— Je m'en occuperai tout seul.

— J'ai hâte de voir ça.

Il commençait à en avoir assez.

— Bon, écoute, dit-elle avant qu'il profère quelque chose de désagréable. J'ai pris un contrat. Je ne vais pas le laisser tomber à cause de ton ego.

— Il ne me fait pas confiance.

Elle prit un fin cigarillo et l'alluma.

— Je n'ai jamais dit ça.

— Les paroles ne sont pas nécessaires. Ta présence suffit.

— Si tu le dis.

— Et si je te laissais derrière ?

— Tu cours. Je cours plus vite.

Ainsi, elle pensait vraiment qu'il ne pourrait pas lui échapper. Hong Kong était son territoire, pas le sien. Enfin. Jusqu'à ce qu'il sache de quoi elle était capable, il devait être prudent.

— J'espère au moins que tu es briefée sur la mission.

— Ils ont peut-être oublié quelque chose. Recommence.

— Je vais faire court, répondit-il. (Il savait qu'elle le testait et il n'aimait pas ça. Mais ça faisait partie du boulot.) Nous nous rendons à Kungshu. C'est là que se trouve Han. Un homme riche, puissant, qui rêve de réunifier la Chine… sous son autorité. Il est au mieux avec un des nouveaux seigneurs de la guerre et a engagé récemment un conseiller, un mage connu sous le nom de Nightfall. Celui-ci se targue de connaître certains des secrets de l'ancien régime Sui. Pour prouver ses dires, il a appris à Han que ses terres abritaient un complexe de missiles armés de têtes nucléaires.

— Il va les utiliser ?

— Tu utilises un canon pour chasser un rat ?

— Non, répondit Striper.

— Lui non plus. Il garde les missiles en réserve. Il attend le moment où ils pourront lui servir à améliorer sa position.

— Il ne peut pas attendre éternellement, dit-elle en tirant sur son cigarillo. Quand les infos vont circuler, les corpos vont vouloir récupérer les missiles.

— Et comment. C'est pour cela que nous allons les neutraliser. Tu as tout ce qu'il faut ?

Elle tapota sur la sacoche qui se trouvait à côté d'elle.

— Tu as préparé un plan d'action ?

Bien sûr, il avait préparé un plan. Mais avant de travailler avec elle, il voulait en savoir plus.

— Prends le télécom et vérifie les données sur la mission. Tu trouveras peut-être quelque chose qui m'a échappé.

Ils mirent au point les derniers détails, et Neko dut s'avouer impressionné. Avoir une telle partenaire pourrait se révéler utile.

Si elle était aussi efficace qu'elle se vantait de l'être.

*
* *

Les danseurs battaient le rythme à l'unisson, leurs pieds soulevant des nuages de poussière sèche.

La terre se réveillait.

*
* *

Urdli embrassa du regard le paysage africain. Ce pays avait été agréable, autrefois. Une savane luxuriante. Bien sûr, il avait souvent souffert de la sécheresse. Mais la vie était apparue. Aujourd'hui la terre était déserte et craquelée.

La vie ne reviendrait plus.

— Pourquoi nous ? soupira Estios. Je préférerais dix fois faire partie d'une des missions d'assaut.

Urdli leva les yeux au ciel.

— Nous sommes ici parce qu'il le faut. Je suis le choix évident.

Le roc et le sable lui rappelaient son pays. Les animaux qu'il voyait là étaient différents. Quelle importance ? Le roc était le roc et les animaux seraient éphémères.

Même Estios était éphémère.

— Quant à toi, continua Urdli, je ne sais pas pourquoi tu es là. Je n'ai pas besoin d'aide. Mais le chaman Chien l'a peut-être fait exprès pour t'ennuyer...

— Il espère que je me ferait tuer, dit sombrement Estios.

— Cette mission n'est pas dangereuse. Si elle l'avait été, j'aurais insisté pour emmener un commando.

— Et Arachné ?

Urdli soupira.

— Un incident est toujours possible. Mais tu es un magicien confirmé, et je ne suis pas un débutant. Il faudrait une force importante pour nous arrêter. Je ne pense pas qu'Arachné mobilise ses troupes pour nous. Elle a d'autres chats à fouetter.

Estios lui jeta un regard légèrement méprisant.

— Verner par exemple. Tant qu'à faire, autant que ce soit les autres qui trinquent, n'est-ce pas ?

— Dans le plan astral, le danger représenté par Arachné n'est pas encore majeur. N'attirons pas son attention. La rapidité et la discrétion sont dans l'immédiat nos meilleurs atouts. Même si cela implique que les vrais combats soient, pour l'instant, menés par d'autres.

— Si nous rencontrons quelqu'un, adieu la discrétion. Pourquoi ne marchons-nous pas à travers la terre ?

Urdli fronça les sourcils. Il n'avait pas l'intention d'exposer ses faiblesses à son compagnon.

— Le temps n'est pas venu.

Ils avancèrent en silence.

Urdli huma l'air avec satisfaction. Il avait ses propres informations, et celles-ci lui disaient que les plans d'Arachné n'étaient pas aussi avancés que les autres le croyaient. Les shadowrunners de Sam auraient pu prendre le temps de mieux préparer leurs attaques.

Mais il n'avait pas l'intention de les prévenir. Que cet arrogant chaman et ses hommes en bavent un peu. Cela ne leur ferait pas de mal.

Estios l'observait.

— Vous paraissez amusé...

— Je le suis. Je pensais que le chaman Chien exigerait de moi une part plus active dans cette guerre.

— Au lieu de cela, la mission qu'il nous a attribuée est des plus simples.

— C'est exact. Le problème sera rapidement réglé. Et nous serons libres d'agir à notre convenance.

— Ainsi, Sam Verner vous a sous-estimé. Je comprends que cela vous amuse.

Urdli émit un petit rire énigmatique.

Sam n'avait pas été pas le seul.

35

Les vieux chamans formèrent un cercle autour de l'arbre de vie.

Coyote Hurlant fit signe à Sam, qui accéléra la cadence. Les chamans suivaient le rythme, frappant dans les mains. Le cercle intérieur commença à danser.

Les préliminaires touchaient à leur fin.

*
* *

Janice étudia le petit groupe rassemblé au pied de la

colline.

Quatre humains et trois orks. Tous, à l'exception de Fantôme, lui étaient inconnus. Elle savait leurs noms, elle était au courant de leurs capacités, mais elle ne *les* connaissait pas.

Pouvait-elle leur faire confiance ?

Pouvait-elle se faire confiance ?

Depuis une semaine, Fantôme était le seul humain qu'elle ait approché. Elle avait réfréné ses instincts parce qu'il suivait Loup, parce qu'il était de sa bande. Elle avait appris à le connaître. Bien sûr, il était cyber-modifié, c'était un tireur d'élite et un guerrier farouche. Il aurait pu la blesser sérieusement si elle l'avait attaqué. Mais ce n'était pas là la seule raison de sa retenue.

Du moins priait-elle pour que ce ne soit pas la seule…

Mais les autres… Ils étaient différents. Orks ou humains, ils ne faisaient pas partie de sa bande.

Si l'un d'eux restait en arrière et relâchait son attention, elle pourrait peut-être…

Elle pourrait quoi ?

Son estomac hurla la réponse. Se retournant, Janice empoigna la gigue de daim et enfonça ses crocs dans la chair. Mais les fluides ne firent rien pour calmer sa faim. Elle cracha la viande cartonneuse et fade.

Elle ne savait pas combien de temps elle pourrait encore tenir. Et alors ? Dan Shiroi était à l'aise dans sa vie. Il lui avait appris que les humains étaient des proies pour sa race. Comme les lapins pour les loups. Sam avait dit qu'après cette mission, il reprendrait le rituel. Qu'il la retransformerait en humaine. Pouvait-elle le croire ? Pouvait-elle espérer ?

En avait-elle envie ?

Quels que soient ses doutes, elle avait donné sa parole. En cela, elle était encore comme son frère. Elle faciliterait au mieux le travail de Sam. Et après ?

Après, advienne que pourra.

Se levant, elle descendit vers les shadowrunners. Elle marchait lentement, prenant garde à ne pas montrer ses crocs. Elle savait que sa taille était intimidante. Elle faisait presque un mètre de plus que le plus grand d'entre eux, et elle était une fois et demie plus imposante que le plus gros des orks, qui s'appelait Kham.

Malgré toutes ses précautions, elle sentit leur peur monter. Ils tentaient de la camoufler, le plus souvent avec succès, mais elle la sentait. Surtout chez Kham.

Celui-ci se redressa, actionnant nerveusement sa main cybernétique. Fantôme lui avait expliqué que c'était l'héritage d'une ancienne mission avec Sam, où l'ork avait failli se faire tuer. Lui en tenait-il encore rigueur ?

Il leva la tête et l'étudia méticuleusement.

— Tu n'es pas un sasquatch.

Elle ne pouvait le nier.

— Non.

— Qu'est-ce que t'es alors ?

— Tu ne veux pas le savoir.

— Dommage que tu ne sois pas un ork, dit-il, à moitié sincère. Nous autres orks, on est solides et on a de la gueule. Si tu étais ork, tu n'aurais pas à te cacher toute seule dans les bois.

— J'étais une ork avant, cracha-t-elle. Je n'aimais pas, alors j'ai changé.

Il recula et la regarda quelques secondes. Le silence s'était abattu comme une chape de plomb. Kham réfléchissait intensément. Il dut parvenir à une conclusion et se relaxa :

— Tu dois être sa sœur, alors. J'ai entendu beaucoup de mal sur Yomi. C'était là que tu étais, hein ? Ils ont le virus là-bas. C'est ça qui arrive quand un ork attrape le virus ?

Le visage de Hugh Class lui apparut soudain. Elle se souvenait de sa peur, des chasseurs, de sa jambe ouverte. Des ténèbres, de la douleur et de la faim.

Elle rejeta ce cauchemar. Elle ne voulait plus jamais en entendre parler.

— Il n'y a pas de virus.

— Bon..., on n'est pas là pour discuter, dit Fantôme, s'interposant.

L'ork qui portait des datajacks posa la main sur son oreille :

— La couverture Matrice dit que nous avons vingt minutes à partir du top. Nous devrons être à bord du sous-marin avant. Attention... Top.

— Parfaitement à l'heure, dit Tsung. On n'est pas payés tant que c'est pas fini, alors on se bouge.

— C'est pas le genre des oreilles pointues d'être à l'heure, grogna Kham.

— Même Dodger fait parfois les choses bien, répondit Tsung.

Ils couvrirent rapidement la bande de forêt qui les séparait de Gaeatronics. Les guerriers de Fantôme étaient déjà partis nettoyer la zone. L'un d'entre eux les rejoignit à la clôture extérieure. Ils percèrent un trou et passèrent à travers. Derrière eux, l'Indien commençait déjà à reboucher la brèche.

Quand ils découvrirent le *Searaven*, il leur restait trois minutes.

Le *Searaven* était un ancien submersible utilisé pour les constructions en bas fonds, et reconverti en sous-marin de transport. Une soute pressurisée pour les passagers avait été ajoutée sous la carlingue et donnait à l'ensemble l'air d'une grosse guêpe. La cabine était pourvue d'un sas d'amarrage qui lui permettait de se lier à d'autres structures, des submersibles ou des stations sous-marines.

Janice détestait l'eau. Elle n'aimait pas non plus l'aspect du submersible. Il y ferait froid et sombre, comme dans une tombe. Elle hésita. Fantôme l'observait attentivement.

— Un problème ?

— Qui conduit ce machin ? demanda-t-elle pour cacher sa peur.

— Rabo. Un excellent interfacé.

— Ouais… (Rabo, monté le premier à bord, était déjà connecté.) Les orks ne sont pas les plus mauvais pilotes.

Kham observait Janice.

— Une balèze comme toi n'aurait pas peur de descendre au fond, hein ?

— Je n'aime pas l'eau et je n'aime pas les endroits exigus, réussit-elle à articuler.

— Ben on sera deux, dit Kham en riant.

Il disparut par l'écoutille.

— Dépêche-toi, chaman, pressa Fantôme. Il nous reste quarante secondes.

Dominant sa peur, Janice monta à bord. Fantôme attendit patiemment qu'elle ait fait glisser son grand corps le long de l'échelle. Dès qu'elle eut fini, il sauta à l'intérieur aussi vite que lui permettaient ses réflexes câblés.

— Combien de temps ? demanda Tsung.

— Une demi-seconde, répondit-il.

— Trop juste, dit-elle en regardant Janice. Rabo ? On démarre dès que tu as le feu vert de Dodger.

— Pourquoi on se presse ? *Wichita* va pas bouger.

— *Wichita* ? demanda Janice. Au Kansas ? Et on y va en bateau ?

— Elle est encore pire que son frère, lâcha Kham.

Fantôme gronda :

— Tais-toi. (Il se tourna vers Janice :) Le *Wichita* est un sous-marin de classe Naïade. Il a été lancé il y a une trentaine d'années, juste avant l'attaque sur la base de Bremerton. Ils l'ont coulé avant qu'il puisse quitter la rade. On a raconté qu'il avait explosé durant l'attaque.

— Mais ce n'était pas le cas…

— C'est du moins ce que les infos de Dodger prétendent. Le *Wichita* n'aurait pas coulé tout de suite. Le commandant Walker voulait se faire la belle, mais la technique n'a pas suivi. Il a tout juste réussi à franchir le cap Flattery. Ne pouvant atteindre la côte, il s'est sabordé.

— Qu'est-ce qui vous fait croire que les missiles sont encore en état de marche après trente ans sous l'eau ?

Tsung intervint :

— Les missiles sont morts. Mais pas les bombes. C'est de la bonne qualité. Le matériel fissible est encore exploitable.

Un sourire flotta sur les lèvres de Fantôme.

— Après notre passage, elles ne feront plus de mal à une mouche.

*
* *

La Danse rassemblait ses forces.

Sam se redressa et se sentit grandir. Il dépassa les nuages et fonça à travers le tunnel vers l'autre monde.

Le gardien était invisible, minuscule. Il le vit s'incliner sur son passage.

De l'autre côté du tunnel, c'était aussi la nuit.

36

La lune brillait, entourée d'un pâle halo de magie. Sa lumière scintillante recouvrait les collines et les forêts d'un manteau d'argent. Sam sourit, puis se figea.

Un fil pendait de la lune. Accrochée à ce fil, une tache d'obscurité.

La tache descendait et grandissait. Un courant d'air enveloppa Sam, faisant voleter ses vêtements.

L'air transportait une odeur familière et étrangère à la fois. Familière parce qu'il l'avait déjà sentie auparavant, plus diluée. Etrangère parce qu'elle était *autre* dans sa fascination et sa menace.

L'obscurité posa pied sur le sol et dansa devant lui sur ses huit pattes, arquées autour de son corps poilu. Une goutte de soie à demi formée brillait à la base de son abdomen. Sa tête ronde luisait sous la lune, des fils d'argent descendaient de sa couronne.

Arachné.

Arachné, dont les yeux - huit, deux grands et six petits - étaient braqués sur lui. L'image de Sam s'y réfléchissait, réveillant chez lui d'anciennes terreurs enfantines.

Les événements ne se déroulaient pas comme prévu.

— Comment es-tu venue ici ?

— Et toi ? répondit Arachné d'une voix chaude et doucereuse. La puissance appelle la puissance, n'est-ce pas ? Tu as porté un fragment touché par ma grâce. A travers l'opale, je t'ai connu. Et maintenant que tu marches où marchent les totems, comment pourrais-je ne pas te voir ? Tu brilles de mille feux et tu m'attires comme un phare dans la nuit.

Allait-elle le suivre ? Connaissait-elle ses plans ?

— Que veux-tu ?

— T'aider, dit-elle avec un clin d'œil. Je connais tellement de secrets.

— Ils me coûteraient trop cher.

— Tout n'est qu'une question de désir et de besoin, Sam. Je peux t'aider.

— Tu es machiavélique et cruelle. Je sais ce que l'on dit de toi.

— Des contes. As-tu jamais rencontré quelqu'un qui

ait passé un marché avec moi ?

— Personne, répondit honnêtement Sam.

— Alors comment peux-tu savoir ? Sur quels critères décides-tu de me refuser ta confiance ? Condamnes-tu toujours sans savoir ? Ceux qui ferment leur esprit et leur cœur par peur de l'inconnu voyagent sur des routes amères. N'as-tu jamais été calomnié par tes ennemis ? J'en ai moi aussi souffert. Et pourtant, je suis innocente de tout crime.

Dans l'esprit de Sam régnait la confusion.

— Pourquoi les elfes t'ont-ils enfermée, dans ce cas ?

— Enfermée ? (Le rire d'Arachné s'éleva. Quand elle reprit la parole, sa voix était indignée :) Ils ne peuvent pas m'enfermer. Ce ne sont que des entités de chair. Ils me craignent parce qu'ils ne me comprennent pas. Ils tournent le dos à la sagesse que je leur offre.

Arachné était passée trop vite de l'amusement à la colère. *Un point pour les elfes*, pensa Sam.

— Comme je le fais, dit-il en souriant.

L'odeur de la colère s'évanouit et fut remplacée par quelque chose de plus doux. Et de plus... sexuel.

— Ne te hâte pas de me rejeter, Samuel Verner Twist. Je suis celle qui modèle la puissance, celle qui garde les secrets. Mais je ne les partage qu'avec un petit nombre d'élus.

— A quel prix ?

— Quelques menus services.

— Je ne suis pas intéressé. J'ai déjà un parrain dans ce royaume. Et il ne vous aime pas.

— Il est jaloux, dit Arachné avec un petit mouvement de patte énervé. Chien est jeune et je suis ancienne, plus ancienne que ta race. L'âge apporte la sagesse, Samuel Verner Twist. Une sagesse qui pourrait être tienne. Tu apprendrais tant de secrets. Tu pourrais faire tant de choses. Pour ta sœur, par exemple... Je peux te donner les moyens d'agir.

La vérité et le mensonge se dissimulaient dans les promesses sucrées d'Arachné. La tête de Sam tournait. Pour sauver Janice, il était prêt à la croire. Et si l'apparence de la créature était son principal défaut ? Janice aussi faisait peur.

— La Danse Fantôme va sauver Janice.

— Maintenant c'est toi qui tente de me tromper, dit gentiment Arachné. Ce n'est pas pour changer ta sœur que tu invoques le pouvoir de la terre. La magie est subtile, et tu n'as pas les connaissances nécessaires.

— Et vous les avez ?

— Je connais de nombreux secrets de métamorphose. Je peux te les enseigner.

Il voulait savoir, il devait savoir. Pour Janice.

— Que voulez-vous ?

— Le pouvoir que tu rassembles… canalise-le vers moi. Janice sera transformée. Il ne me suffira que d'un geste. Laisse-moi te guider.

Sam ferma les yeux. Trop de choses. Il avait besoin de réfléchir. Janice pouvait être sauvée. Tout ce qu'il avait à faire, c'était laisser Arachné prendre les rênes de la Danse. Ce ne serait pas difficile.

De la fourrure caressa doucement sa joue. Un instant, il pensa que c'était Inu, son chien…, mais l'odeur n'était pas la bonne.

Il ouvrit les yeux et vit la surface miroitante de la patte d'Arachné. Au-dessus de lui, une autre patte tissait déjà un filet de soie. La toile se refermait.

Sam se retourna et partit en courant.

— C'est ça, cours ! hurla Arachné en riant. Tu ne peux fuir la vérité !

37

En Sam vibraient tous les rythmes de la danse.

Dans sa tête s'entrechoquaient des myriades d'images. Ce que les danseurs voyaient, il pouvait le voir. Et les shadowrunners faisaient partie de la Danse.

Les visions coexistaient, d'une netteté absolue.

Les murailles du château. Des arbres. Les parois courbes du sous-marin. L'arbre de vie. De sombres tunnels. Le cercle des chamans. La terre vivante. Chien.

Chien dansait aux côtés de Sam.

*

* *

— Contact.

Fantôme se redressa.

— Mouvant ?

— Négatif. La localisation correspond aux informations données. C'est le *Wichita.*

— Approche-nous, ordonna Tsung.

La faim mordait les entrailles de Janice. Dans l'air confiné du sous-marin, l'odeur de chair était puissante. Elle se retint. Enfin, ils allaient agir.

— Nous avons un problème, reprit Rabo.

— Tu ne peux pas aborder ? demanda Tsung.

— Bon sang ! Je le savais ! cracha Kham. On perd notre temps !

— Les sondages de densité indiquent qu'il y a de l'air dans la coque, continua Rabo, comme si personne n'avait parlé.

— Et alors ? demanda Tsung.

— La coque a dû perdre tout son air en coulant. Quelqu'un repressurise le *Wichita.*

— Y a-t il un autre bâtiment à proximité ?

— Rien du tout. Mais j'ai des échos sonars et ils viennent de l'intérieur. Il y a quelqu'un à bord.

— Mécaniques ou organiques, les sons ?

— T'es sûr que tu ne te farcis pas une petite simsense ? grogna Kham.

— Ça ne m'est pas arrivé depuis le raid de Fuchi. J'ai compris la leçon. C'est du vrai, Kham. Je ne sais pas ce qu'est ce bruit, mais il est réel.

Le silence retomba quelques instants dans l'étroit habitacle.

Tsung se tourna vers Fantôme :

— Ils vont savoir que nous arrivons.

— Qui qu'ils soient, répondit-il.

— Cela fait une différence ? demanda Fast Stag.

— Comme tu dis, répondit Sally Tsung. Sur le contrat, c'est opposition minimum. S'il y a des problèmes, c'est plus cher.

Fast Stag se tourna vers Sally :

— Une reconnaissance astrale ?

— J'ai déjà essayé. Il y a un banc de poissons hex à l'extérieur. Ils chassent en astral et en physique, et ils m'ont foncé dessus dès que j'ai jeté un coup d'œil. Tu veux peut-être aller piquer une tête ?

— On va être forcés d'aborder à l'aveugle.

— Rabo ! Tu peux nous approcher en douce ?

— Négatif. En utilisant un des sondages passifs du *Wichita*, ils nous détecteront forcément. Par contre, ils ne peuvent pas deviner à qui ils ont affaire. Les banques du *Wichita* n'ont pas le *Searaven* en mémoire. Ils ne se douteront peut-être pas que nous avons les moyens de les aborder.

— Les avons-nous ?

— Bien sûr. Le *Wichita* est en parfait état... On peut l'approcher.

— On y va, dit Janice sourdement.

Ils l'ignorèrent tous.

— De toute façon, ils nous entendront à cause des vibrations, dit Tsung. Ce ne sera pas une surprise.

— La surprise est un outil, pas une fin en soi, observa Fantôme. Nous devons neutraliser les bombes. Si ceux qui sont à bord du *Wichita* sont nos ennemis, il nous faut agir vite.

Les deux guerriers de Fantôme approuvèrent. John Parker jeta un regard interrogateur à Kham. Kham à Sally Tsung. Personne ne demanda son avis à Janice.

— Si nous devons faire la fête, autant ne pas trop tarder, grommela Tsung. Ceux qui sont dans le *Wichita* ne sont pas venus tout seuls. Je préférerais ne pas tomber sur leur taxi.

Fantôme fit un signe.

— Rabo, on y va.

— Ça ne sera pas une surprise, dit l'interfacé.

— Nous n'avons pas le choix.

Le *Searaven* approcha d'une écoutille de secours et, lentement, le collier de connexion se positionna contre le *Wichita*. Kham s'y faufila. Il fallut toute la force de l'ork pour débloquer la porte restée close depuis plus de trente ans.

Enfin, dans un sifflement, le *Wichita* s'ouvrit. Une odeur musquée envahit le petit submersible.

Kham bondit, suivi de Parker. Tour à tour, Fantôme, Sally Tsung et les deux Indiens les suivirent. Personne n'avait demandé à Janice de venir, mais elle passa à son tour par l'écoutille. Elle ne voulait pas rester seule.

La traversée du sas fut particulièrement désagréable. Janice n'aimait pas l'eau et détestait les endroits confinés. Elle était servie.

Enfin elle posa le pied dans la coursive du *Wichita*. L'odeur musquée se mêlait aux effluves rances des humains et des orks. *Ils ont peur,* pensa Janice. Pouvaient-ils sentir son angoisse aussi facilement qu'elle sentait la leur ?

Il faisait sombre, les surfaces étaient rouillées et couvertes d'algues et de berniques. Chaque pas écrasait quelques-uns des poissons morts qui jonchaient le plancher.

Personne ne parlait. Personne n'avait envie de parler.

Janice commença à soupçonner qu'ils se sentaient

aussi mal qu'elle.

*
* *

L'elfe avait promis de détruire les défenses électroniques de l'enclave du seigneur de la guerre Han, et il avait tenu parole.

Striper aussi. Les talents d'infiltration de la jeune femme étaient excellents, peut-être même meilleurs que les siens. Neko ne pensait pas qu'ils parviendraient à atteindre la base sans confrontation. Et pourtant, c'était ce qui s'était passé. Les incendies qu'ils avaient déclenchés dans la vallée afin de faire diversion avaient aussi joué leur rôle.

Apparemment, la base n'avait rien de militaire, mais les apparences étaient trompeuses. Les têtes nucléaires étaient dissimulées dans une batterie de silos à grain. Les hommes de Han venaient de commencer à réactiver l'endroit et ils n'avaient pas encore armé les missiles. Ils n'avaient pas testé une seule bombe. Neko était certain que l'arsenal était aussi complet que le jour où Nightfall en avait révélé l'existence à Mère-Grand.

Grâce au code de l'elfe, le jeune Japonais se connecta à un terminal. Les armes étaient bien là où il le pensait. Le shadowrunner inséra une puce dans la fente et envoya l'automate. Il créerait une admission pour deux personnes dans la zone interdite. Ceci réglé, il conduisit Striper vers l'arsenal.

Mais quelque chose l'ennuyait. La console. Elle avait un voyant allumé de plus...

Leur pénétration avait été repérée.

Ils touchaient au but. Ils tournèrent un couloir, un autre… et tombèrent face à face avec une vision grotesque. Malgré ses deux bras, ses deux jambes et sa tête, la chose dans le corridor ne ressemblait plus à un humain. Elle claqua des mandibules :

— Nightfall vous souhaite la bienvenue.

L'horreur avait figé Striper sur place.

Neko avait déjà affronté une de ces créatures. Il avait failli en mourir, mais du coup, l'effet de surprise était moindre. Il bondit. Le bout de son pied entra en contact avec la tête de la créature et le rebond l'envoya bouler derrière la jeune femme. Le coup aurait brisé les cervicales d'un troll…, mais son adversaire semblait ne pas s'en porter plus mal. L'attaque avait au moins servi à réveiller Striper, qui esquiva facilement les griffes de la créature.

Une cavalcade annonça l'arrivée des renforts. Cinq, humains... ou presque !

— Des nuisibles.

— Fais avec ! Je m'occupe de la chose...

La jeune femme disparut derrière un coude du couloir.

Neko évita le premier plongeon de la créature, espérant qu'il n'avait pas signé son arrêt de mort par cette acrobatie. Dans le couloir résonnaient des rugissements, des hurlements et des coups de feu.

Tant pis pour la discrétion.

Il frappa une seconde fois. Le monstre esquiva et réussit même à l'érafler. Mais Neko avait gagné un peu d'espace. Le temps que la bête s'approche, il eut sorti son arme.

L'insecte se rua sur lui. L'Arikasa Sunset était théoriquement moins puissant que le Kang de Striper, mais Neko utilisait des balles explosives. La chose arrivait. Il tira quasiment à bout portant.

Le choc le rejeta en arrière contre le mur et il s'écroula, couvert de lambeaux d'organes et de chitine.

Le corridor mit plusieurs minutes à s'arrêter de tourbillonner. Les morceaux épars de son ennemi gisait sur le sol. Neko aurait souri si l'alarme ne s'était soudain mise à hurler.

Les portes extérieures allaient se fermer. Sortir se révélerait difficile.

S'ils ressortaient.

Neko se retourna vers le corridor désert.

Striper n'était pas revenue.

*
* *

De la fenêtre du palace de Denver, Sato contemplait les montagnes lointaines.

— Je n'ai que peu de temps, monsieur Masamba, dit-il d'une voix glaciale.

Le magicien pâlit, mais son regard était résolu.

— C'est de la magie. De la magie très puissante, en train de se former.

— C'est l'affaire de votre département. Faites votre travail.

Masamba s'éclaircit la gorge.

— Je ne crois pas que ce soit une histoire qui intéresse Renraku, monsieur.

Sato leva un sourcil et se retourna. Les deux hommes se jaugèrent quelques instants du regard.

— Pas une histoire qui intéresse Renraku. Bien. De quoi s'agit-il ?

— Je ne sais pas exactement. De fortes interférences m'empêchent d'aller étudier le site en astral. Mais les forces bougent. Un rituel majeur se prépare, tout près d'ici.

— Qui me concernerait ?

— Je crois. J'ai détecté une trace de l'aura de ce chaman. Celui qui avait récupéré la pierre.

— Peux-tu ériger des défenses ?

— Donnez-moi du temps, des *nuyens*, quelques douzaines d'assistants et je vous protégerai contre une escadre de dragons.

Sato frissonna. La confrontation était proche. Il se tourna vers le samouraï qui assistait à la conversation, le regard indifférent.

— Akabo... Y a t-il eu récemment un assaut physique sur nos installations ?

— Rien de précis, répondit le samouraï. Le seul gros raid de la semaine dernière concernait les banques de données de Seretech.

— Sur nos intérêts ?

— Sinon je ne l'aurais pas mentionné. La formule biodynamique en était la cible.

— Ce n'est pas un hasard. Vous avez identifié le voleur ?

— Pas encore. L'intrusion a Hong Kong pour origine. Ohara le certifie.

— Nous en savons assez.

Le sérum était son projet. Et il savait qui avait organisé cette intrusion. Il n'en avait jamais parlé à Mère-Grand, mais Hong Kong ne pouvait être une coïncidence.

— Masamba, nous devons rechercher la cause de cette magie. Akabo, fais-le nécessaire pour préparer Crépuscule. Place également les unités locales de Samouraïs Rouges en alerte.

Masamba acquiesça, mais Akabo ne bougea pas d'un pouce.

— Est-il sage de mêler directement la compagnie à cette affaire ? demanda-t-il enfin.

Le ton de Sato se fit glacial :

— Doutes-tu de mes ordres ?

— *Iie, kansayaku*, répondit Akabo.

— Alors, obéis.

— *Ho, kansayaku*, dit-il en s'inclinant très bas.

Le corporatiste se tourna vers la fenêtre. C'était le moment de réfléchir. Il se gratta inconsciemment la poitrine.

La poussière tourbillonnait, créant des configurations complexes.

Une plume se détacha du bandeau d'un danseur.

Sam transforma la configuration, effaçant la poussière soulevée par sa trajectoire.

La plume flotta jusqu'au cercle, loin des pieds des danseurs.

La Danse continuait.

*
* *

La sécurité de Gaeatronics s'était tue. Les codes d'accès du sous-marin avaient été transmis. Les automates étaient prêts pour Noguchi, les systèmes périphériques de Han bloqués.

La phase suivante pouvait commencer.

Il y avait les manifestations physiques d'Arachné. Il y avait les manifestations astrales. Il y avait aussi le cyberspace.

Sam voulait détruire la Matrice de Mère-Grand.

Il était impossible d'effacer le réseau d'informations. Trop d'intervenants étaient des êtres de chair. Mais piéger les banques de données handicaperait beaucoup les serviteurs d'Arachné.

Dodger et Morgane volaient vers la toile de cristal.

Il ne s'agissait plus d'une simple visite. Ils se préparaient à piller des données d'une importance capitale. Mais Morgane était pur esprit et Dodger possédait maintenant des pouvoirs surpassant les capacités de n'importe quel decker. Tandis que l'elfe vérifiait la structure des fichiers, à la recherche des blocs clés, Morgane s'occupait des GLACES. Une purge totale aurait été par trop inélégante : ils n'élimineraient que les dossiers importants, semant d'autant plus de confusion chez l'ennemi. Comme cadeau d'adieu, ils abandonneraient des virus et des chevaux de Troie. Des bombes logicielles et quelques programmes de combat prendraient soin du reste des données.

Ce serait un joyeux bordel.

Dodger travaillait. A la limite de sa conscience, il sentit une présence, juste à l'extérieur du système de Mère-Grand.

Il l'ignora. Si la chose constituait une quelconque menace, Morgane s'en occuperait.

*

* *

Le voyage dans la roche était lent, car ce n'était pas sa terre.

Il était également fatigant, ce qu'Urdli attribuait à la présence d'Estios. La terre n'appréciait pas qu'un étranger se déplace en son sein. Forcer le passage était épuisant.

A mesure qu'ils approchaient de leur destination, les secousses augmentaient. L'odeur de la pierre n'était pas bonne. La région était souillée par un parfum qu'il ne connaissait que trop bien.

Peut-être le chaman Chien ne s'était-il pas trompé, après tout…

Leur progression fut soudain bloquée par un mur. Il n'y aurait pas dû y en avoir. Urdli focalisa sa force, sentit une source de puissance inattendue. Un rythme de danse, des bribes de chants résonnèrent dans son esprit. Puisant dans la force qu'on lui offrait, l'elfe balaya la barrière.

Ils pénétrèrent dans une caverne illuminée et Estios s'écroula. Urdli ne perdit pas de temps à s'occuper de lui. La bombe était là, dans son container de transport.

Mais ce n'était pas son premier sujet d'intérêt.

La chose qui se trouvait entre lui et le container était vêtue d'un patchwork coloré. Des bandes de métal et des colliers de vertèbres d'animaux décoraient ses membres et son cou. Urdli reconnut différentes matrices magiques communes aux cultures primitives humaines. Pourtant la chose n'avait rien d'humain. De grands poils noirs poussaient sur sa poitrine, des pustules déformaient le velouté de sa peau d'ébène. Deux paires de membres déformés pendaient de ses épaules, et son visage était caché par un masque de bois et de plume.

— Je te connais, elfe, dit la chose.

— Je te connais, Arachné.

Le masque tomba sur le sol dans un bruit sec. La chose sourit. Ses lèvres humaines s'écartèrent tandis que les mandibules déchiraient son visage.

— Comme tu le vois, elfe, tout ne se passe pas selon votre plan. Arachné est sage, et tôt ou tard, tu te feras prendre dans sa toile. Vos efforts sont voués à l'échec. Arachné est une bonne tisseuse. Je l'ai appris il y a longtemps, quand j'ai accepté son offre de puissance. Toi aussi maintenant, tu peux recevoir sa bénédiction. Il n'est pas trop tard pour la rejoindre.

— Ton chemin ne me tente pas.

Urdli tendit son bras. Le mana claqua en un éclair puissant, blanc à force d'intensité contenue.

Le chaman dévia l'éclair. Une toile pourpre en dévora l'énergie.

Un rire de fausset emplit la caverne. Le combat avait commencé.

*

* *

Esquivant le premier missile antiaérien, Willie

précipita son engin vers le sol. Hart et ses mercenaires étaient secoués dans leurs harnais, impuissants. L'interfacée inversa la poussée et passa les turbines en mode atterrissage. Les turbulences cessèrent. Le VTOL était dans l'œil du cyclone.

Sur les moniteurs, Hart voyait voler les débris, la poussière et les orks qui gardaient les murailles de Weberschloss.

Seule une interfacée pouvait réussir à poser le VTOL dans la cour de la forteresse. Willie coupa les moteurs et l'engin tomba comme une pierre. Une brusque poussée au dernier moment... et c'était fini. Pas un atterrissage en douceur, mais pas un crash non plus.

Hart et sa demi-douzaine de mercenaires se dégagèrent instantanément de leurs sièges. Le vent hurlait quand ils sortirent de l'engin. Georgie stoppa trois orks en pleine course et les mercenaires se déployèrent. Hart les suivait, en contact permanent avec Aleph. D'après ses informations, les Herbstgeist n'avaient pas de magiciens... Mais dans ce genre d'opération, on n'était jamais trop prudent.

Ils firent sauter les portes à la grenade et avancèrent méthodiquement, étape par étape. Une moitié de l'équipe prenait position, assurait le passage, puis faisait signe à la seconde moitié de foncer. Ils progressèrent ainsi par bonds jusqu'aux escaliers. Là, les cartes de Hart se révélèrent fausses. Des tunnels s'ouvraient où il devait y avoir des murs. Les sous-sols étaient en travaux et des machines-outils encombraient les couloirs, rendant la progression malaisée.

Le canal de communication de l'interfacée s'ouvrit :

— On a de la visite. Une troisième force. Ils sont au moins...

La transmission fut coupée.

Hart poussa ses mercenaires en avant, tentant d'ignorer l'inquiétude qui l'assaillait. Les elfes de Tir Tairngire les auraient-ils trahis ? Etaient-ils des agents d'Arachné ? Il fallait qu'ils atteignent les bombes et qu'ils finissent leur travail avant que les nouveaux arrivants s'interposent.

Vingt mètres plus loin, Hart localisa la planque et commença à travailler sur la porte blindée. Caliban n'avait pas été capable de lui donner la combinaison, mais il avait identifié le modèle. L'ouverture prit dix minutes. Moins qu'elle n'attendait, plus qu'elle n'espérait. Précautionneusement, elle se glissa à l'intérieur de la chambre forte.

On y voyait assez pour travailler. Ouvrant sa sacoche, Hart commença à répandre la poudre qu'elle avait conçue en suivant les spécifications de Sam.

— C'est le gros lot, dit Georgie avec un long sifflement.

Trop occupée à se rappeler le chant que lui avait enseigné Sam, elle n'entendit même pas le commentaire du mercenaire. Il fallait faire vite. La mystérieuse « troisième force » ne devait plus être loin.

Elle faillit ne pas entendre un faible sifflement, derrière elle.

Elle se retourna. Georgie était devant elle, son masque à oxygène et ses lunettes de vision nocturne lui donnant l'apparence d'un gros insecte.

Le sifflement sortait du cylindre qu'il tenait dans ses mains.

Hart eut le temps de lire l'inscription avant qu'il jette la bouteille à ses pieds.

Dexsarin - Neurotoxique - Aérosol.

39

Se lâchant les mains, les vieux chamans brisèrent le cercle.

Chantant, dansant, ils s'éloignaient vers le cercle extérieur. Leurs pieds fatigués traçaient les rayons de la roue de la Danse et la roue tournait autour d'eux.

Un premier danseur tituba, et un chaman portant une peau d'ours s'approcha de lui. Le danseur et le chaman se dirigèrent vers le pied de l'arbre. Les muscles douloureux, le danseur s'inclina devant Sam.

Sous l'arbre en fleur, Sam écarta les bras pour l'accueillir. Le danseur trembla une fois et tomba en avant, mort, son esprit libéré. Le mana submergea Sam. Tout son corps se crispa, puis il baissa la tête et pleura.

Mais déjà un autre danseur arrivait vers lui.

La Grande Danse Fantôme rassemblait ses forces.

*

* *

Neko ne pouvait s'en aller sans vérifier.

Il fallait qu'il soit sûr que ses arrières étaient protégés. Et même si leur association avait été courte, il devait venger Striper. Bien sûr, il avait également besoin de la sacoche qu'elle portait pour terminer la mission. Il s'approcha prudemment du coin. Un son faible et irrégulier résonnait dans le corridor. L'arme au poing, Neko bondit dans la pièce.

Il pensait voir des gardes victorieux et tomba nez à nez avec Striper, ramassant tranquillement le matériel des vaincus, la sacoche de cuir cognant sur sa hanche. Ses vêtements étaient en lambeaux. La jeune femme, indemne, était couverte de sang et de morceaux de chair.

Les gardes gisaient, morts, déchiquetés. Nul couteau, nul sabre, nul dard n'était capable d'un tel carnage.

Magie…

Dans l'absolu, Neko préférait éviter les magiciens. Mais il se sentit soudain heureux qu'elle soit de son côté...

Secouant la tête, il se libéra de la fascination hypnotique des corps. Striper l'observait. Son visage était étrange, presque inhumain. L'effet sans doute de ses peintures de guerre, ces curieuses rayures qui lui avaient donné son surnom. La lumière froide des appliques plongeait les yeux de la jeune femme dans l'ombre.

Elle esquissa un sourire. Etait-ce du sang sur ses lèvres ? Une étincelle se réfléchit dans ses yeux.

Neko n'avait jamais cru aux démons, mais il était tout prêt à reconsidérer sa position.

— Nous avons du travail, souffla-t-elle doucement.

Elle fila et il pressa le pas pour la rejoindre. Il lui faisait confiance pour repérer toute opposition éventuelle. Il se mordit les lèvres. Il lui faisait *confiance* ? Ne l'avait-elle pas ensorcelé, d'une manière ou d'une autre ?

Il se posait toujours la question quand ils parvinrent aux silos.

En rangs serrés, les grands cylindres abritaient les missiles longue portée. Une forêt technologique pour un verger de mort. L'ancienne terreur qui avait hanté des générations se terrait là, au milieu du silence. Neko ne connaissait pas les raisons qui poussaient l'elfe américain et ses partenaires à neutraliser cette abomination, mais peu importait. Il approuvait leur démarche.

— Comme tu dis, nous avons du travail, dit-il, désignant la sacoche de cuir.

De la main gauche, Striper empoigna son Kang, de l'autre, elle piocha dans la sacoche et sortit une poignée de poudre ocre.

Du sable ? Neko n'en croyait pas ses yeux. Qu'est-ce que c'était que ces bêtises ? Il s'était fait manipuler par des malades mentaux ?

Striper lança la poudre en l'air et l'incrédulité de

Neko s'évanouit. La poussière en suspension s'illumina tel un feu d'artifice, se propageant à travers tout les silos comme une chevelure de comète.

Neko se retourna. Striper était aussi étonnée que lui.

*
* *

Un autre danseur approcha de Sam.

Il savait comment accueillir son sacrifice, mais la charge n'en était pas moins lourde. L'esprit cristallin s'envola, augmentant le pouvoir de la Danse.

A des kilomètres de là, la poussière s'enflamma, tourbillonna dans les airs et le feu se propagea à travers une forêt de géants endormis.

Chaque Léviathan fut couvert de l'énergie de la Danse.

Ce qui avait été n'était plus.

L'espoir renaissait.

*
* *

La bataille faisait rage.

Dans un sous-marin, les distances étaient courtes. Trop souvent, ils avaient été contraints de combattre au corps à corps.

Ils avaient perdu Long Run et Fast Stag avant de comprendre la nature du danger émanant des hommes-insectes. Les balles n'avaient aucun effet. Janice attribuait ce phénomène à la présence astrale d'Arachné au-dessus d'eux.

Considérant l'efficacité réduite des armes, Sally Tsung et Janice restaient les deux attaquants les plus efficaces. Heureusement, les hommes d'Arachné ne faisaient que des raids, se retirant aussitôt les coups portés.

La dernière attaque avait été meurtrière.

Janice n'était pas touchée gravement, et ses plaies se refermaient déjà. Fantôme paraissait invulnérable. Mais Kham et Parker étaient tous deux blessés. Sally avait pris un éclair magique et Janice avait tout juste eu le temps de détourner les flots de mana avant que l'énergie la consume. Pleine de bleus, saignant du nez et des oreilles, Tsung n'était pas en état de résister à une nouvelle attaque.

Mais ils avaient atteint les tubes.

Les insectes semblaient reconsidérer leur stratégie. Avec un magicien actif dans leurs rangs, la trêve ne serait pas longue. De son bras cybernétique, Kham tapotait les missiles.

— Et pourquoi on ne retire pas les détonateurs pour partir avec ?

— Le poids ralentirait notre fuite, répondit Fantôme.

— De toute façon, on est mal barrés, cracha Kham. Faut pas rester coincés là. Ils se regroupent pour nous rentrer dedans.

Comme pour confirmer ses dires, les raclements se précipitèrent. Les shadowrunners s'accroupirent et pointèrent leurs armes. Janice analysait soigneusement les bruits. Non, il ne s'agissait pas d'une nouvelle attaque.

— On est foutus, Fantôme, jura Kham. Foutus !

— Ils ne sont pas encore là, répondit l'Indien. Nous pouvons lancer le sort. (Il s'approcha du poste de contrôle et leva les yeux.) Est-ce que Rabo est capable d'amener le *Searaven* jusqu'à cette écoutille de maintenance ?

— Ouais, mais ça prendra du temps, grogna Kham. Et on n'en a pas.

— Eh bien pour en gagner, dis-lui au moins de le faire, intervint Janice, que les jérémiades de l'ork commençait à agacer.

— Ne donne pas d'ordres, boule de poils.

— Fais-le, c'est tout, murmura Tsung.

L'ork râla pour la forme mais transmit les ordres à Rabo. Les deux orks échangèrent quelques injures. Kham mit fin à la conversation avec sa diplomatie habituelle :

— Fais-le. Point.

Il sauta sur la passerelle.

— Préparons le sort et tirons-nous, dit Tsung. Nous recommencerons un autre jour.

— D'accord, approuva Kham.

— Il n'y aura pas d'autre jour, soupira Fantôme. La magie doit agir ce soir.

— Depuis quand es-tu un expert ? railla Tsung.

— Il a raison, dit Janice, soupesant la sacoche. Si le sort est perturbé avant la bonne phase de la Danse, tout ceci n'aura servi à rien.

— Et on va l'attendre combien de temps, cette phase ? grogna Kham.

— Trop longtemps, sans doute, répondit Janice.

— J'ai pas signé pour une mission suicide ! J'ai une femme et des gosses. Ils ne s'en sortiront pas sans moi. Vous savez ce qui arrive aux enfants orks qui n'ont pas de père ?

Fantôme ouvrit la bouche pour dire quelque chose ; il se retint.

Janice hésita. Curieusement, jamais elle n'avait pensé que l'ork puisse avoir une famille. Kham était réellement inquiet pour eux. La jeune femme savait ce qu'on éprouvait dans la peau d'un ork ; elle vit Kham sous un autre angle.

Les frottements se faisaient plus proches, mais les insectes n'attaquaient pas. En chantant, Janice et Fantôme dispersèrent la poudre. Quelques minutes plus tard, la coque résonna. Le *Searaven* s'amarrait à l'écoutille du *Wichita*.

— Ils ont dû entendre ça, souffla Parker.

— Il a réussi, dit Kham. Mais si on ne se tire pas tout de suite, ça ne servira à rien !

— Dis à Rabo de ne pas ouvrir l'écoutille à moins d'être sûr qu'il s'agit bien de l'un d'entre nous.

— Mais il n'y aura plus personne ! On reste là à attendre que ces saloperies viennent nous désosser. Elle vient quand, ta magie ?

— Les insectes ont peut-être attendu trop longtemps, dit Janice en se redressant. La Danse va agir bientôt. Certains d'entre nous pourraient remonter dès maintenant dans le *Searaven*. Si nous n'arrivons pas à tenir, il y aura quelques survivants…

Fantôme approuva :

— J'ai connu de meilleurs plans, mais on n'a pas le temps de discuter. Les blessés ne serviront à rien dans la bataille. Qu'ils montent tout de suite.

— Tu joues au héros, l'Indien ? dit Sally en se forçant à se lever.

— Monte, Sally. Nous n'avons pas le temps.

— Est-ce qu'on l'a eu un jour ? (Elle chercha son regard et l'embrassa.) Cinglé d'Indien.

Elle grimpa l'échelle et se glissa dans le *Searaven*.

Kham montra l'échelle à Parker :

— Allez magne-toi ! Go ! Go ! Go !

Le pied posé sur le premier barreau, il laissa le deuxième ork grimper. Parker franchit l'écoutille. L'échelle était libre… Kham hésita, puis évitant le regard de Janice et de Fantôme, il reposa le pied par terre. Lentement, il engagea un nouveau chargeur dans son AK97. Janice sentait sa peur. Mais il restait.

— Pourquoi ? demanda-t-elle.

— C'est dur de grandir sans père, répondit-il sans la regarder. Mais c'est toujours mieux que de ne pas grandir.

— Tu es blessé, dit Fantôme. Tu ne pourras pas te battre.

— Les orks sont durs, cracha Kham.

— Mais ils saignent et meurent comme les hommes, dit Janice. Vous n'avez besoin de rester ni l'un ni l'autre. Je les retiendrai le temps qu'il faudra.

— Je reste, dit Fantôme.

— Non, Loup, dit Janice, secouant la tête. Pars avec Kham. Tu trouveras d'autres proies. Il y a un Chien sur qui il faut veiller.

— Il ne voudra pas me revoir sans toi.

Fantôme avait peut-être raison. Elle imagina la tête que ferait Sam en le voyant rentrer sans elle. Elle avait été tellement égoïste. Avait-elle oublié ce que c'était d'être humain ?

— Il ne voudrait pas que tu te sacrifies, Fantôme.

— Toi non plus, répondit l'Indien. Il veut que tu deviennes meilleure.

— Je suis *déjà* meilleure, dit-elle en riant. Et je suis *largement* meilleure que toi pour combattre ces insectes. Leurs griffes ne me font presque rien et ma magie les blesse nettement plus que tes balles. Pars, Loup. Pars pendant qu'il est encore temps.

Il se regardèrent pendant une éternité, puis Fantôme baissa la tête :

— Je chanterai pour toi, chaman.

Kham et Fantôme grimpèrent dans le *Searaven*. Janice bloqua l'écoutille du *Wichita*, puis agrippa la roue des deux mains et l'arracha. Les insectes ne seraient pas près de passer par là.

Un fluctuation du mana la prévint de l'assaut. Les insectoïdes sentaient leurs proies s'échapper. Ils attaquèrent des deux côtés - c'était leur plan - mais elle était prête. Des éclairs de mana éventrèrent les meneurs tandis que les sorts de leurs magiciens s'écrasaient contre ses défenses. Janice chercha au profond d'elle-même, prit le mana dans ses mains, hurlant son défi à Arachné.

C'était le moment.

Loup est toujours vainqueur, sauf lors de son dernier combat.

*
* *

La prochaine danseuse à venir devant l'arbre fut Loutre Grise.

Les larmes coulaient le long des joues de Sam, mais la puissance de la Danse se renforçait. Un autre danseur. Puis un autre.

La Danse consuma une autre partie de la menace.

Le monde se rassurait.

*
* *

Hart connaissait les effets du Dexsarin.

Elle se jeta sur Georgie. Le traître n'avait pas prévu une réaction si rapide, et il leva son arme quelques dixièmes de seconde trop tard. La première balle frappa Hart sur le côté. Le pare-balles la protégea, mais l'impact la déséquilibra et elle s'écrasa sur l'épaule du mercenaire. Ils tombèrent. En un instant, elle fut sur lui. Si elle devait mourir, il viendrait avec elle...

Le neurotoxique tourbillonnait autour d'eux. Le cri d'Aleph résonna dans la tête de Hart, la prévenant que la magie les entourait.

La tempête se leva, étourdissante, fouettant les deux combattants. *Impossible...*

Georgie perdit son masque dans le combat. Ses yeux s'exorbitèrent de terreur.

Il connaissait également les effets du Dexsarin.

Les éléments se déchaînèrent. Les vapeurs bilieuses

tourbillonnèrent, se réunirent tels des tentacules ocre et s'enveloppèrent autour du visage de Georgie. Le mercenaire ferma la bouche mais Hart la lui rouvrit de force en lui cassant les dents d'un coup de coude. Georgie hurla, cherchant de l'air, et avala le gaz. Alors, il sut qu'il allait mourir.

Hart bondit loin de lui. La minuscule tornade s'intensifia, éliminant les dernières traces de gaz, puis mourut.

L'elfe regarda le tourbillon disparaître, incrédule. *Elle n'était pas morte...* Mais elle n'était pas sauvée pour autant.

Des coups de feu résonnèrent à l'extérieur de la chambre forte. Hart se dirigea vers la porte et resta glacée d'horreur. Sam l'avait prévenue, mais l'abomination de ces créatures mi-insectes, mi-humaines s'abattant sur les mercenaires dépassait l'imagination. Avant qu'elle ne puisse structurer un sort, trois des hommes étaient tombés. D'un éclair, elle déchira l'un des monstres, sauvant Julio d'une première attaque. Le spécialiste radio fut étripé la seconde d'après par un autre monstre.

Trop nombreux... Hart appela Aleph afin qu'il joigne son pouvoir au sien. Elle sentit le flux de mana la submerger et elle entreprit de former le sort le plus puissant qu'elle pouvait canaliser. Quelques secondes passèrent. Soudain, l'elfe mesura la force du pouvoir qu'elle manipulait. La magie la plus puissante qu'elle n'ait jamais vue. Plus puissante que celle d'un dragon. Peut-être trop puissante pour elle. Mais elle n'avait pas le choix.

Le dernier mercenaire s'écroula et les insectes se précipitèrent. Hart tendit les bras, laissant le mana couler en elle. Le monde devint blanc et elle sentit les choses hurler et se carboniser. Le plus grand insecte avançait dans sa direction, trébuchant. Sa carapace brûlait, il hurlait de douleur, mourait mais voulait emporter Hart avec lui. Les griffes frappèrent, déchi-

rant l'armure, déchirant la chair. Puis la bête tomba.
Hart était brisée.
Le mana avait coulé dans ses veines et elle avait senti l'essence de Sam dans le flux d'énergie. Il était aussi grand qu'une montagne, empli du pouvoir d'un dieu. Il dansait avec Chien et faisait ce qui devait être fait.
Il était magnifique.
Mais il avait besoin d'elle.
Elle s'évanouit trois fois avant de pouvoir ouvrir la sacoche, une fois encore avant de sortir la poudre. Ses doigts engourdis réussirent à éparpiller la poussière. Le sac lui échappa des mains et la poussière s'illumina.
C'était fini.
Elle s'enfonça dans les ténèbres.

40

Un jeune Indien à la coiffe d'aigle s'écroula devant Sam.
Puis il se releva péniblement et posa ses mains sur le front du chaman, les passa sur son visage et sur sa poitrine, les écarta le long de ses bras.
— Viens à nous, Chien. Tourne-toi vers le pays des hommes. Nous avons répondu à ton appel, réponds au nôtre. Protège-nous de nos ennemis. Précipite sur eux le pouvoir de la Danse. Car ce sont tes ennemis.
— Que veux-tu dire ? souffla Sam.
— Je vais te montrer.
L'Indien écarta les bras : ils étaient couverts de plumes d'or. Dans ses yeux, Sam vit la menace qui volait vers eux, les ailes tournoyantes.

*
* *

Les hélicoptères des Samouraïs Rouges s'étaient élevés sous le regard de Sato. Aucune précaution ne pouvant garantir sa sécurité, le corporatiste avait décidé de rester au pied de la montagne.

Un par un, dans un bourdonnement mortel, les engins se précipitèrent vers la vallée.

Après l'échec de la reconnaissance astrale de Masamba, Hohiro Sato avait ordonné une recherche à partir des photos satellites. Les résultats avaient été décevants. Les infrarouges confirmaient la présence de nombreuses personnes dans la vallée, l'absence de véhicules, mais rien d'autre. Celui qui pratiquait le rituel était assez puissant pour aveugler les senseurs du satellite. Aller voir sur place, physiquement, était le dernier recours.

Un seul hélico aurait été suffisant pour une mission de reconnaissance, mais Sato voulait être capable d'intervenir instantanément. Deux hélicoptères de combat Ares Firedrake accompagnaient les trois hélicoptères multirôles Boeing Griffin. La puissance de feu était satisfaisante. En cas de défense magique, Masamba interviendrait. Installé à quelques mètres de Sato, le mage déballait son petit matériel. La proximité du lieu du rituel augmenterait la puissance de sa magie.

Le site une fois pacifié, Sato et ses assistants embarqueraient à bord du quatrième Griffin et rejoindraient les Samouraïs afin de constater la victoire…

Sato serra les poings. Il voulait savoir ce qui se tramait dans cette vallée. Et il voulait le savoir vite.

Il n'eut pas longtemps à attendre.

Le ciel s'obscurcit d'un coup, prenant une teinte verdâtre. L'air s'immobilisa et se chargea d'électricité. Les hélicoptères fonçaient sur les nuages.

Avec un rugissement qui couvrit le vrombissement

des rotors, le vent se mit à souffler. Des éclairs percèrent le front orageux, plus près, toujours plus près. Les hélicoptères brisèrent leur formation… Trop tard. Le tourbillon les happa et les précipita au sol. Sato regarda les explosions, incrédule.

— Mais fais quelque chose ! cria-t-il à Masemba.

Le visage du mage était grisâtre.

— Je ne peux pas. C'est trop fort.

Sato lui flanqua un coup de pied rageur. Le mage s'écroula. L'opale de feu roula aux pieds de Sato. La pierre miroitait sur le sol en un arc-en-ciel féerique, qui l'appelait.

Le joyau était la véritable source de mana. Qui avait besoin d'un mage ?

Sato se baissa, tendit la main vers la pierre… En la touchant, il sut que c'était la dernière erreur qu'il commettait dans sa guerre contre Mère-Grand.

— Crépuscule ! eut-il le temps de hurler avant que la douleur l'écrase.

Elle le paierait. Même s'il n'était plus là pour le voir, elle le paierait. Akabo courait déjà vers le Griffin pour transmettre les ordres.

Sato se transformait. Ses épaules et son torse se déchirèrent, laissant la place aux bras de l'avatar. Ce qui était douleur devint plaisir et il hurla à nouveau. Il s'était trompé. Il avait été sienne dès le premier jour. Il n'y avait jamais eu d'espoir. Arachné entra dans son esprit et en réclama les derniers vestiges ; la joie le submergea.

Masamba recula, horrifié. Il ne s'était jamais aperçu de rien, malgré tous les indices… Comme il avait été aveugle ! Presque aussi aveugle que Sato…

Mais Sato/Arachné n'était pas aveugle. Il/elle avait huit yeux pour voir le monde dans ses manifestations astrale et physiques.

Le mage disparut à la vue de tous…, sauf de Sato/Arachné. Il/elle regarda l'homme s'enfuir. Il était inutile dans le conflit à venir. Plus tard, il/elle s'occuperait de lui.

Mais d'abord, il/elle allait s'occuper de Verner.

Sato/Arachné leva ses yeux vers la tempête qui approchait. Se campant fermement sur ses jambes, l'avatar écarta ses six bras. La partie Sato du couple riait hystériquement devant le déferlement de puissance. L'autre partie, dominante, connaissait depuis longtemps la sensation. Depuis très longtemps.

Des éclairs pourpres jaillirent de ses membres. Sato/Arachné grimaça. Ses mains et ses griffes tissaient une complexe tapisserie de fils de mana, étouffant le vent.

Le calme revint sur la vallée.

*

* *

Les danseurs tournaient et tombaient de plus en plus vite. L'arbre de vie brillait dans la nuit. Sam chantait plus fort, et les danseurs suivaient le chant, rassemblant leurs voix tremblantes pour partager leurs forces. Les étoiles disparurent derrière les nuages.

Un par un, les danseurs se présentaient à lui. Un par un, il les acceptait. La Danse n'était pas finie.

Les éclairs zébraient le ciel.

Janice se tenait devant lui. Toutes les Janice. La petite fille qu'il avait protégée durant la Nuit de la Fureur, la jeune femme souriante, l'orke qu'il n'avait jamais connue et la créature couverte de fourrure blanche. Toutes, ensemble, devant lui. Elle s'agenouilla et posa ses mains sur le front de Sam, les passa sur son visage et sur sa poitrine avant de les écarter le long de ses bras.

Sam avait les yeux brouillés par les larmes.

— Je t'appelle, Chien. Tourne-toi vers moi.

— Oui. Après la Danse.

— Regarde la vérité en face, Sam, dit-elle en souriant tristement.

— Non ! Ce n'est pas juste !

— Ce n'est pas juste, mais c'est mon don. Tu sais qu'il n'y a pas d'autre solution.

— Tu mérites mieux.

— Ce n'est pas à toi, ou à moi, d'en décider. La Danse ne profitera à personne... mais elle peut rectifier les erreurs. Ecoute-moi, Chien. Danse les pas qui libéreront mon âme. Précipite-moi sur le traître qui a rejoint la cause de notre ennemi, pour qu'il ne puisse plus jamais nuire.

— Je ne peux pas.

— Tu le dois !

Sam tressaillit. Sa faiblesse secouait la fragile structure de la Danse. Sa magie était fondée sur la foi, la conviction et le sacrifice. Il avait déjà accompli tellement.

Combien d'âmes allait-il devoir encore prendre ?

Comment pouvait-il absorber celle de sa sœur ?

A l'extrême limite de sa conscience, il entendit quelque chose. Inu aboyait dans sa tête pour attirer son attention. Il projeta sa vision et vit la sinistre présence, au bord de la Danse. Par sa faute, ils risquaient de tout perdre. Sa faiblesse pouvait faire échouer le rituel.

Il regarda à nouveau sa sœur, la mâchoire tremblante. Essuyant une larme, elle lui caressa doucement la joue.

— C'est la seule solution, Sam. La seule solution pour sauver mon âme.

Il prit sa main et la porta à ses lèvres. Elle était chaude et froide à la fois. Il l'embrassa, mais il avait trop peur et trop mal pour la regarder à nouveau.

— Va.

Elle disparut et il hurla sa douleur vers le ciel.

*
* *

Les plans physique et astral s'étendaient devant Sato/Arachné, esprits et sorts aussi visibles que les rochers ou les animaux. Il/elle vit la forme brillante qui surgit du cœur de la tempête, fonçant vers eux. La partie qui était Sato reconnut la femme et l'orke. La vieille arachnide avait déjà étudié le wendigo à travers le regard de ses serviteurs.

Janice s'immobilisa et observa les deux êtres qui se tenaient devant elle.

— Un même mal dans un même corps. Comment trouves-tu ton nouvel aspect, Sato ? Je t'ai haï, tu sais. Mais j'ai eu tort. Ma métamorphose - ton travail - n'était pas une réussite. Tu es aussi mauvais en affaires qu'en création d'orks.

— Tu te trompes, Janice Verner, dit la voix d'Arachné.

— Le sérum était parfait, dit la voix de Sato. Ta transformation également. Inscrite au plus profonde de tes gènes, depuis ta naissance...

— Je ne construis pas sur du sable, reprit la voix de l'arachnide.

— Mais tu mens tellement mal, Arachné, répondit suavement Janice. Et toi encore plus mal, Sato-*san*. Tu mens aussi mal que tu choisis tes amis. Regarde ce qu'a fait ton alliée Arachné. Tu l'as accueillie en toi de ton plein gré, et maintenant ton âme est perdue...

Janice s'avança ; la partie qui était Sato trembla mais la plus grande ne fit que rire.

— Tu n'as pas le pouvoir de me vaincre.

— Moi ? demanda Janice. Bien sûr que non. Mais je ne suis plus seule. J'ai retrouvé ma famille...

Elle étreignit Sato/Arachné et il/elle hurla à son contact. Arachné fuit, laissant son instrument derrière elle. Sous la puissance de Janice, Sato se replia, se consuma, se fondit dans le totem avec lequel il avait brièvement partagé son âme. Sa mémoire, son identité s'évanouirent et il se transforma en une véritable araignée, vide de l'humanité qu'il avait abandonnée il y a si longtemps.

La petite araignée tenta de s'esquiver mais la jeune femme l'écrasa d'un coup de talon.

Janice se laissa enfin aller.

*
* *

— Dieu t'accueille en Lui, dit Sam.

*
* *

Urdli contempla la forme brisée de l'avatar. La chose avait fait une erreur. Une seule. Elle s'était déconcentrée.

L'éclair de mana l'avait foudroyée, mais pas tuée.

La diversion s'était révélée suffisante. Urdli avait fait fondre la roche et englué l'avatar dans la pierre liquide. La chose n'avait pu éviter la charge d'Estios.

L'attaque physique avait laissé à Urdli le temps de porter le coup de grâce. Le sort déchira le corps de l'avatar comme une feuille de papier.

— Impressionnant, haleta Estios, se redressant sur un coude. (L'elfe était gravement blessé, mais la détermination se lisait dans son regard.) Aidez-moi à me relever. Je vais préparer la bombe pour la Danse.

— Non, répondit Urdli.

— Comment non ?

La confusion envahit le visage d'Estios, et Urdli sourit.

— Elle est trop utile, dit-il, caressant l'enveloppe de l'arme. Le détonateur est actif, le matériel fissible est pur. Ne comprends-tu pas ? Cette bombe fonctionne.

— Bien sûr. (Estios toussa, sa gorge émettant des gémissements rauques.) C'est pour cela que nous sommes là pour la détruire.

— Pas « nous ».

— Nous devons la détruire.

— Je le répète, pas « nous ».

— Je ne peux pas vous laisser faire.

— Ainsi j'avais raison, sourit Urdli. Laverty me faisait surveiller.

— Oui..., et alors ? Ce n'est pas cela qui me pousse à vous arrêter. (Estios fit un faible mouvement vers la bombe.) De tels engins n'appartiennent pas à notre monde.

— Veux-tu donc mourir ?

Estios essaya de rire, mais il ne fit que cracher du sang.

— Je n'ai pas peur de mourir si ma mort est utile.

— Elle ne le sera pas.

— Faux, dit Estios avec un étrange sourire.

Il écarta les bras et Urdli sentit les courants de mana converger vers lui. Cette magie lui était familière. Estios puisait dans la source qu'il avait utilisée pour détruire la barrière.

Une telle puissance était dangereuse. Urdli dressa ses défenses et lança une violente contre-attaque sur Estios.

Le sort rebondit sur le mur vibrant qui entourait le jeune elfe. Urdli recula devant la lumière et la chaleur qu'irradiait le jeune homme. Avec une telle force, Estios allait abattre ses défenses comme un fétu de paille. La puissance du sort serait colossale ; Urdli serait désintégré. Si tel était son destin, ainsi soit-il. Il se raidit, déterminé à mourir vaillamment.

Estios sortit une sacoche et lança la poudre. Il se releva pesamment. Des vagues d'énergie déferlèrent dans la caverne. Urdli ferma les yeux.

Ce ne fut pas lui que la magie frappa, mais la bombe. Telle une seconde peau, la poussière recouvrit l'arme. La bombe devint à tout jamais inerte.

Estios s'affaissa dans un dernier souffle. Les ténèbres et le silence envahirent la caverne.

Seul résonnèrent les cris de rage d'Urdli.

41

Avec un hurlement à glacer le sang, la présence qui flottait près de la Matrice de Mère-Grand bondit.

Les mains pleines de données, Dodger s'immobilisa. Une vague pourpre déferla sur les ténèbres du cyber-space. Trois icônes chargèrent. Des samouraïs, le sabre à la main, arborant le bandeau des kamikazes. Ils avancèrent brutalement, ferraillant à travers les icônes et les transferts de données.

Morgane fit face aux nouveaux venus. Un samouraï se tourna vers elle. Stoppant son attaque sur le système, il leva son sabre et chargea. D'un geste fluide, elle tenta de l'envelopper dans sa cape. Rien ne se passa. Le sabre du samouraï pénétra le tissu électronique avec un son aigu de larsen.

En quelques nanosecondes, Morgane en fut au corps à corps.

Le second samouraï partit aider son partenaire. Dodger se dressait sur son chemin. D'un geste sec de la main, le guerrier l'écarta.

Sous la violence du choc, la tête de l'elfe se mit à sonner. Aveuglé par des millions de couleurs, il tenta en vain de reprendre ses esprits. Morgane avait besoin de lui, et il était impuissant. Au prix d'un effort surhumain, il fit un pas en avant. Sa vision s'éclaircit. Teresa évitait un coup de sabre... Non, pas Teresa, Morgane. Devant lui, le combat était un duel de programmes interactifs filant à une vitesse de traitement étourdissante.

Il était une fourmi parmi des géants. Il était fait de chair et ne pouvait égaler les merveilles technologiques qui s'affrontaient autour de lui. Il ne savait même pas quel programme de combat le samouraï avait employé. Ses pensées tourbillonnaient. Un autre samouraï, un autre sabre... Ce jour-là, elle lui avait sauvé la vie. Il avait peur, il avait mal et il ne pouvait rien faire. En lui, une digue craqua.

Les souvenirs le submergèrent.

Un jour, déjà, son destin s'était trouvé entre les mains de celle qu'il aimait, et il avait été incapable d'intervenir. Mais dans la Matrice, il était Dodger, magicien et maître du combat. Les icônes entremêlées se déplacèrent vers lui. Il avança, tenta de s'interposer, mais la bataille passa devant lui à une vitesse fantastique et il resta seul.

Sous les assauts du troisième samouraï et les effets secondaires du duel, le système était en train de se planter. Un des deckers de Mère-Grand se matérialisa soudain. Dodger reconnut l'araignée de chrome de l'icône de Teknarakne. Il le côtoyait depuis des années. Ils s'étaient même rencontrés dans les salons virtuels du club *Syberspace*. Jamais l'elfe n'avait deviné qu'il pouvait être un agent d'Arachné. Son icône et son nom n'avaient pas été choisis au hasard...

L'araignée de chrome avança vers le samouraï. Dans ses pattes se tissait la délicate toile de cristal d'un programme de capture. Sans se retourner, le guerrier frappa derrière lui. La lame brillante trancha les pattes au niveau de la première articulation. Faisant volte-face, le samouraï enfonça le sabre dans la tête de l'araignée. Au point d'impact, le chrome vira au noir dans un déluge d'étincelles. Suivant un puzzle complexe, les ténèbres se propagèrent sur le corps et l'icône se brisa.

Avant que les derniers fragments disparaissent, le samouraï reprit son travail de destruction du système.

Teknarakne était un des meilleurs deckers sur le marché, et il avait réussi son effet de surprise. Pourtant, le samouraï ne lui avait laissé aucune chance. Dodger aurait cru que seule Morgane avait une telle maîtrise de la Matrice.

Quel programme pouvait réagir avec autant de vitesse et d'efficacité ?

— C'est un Automate Semi-autonome, répondit la voix de Morgane.

Elle semblait essoufflée. Dodger s'inquiéta. Jamais il ne l'avait vue forcer.

— Ils sont trop puissants...

— Ils sont plus avancés que je l'avais prévu.

— Prévu ? demanda Dodger. Tu savais qu'ils attaqueraient ?

— Oui. Ils sont ce que j'étais.

— Ce sont des IA ?

— Pas dans le sens où tu l'entends. Ce sont des systèmes experts dotés de fonctions limitées, mais conçus afin de pouvoir prendre des décisions dans le cadre d'objectifs désignés. Ils affichent une certaine intelligence. (Elle se tut, évitant l'attaque coordonnée des deux samouraïs.) Ils peuvent également simuler l'apprentissage.

— Puis-je t'aider ?

— C'est trop dangereux pour toi.

Qu'elle ait tort ou raison, il était hors de question qu'il reste immobile en regardant les AS l'éliminer. Les samouraïs la forçaient à reculer. L'elfe fit un pas en avant et se précipita la tête la première contre un mur. Un mur érigé par Morgane.

— Laisse-moi passer ! Tu as besoin d'aide.

— Je n'ai aucune envie d'observer ta destruction.

— Tu es en train d'utiliser le temps-machine dont tu as besoin !

— Il y a une probabilité grandissante d'exactitude dans cette observation. Mais sans certitude, je t'empêcherai de t'exposer.

— Morgane, ces monstres vont t'assassiner !

— La mort n'existe pas pour moi.

— O.K. ! Le crash, alors, hurla Dodger. Je ne te laisserai pas mourir parce que tu essayes de me retenir…

Le sabre trancha le bras droit de Morgane. Au grand soulagement de Dodger, son icône ne se désagrégea pas. Mais elle était blessée. Le second AS s'approchait… Elle frappa, recula. Sur le guerrier, des pièces d'armure tombèrent et s'évaporèrent. Elle était lente, trop lente.

— Morgane ! Je promets de ne pas intervenir ! Annule le mur !

— Affirmatif, répondit-elle d'une voix fatiguée.

Le mur disparut. Son icône accéléra en conséquence. Elle frappa une fois encore et d'autres pièces d'armure tombèrent. Elle n'avait pas eu besoin de feinter. Le guerrier était affaibli ; elle porta le coup de grâce.

Contre un seul samouraï, l'issue du combat ne faisait plus de doute. Elle laissa approcher l'AS, l'enveloppa de sa cape… Quand elle la souleva, il avait disparu.

Elle se rapprocha de Dodger. Côte à côte, ils contemplèrent le troisième AS occupé à ravager le système de Mère-Grand. Deux autres deckers tentèrent de s'interposer mais disparurent aussitôt. Dodger hésita.

— Ne devrions-nous pas l'arrêter ?

— Pourquoi ? Ces AS sont programmés pour détruire le système de Mère-Grand. Le nom de code du programme est Crépuscule. Cet AS remplit la tâche qui nous a été confiée par Samuel Verner/Sam/Twist. Les autres m'ont attaquée en suivant un jeu d'instructions secondaires.

Dodger regarda le samouraï continuer sa destruction. L'AS travaillait avec une douceur inhumaine qui le dérangeait. Et le calme de Morgane le dérangeait presque autant.

— Comment sais-tu tant de choses sur eux ? Tu ne m'en avais jamais parlé.

— Les AS sont comme moi. Sans un facteur aléatoire à un point crucial de ma programmation, je ne me serais pas développée ainsi.

Sans savoir pourquoi, le decker sentit un froid glacial l'envahir.

— Tu veux dire que tu n'es qu'une AS..., que c'est par chance que tu es devenue consciente ?

— La chance est un élément qui intervient dans toutes les existences. Pour moi, ce fut l'intrusion de Samuel Verner/Sam/Twist et de toi-même dans la Matrice de Renraku. Vous êtes, en quelque sorte, mes parents.

— Hein ?

42

Le danseurs évoluaient sur quatre jambes. Chaque jambe était indispensable aux autres et elles étaient toutes liées.

La première jambe était le sacrifice.

A chaque danseur qui tombait, Sam ressentait une perte et un gain. En parlant avec Coyote Hurlant, il n'avait pas vraiment compris ce que mener la Danse voulait dire. Maintenant, il savait.

Coyote Hurlant lui avait confié que les sacrifices étaient l'essence de la Grande Danse Fantôme. Sam avait cru comprendre. Il s'était préparé à payer le prix, à donner sa propre vie pour accomplir sa tâche.

La seconde jambe était la foi.

Sans une confiance aveugle en l'efficacité de la magie, la Danse n'aurait pas d'effet. Mais Sam n'avait aucun doute. Le pouvoir qui courait en lui ne pouvait être dénié.

La troisième jambe était l'harmonie.

En admettant sa vraie nature, Sam l'avait compris. L'harmonie était indispensable à la plus puissante des magies. Car la plus grande des magies restaurait l'ordre naturel.

La quatrième et dernière jambe était la vertu.

La magie de la Grande Danse ne pouvait être utilisée que pour une bonne cause. Y en avait-il une meilleure que celle d'aujourd'hui ? Malgré ses défauts, le Sixième Monde devait survivre. Sam en acceptait le prix.

Il avait commencé cette quête pour sauver sa sœur et, d'une certaine façon, il avait réussi. Mais elle s'était sauvée elle-même.

Sam avait accepté le sacrifice de Janice. Il s'en était servi comme d'un focus, pour que la magie élimine un aspect du Mal à travers elle. Que le bras détruit soit celui qui avait nui à Janice n'était pas un acte de vengeance, mais de justice. Et Sam avait senti l'âme de sa sœur, libérée de l'enveloppe torturée qui l'emprisonnait, monter émerveillée vers *ailleurs*.

Le don d'une vie pour une cause juste était l'essence même de la magie. En tant que meneur de la Danse, Sam recevait et modelait le mana issu de chaque sacrifice. Car le mana ne pouvait pas être prélevé. Il ne pouvait être qu'offert. Comme le faisaient les danseurs.

Leur sacrifice ne serait pas vain. Chaque âme s'unissait à celle de Sam par de mystérieux et imperceptibles liens. Jamais il ne pourrait oublier un des êtres morts aujourd'hui. Même Estios. Car malgré son arrogance, l'elfe s'était battu pour rendre le monde meilleur.

Sam élargit sa vision, et vit ce qu'il devait voir.

L'autre présence venait.

Ainsi vint Arachné, terrible et puissante.

Ainsi vint Arachné, redoutable et majestueuse.

Ainsi vint Arachné, affamée et grandiose.

Ebranlant la terre, ainsi vint Arachné.

Arachné était là. Infinie et pourtant présente. Sam fixa le visage grotesque et effrayant, plongea le regard dans ces yeux profonds, emplis d'une sagesse étrangère. Elle était sur son territoire et il était l'intrus.

Sa voix était froide, distante et implacable :

— Tu es décidément néfaste.

Sam sentit sa faiblesse. Devant sa puissance, il n'était rien. Pourtant, il ne pouvait abandonner. Il rassembla ses forces, sa magie, son courage et fit face.

— Je t'ai déjà arrêtée une fois grâce à la magie de la Danse.

Arachné sourit ; son visage était un gouffre

— Je ne savais pas que nous comptions les points. Dans ma toile, j'aime que mes proies faisandent un peu. Ici est le royaume des totems, le cœur de la magie. Tu n'affrontes pas un avatar, cette fois, humain. Je ne suis pas limitée par les faiblesses de la chair. Comment pourrais-tu vaincre ?

— Parce que je le dois.

Elle leva une patte et son ombre l'ensevelit. Sam se battit, refusant de céder, et l'ombre disparut. Il grandit, porté par la Danse. Il n'était pas aussi grand qu'Arachné, mais il n'était plus écrasé par sa taille. Il était le fox-terrier devant le lion.

Et c'est ce qu'ils seraient toujours. Elle un prédateur, lui le protecteur. Chien l'enveloppa dans sa fourrure et il se jeta sur elle.

Ses dents claquèrent à un centimètre de sa gorge. Arachné le balaya d'un coup de patte. Mais il ne s'écrasa pas au sol, comme il l'aurait fait lors d'un vrai combat. Il avait appris quelques-unes des règles qui régissaient ce royaume. Contrôlant son inertie, il la retourna, attaquant à nouveau. Il visa le thorax, évita un coup puis recula, le temps de reprendre son souffle. Elle avança. Il bondit, passa sous ses défenses et déchira une patte. Le mana coula, avec son goût de sang chaud sur sa langue et son odeur de pure puissance.

Il sentit plus qu'il n'entendit le hurlement de la bête. La colère galvanisa Arachné. Elle frappa, avant qu'il puisse bouger. Une patte le cloua au sol et la tête immonde fondit sur lui, le précipitant dans les ténèbres. Il roula. De chaque côté des pattes avant de la créature, deux crochets frappèrent le sol. Elle rejeta la tête en arrière et il en profita pour se dégager, mais avant qu'il s'éloigne, une griffe lui ouvrit le dos. Il dut se mettre à distance pour ne pas se faire crucifier.

Il l'avait blessée deux fois et elle, une. Un bon score… Mais il importait peu. Elle le déchiquetterait avant qu'il l'épuise. Tant pis. Il ne pouvait abandonner… Il chargea à nouveau, frappant puis reculant aussi vite que possible.

Trois attaques de plus… Arachné saignait en deux endroits. Sam/Chien boitait, la patte cassée.

Le résultat était inexorable. Sam rassemblait ses forces pour une dernière attaque quand un coyote entra dans l'arène et se jeta sur Arachné. Une patte poilue intercepta le saut ; le coyote s'enroula autour du membre monstrueux. D'un geste brusque, Arachné jeta le coyote au sol. Puis elle avança, les crochets sortis et luisants de venin, et frappa, enfonçant ses crocs dans les flancs du coyote. L'animal jappa une fois et s'immobilisa.

— Hey, hey, dit une voix venue de nulle part. C'est ton tour, chaman Chien.

C'était la voix de Coyote Hurlant. Sam se sentit fortifié par la surcharge de mana qui l'entourait.

Le coyote avait attaqué Arachné sous sa forme animale... et il avait perdu. Etait-ce une dernière énigme ? Mais Sam n'avait pas le temps de réfléchir. Arachné avançait sur lui, son rire résonnant comme un hurlement.

— Il a raison. C'est ton tour maintenant, pauvre humain. Ton tour de périr. Chien n'a pas une chance contre Arachné.

C'était la vérité. Et Sam comprit soudain son erreur. Il était Chien, mais il était aussi homme et chaman. Il fallait qu'il soit tout cela à la fois, ou il ne serait rien.

S'entourant de Chien comme d'un manteau, il se dressa sur ses pattes arrière et grandit encore.

Arachné s'arrêta, inquiète.

Pourvu que ce soit la réponse... Avec son pied blessé, il ne serait pas capable de résister à une nouvelle attaque. Il modela le mana de la Danse et en forma une lance étincelante, lourde mais bien équilibrée. Il fit une dernière prière.

Arachné fondit sur lui.

Il s'accroupit, la lance pointée vers l'avant, et intercepta sa charge. Sous le choc il recula, tint bon... et, enfin, leva les yeux.

La lance était entrée sous la tête et avait traversé le corps d'ébène. Pour la dernière fois, il croisa le regard du monstre.

Ainsi s'écroula Arachné, tentant d'arracher la lance.
Ainsi s'écroula Arachné, hurlant son indignation.
Ainsi s'écroula Arachné, se dissolvant dans le néant.
Dans la défaite, Arachné s'écroula.

Sam tomba à genoux, épuisé, vide. Mais le travail n'était pas achevé. Il utilisa la magie de la Danse sur les dernières bombes, et les enveloppa de son mana. Le temps s'accéléra, les horloges atomiques devinrent folles, brûlant d'un feu inoffensif avant de devenir inertes.

La Danse était terminée, les danseurs gisaient, épuisés.

Il était temps de prendre du repos.

43

Les révélations de Morgane frappèrent Dodger comme un coup de tonnerre.

Il pensait qu'elle avait un semblant de sentiments humains.

Il avait cru qu'elle l'aimait. Lui l'avait aimée. Leur communion, il l'avait désirée. Pourquoi ? Pour elle, ou pour ce qu'elle représentait ? Et Morgane ? Que cherchait-elle ?

Tout cela avait-il vraiment de l'importance ? L'afflux de souvenirs qu'il avait connu à la suite de l'attaque l'avait fait réfléchir. Il était vivant. Un mélange de chair et d'esprit. Et elle ? Une IA était-elle une personne ?

Il s'était trompé sur ses motivations et sur ses émotions.

Non. Il recommençait. Il parlait « d'émotions ». En avait-elle ? Et à quel degré ? Ce qu'il avait pris pour de l'amour était-il simplement une sorte d'affection, de reconnaissance pour un « parent » ?

Et que lui restait-il maintenant ?

Ils étaient libres. Ce qui subsistait du système de Mère-Grand gisait à leurs pieds, les icônes se dissolvant dans le néant à mesure que leurs équivalents physiques tombaient en panne. Le dernier AS avait disparu. La destruction était aussi importante que Sam pouvait l'espérer, et elle avait été accomplie beaucoup plus rapidement. La bataille entre Morgane et les AS avait ravagé l'environnement.

Ainsi que les rêves du decker…

Dodger étudia Morgane. Elle avait à nouveau deux

bras. Elle était aussi belle qu'avant. Mais il ne la voyait plus de la même manière. Il l'avait vue combattre. Il avait compris ce qu'elle était. Il avait compris ce *qu'il* était.

— Nous ne sommes pas de la même race, Morgane. Je suis un être de chair et de sang, pas un construct de la Matrice. Mon esprit dépend de ma moitié physique. Si le corps meurt, l'esprit meurt. Il n'y aurait plus de Dodger.

— Les banques de données n'offrent aucune confirmation de cette hypothèse.

— Mais elles ne la contredisent pas non plus, n'est-ce pas ?

Morgane garda le silence une milliseconde, puis tendit les bras vers Dodger. Ses traits se transformèrent lentement, prenant la forme de ceux de Teresa.

— Pour moi, l'image n'est pas une fin. Je peux prendre l'apparence que tu désires.

Morgane avait choisi le plus mauvais argument. La Matrice n'était pas le foyer de Teresa. Elle ne l'avait jamais été. Teresa était un être de chair, comme Dodger.

Mais l'erreur était compréhensible. Le traitement des données n'avait rien à voir avec l'intelligence. L'intelligence requerrait des émotions, une gamme de sentiments qu'il était impossible de reproduire.

— Tu as eu accès à ma mémoire, dit-il doucement.

— L'interface autorise une circulation bidirectionnelle des impulsions électriques. L'échange de données est total.

Il n'y avait nulle trace de honte dans sa voix.

— Qu'importe, Morgane. Nous ne pourrons jamais véritablement nous unir. Tu es l'esprit de la Matrice. Tu es née de la matière même du cyberspace. Je ne suis qu'une projection dans ton royaume... Je n'appartiens pas à ce monde. Si j'avais été capable de transcender la chair, comme je l'avais rêvé, les choses auraient peut-être été différentes. (Il détourna les yeux. Cela n'empêcherait pas Morgane d'observer son regard, mais ce serait plus facile pour lui.) J'ai vu le visage de l'amour. Il a besoin d'une vie entière, d'un être entier pour s'exprimer.

Elle se taisait, mais il sentait sa présence. Elle attendit qu'il la regarde à nouveau pour parler :

— J'apprends la tristesse.

— Cela ne durera pas.

— Ton temps ? demanda-t-elle d'une voix peinée. Ou le mien ?

Il ne savait pas quoi dire.

— Je dois m'en aller, dit-il simplement.

— Oui.

Etait-ce la fin ? Peut-être avait-il exagéré l'événement. Morgane n'était qu'une intelligence artificielle. Elle ne réagissait pas comme une vraie personne. Allait-elle seulement se rappeler de lui ?

— Je garderai toujours ta mémoire, répondit-elle sans qu'il ait besoin de prononcer la question.

Elle leva une main pour toucher son visage, puis s'arrêta. Il recula d'un pas. De deux pas, de trois, tentant de fixer une dernière fois son image dans son esprit. Puis il se retourna et se laissa rappeler à travers la connexion de ses injecteurs de programmes, la passerelle entre la Matrice et son corps.

Il se retourna une dernière fois. Elle était à côté d'une porte, dans les ténèbres de la Matrice, illuminée par un tourbillon de données. Derrière elle, un instant avant que la porte ne se referme, il aperçut la silhouette d'un jeune homme d'ébène, enroulé dans une cape miroitante.

Il se déconnecta. Teresa l'attendait.

44

Le chalet était la forteresse de solitude de Hart.

Le serpent à plumes Tessien avait fait son nid plus haut, près du sommet. Mais il n'était plus là. Comme tant d'autres choses.

Les environs du chalet étaient déserts. Le village des elfes se trouvait juste en bas, dans la vallée, mais les habitants s'aventuraient rarement à cette altitude.

Qu'importait. Sam ne serait plus jamais seul. Les danseurs, ceux qui s'étaient sacrifiés, l'accompagneraient. Il sentait toutes leurs présences…

Ou presque.

Sam ne connaissait pas la raison de l'absence de Coyote Hurlant. Il avait vu les chamans emporter le corps du vieil homme, il avait senti le don de puissance qui lui avait permis de vaincre Arachné. Coyote Hurlant avait participé comme les autres à la Danse… mais c'était comme s'il n'était pas resté jusqu'au bout avec lui. Peut-être bien le dernier truc d'un vieux tricheur…

Sam tourna les yeux au nord, vers Seattle. Seattle infestée par les corpos, le crime, les conflits, les bons citoyens… et les runners. Dans ces royaumes d'ombres et de lumière, Fantôme, Sally et Kham continuaient de courir. Pour lui, ce monde avait cessé d'exister. Sa seule arme était la magie et il en avait été libéré, nettoyé par la puissance de la Grande Danse Fantôme.

Autrefois, Sam avait nié la magie. S'en débarrasser était son vœu le plus cher… Il savait à présent que la présence ou l'absence de la magie n'était pas le vrai problème. Ce qui importait était la façon dont il gérait ce que la vie lui offrait.

C'est pourquoi il acceptait maintenant la vie comme elle venait.

En combattant Arachné, il s'était dressé dans le royaume des totems. Porté par la Danse, il avait vu plus de choses qu'il ne pouvait en raconter. Et il avait compris plus de choses qu'il n'en avait vu.

Il avait regardé le monde comme un chaman. Il avait vu le vrai visage de ce qui l'entourait. Il avait appris le plus grand des secrets : tous doivent vivre en harmonie et découvrir la beauté en toutes choses.

Inu aboya et Sam descendit lentement le sentier. Une lumière brillait à la fenêtre du chalet. Il sourit. Elle était réveillée. Ils n'avaient pas eu l'occasion de parler depuis que Willie l'avait ramenée à la maison. Il la soignait et elle passait son temps à dormir.

— Tu vas mieux ? demanda-t-il, sur le pas de la porte.

Elle désigna sa main, au bandage décoré de pictogrammes compliqués.

— Pas tellement, mais je sens mes doigts, c'est un début.

— Heureux de l'apprendre. Kelly Yeux Gris sera contente aussi. Mais fais attention… Ne force pas jusqu'au prochain rituel de soin. Tu connais la patience des chamans Ours. Suis l'ordonnance.

Il faudrait plusieurs jours pour qu'elle réussisse à accomplir un exercice physique. Sam prit ses doigts entre ses mains. Ils restèrent de longues minutes ainsi, seulement dérangés par Inu, qui voulait une caresse.

— Avons-nous gagné ? demanda-t-elle doucement.

— Nous sommes vivants.

— Et Arachné ?

— Disparue.

— Détruite ? dit-elle sans y croire.

Sam secoua la tête.

— Hélas non… Même la Grande Danse Fantôme n'est pas assez puissante pour détruire Arachné. Arachné fait partie de la terre, comme les autres totems. Sa puissance sera diminuée pour un temps… L'harmonie est à ce prix.

— Je garde quelques vagues souvenirs, dit Hart,

caressant le chien. Quelqu'un disait que tu avais perdu ta magie… Etait-ce un rêve ?

— Non.

— C'est affreux…

— Je ne trouve pas, dit Sam en haussant les épaules. (Il lui sourit.) A moins que tu ne veuilles plus de moi…

— Je vais réfléchir, dit-elle en souriant. (Son regard s'adoucit.) Durant le raid sur Weberschloss, tu as utilisé la Danse pour m'aider. Tu as touché mon esprit. Tu étais là avec moi.

— Oui.

— Je veux dire… Nous avons partagé… Tu sais…

— Oui.

— Et tu ne veux pas me quitter ?

— Je suis là, n'est-ce pas ?

De sa bonne main, elle attrapa son coude, s'assit dans le lit et le prit dans ses bras.

— Je ne te mérite pas.

— Dois-je contester ?

Inu aboya joyeusement. La discussion avait épuisé Hart. Sam l'allongea et lui ferma les yeux d'un baiser. Mais elle n'était pas prête à dormir et il n'avait plus le pouvoir de la forcer. Elle rouvrit les yeux.

— Sam, quand je serai guérie, nous essaierons de trouver un moyen de t'ouvrir à nouveau à la magie.

— Pourquoi ? Je suis heureux comme ça. (Il sourit.) J'ai suivi les chemins de la magie quand il était temps de les suivre. Aujourd'hui il est temps d'emprunter une autre voie. La magie ne me manque pas, elle m'a apporté tant de choses…

— Ah oui ? Comme quoi ?

— Eh bien, d'abord, je chante mieux.

— Et ça a amélioré ta vie ?

— Hum…

Sam s'éclaircit la gorge et commença à chanter :
Devant moi, le monde est rendu à la beauté,
Derrière moi, le monde est rendu à la beauté,
Au-dessous de moi, le monde est rendu à la beauté,
Au-dessus de moi, le monde est rendu à la beauté,
Et ma voix est rendue à la beauté.
Tout finit par la beauté...
Il lut dans les yeux de Hart qu'elle comprenait.

Achevé d'imprimer en septembre 1995
sur les presses de Cox & Wyman Ltd
(Angleterre)

Depôt légal : octobre 1995
Imprimé en Angleterre